U0140005

陳浩基 著

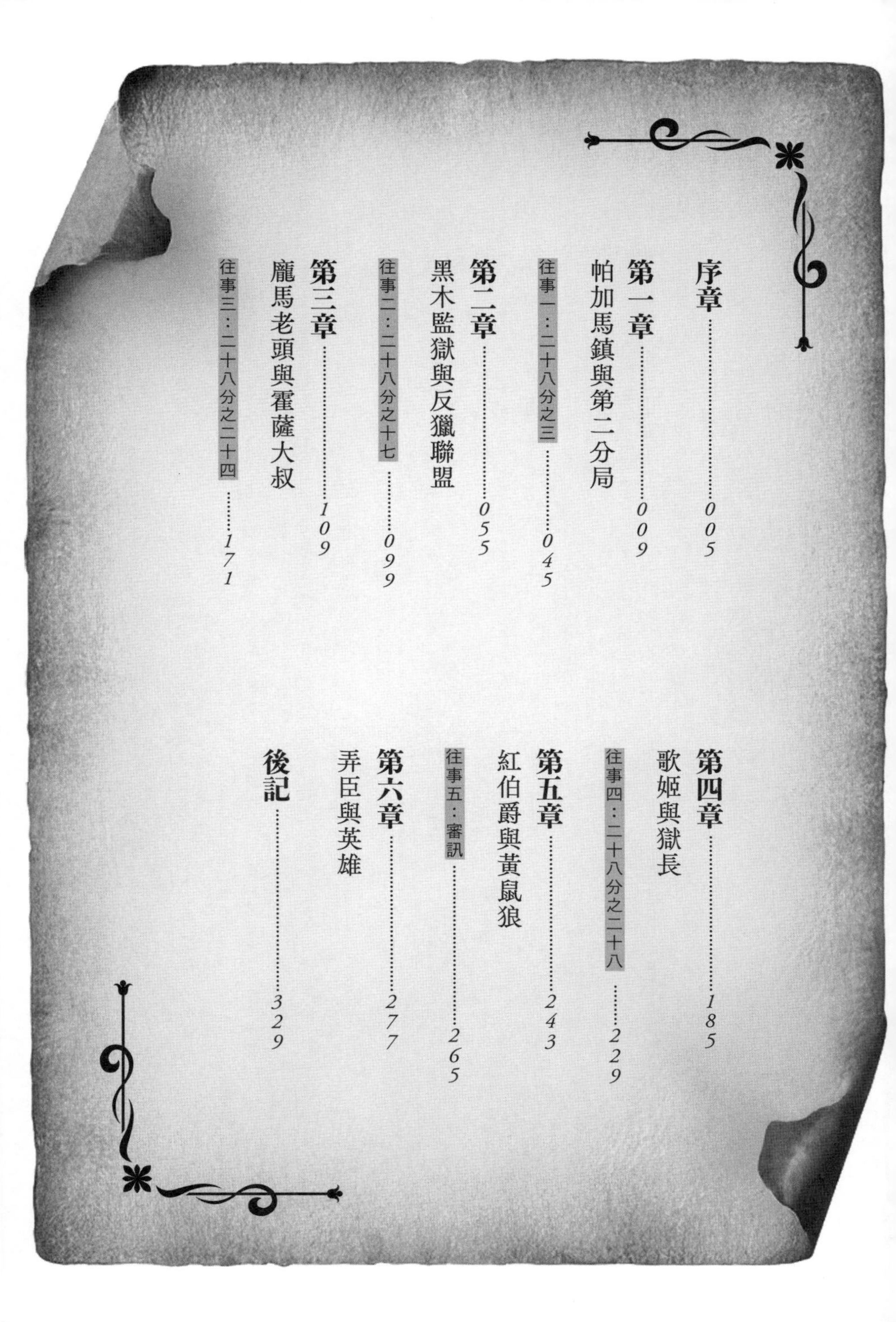

序章

「嗨，前面便是帕加馬鎮了……嗨，小伙子？」

在和煦的陽光照耀下，躺在馬車上的雅迪倚著厚厚的棉花沉沉睡著。他用帽子蓋著臉龐，擋著刺眼的陽光，睡了差不多一個鐘頭。駕車的老翁鬆開韁繩，回過身子用手推了雅迪的肩膀一下。

「喂，小伙子，到了啦。」

「唔……啊……」雅迪睡眼惺忪地撥開帽子，撐開眼皮，光線讓他無法看清楚周圍的環境。「老爹，你叫我嗎？」

「哎，小伙子，我說前面就是帕加馬鎮吶。」老翁看到對方迷糊的樣子，笑了笑，指了指前方遠處。雅迪雙眼漸漸適應耀目的陽光，他循著老翁所指的方向，看到一片片金黃色的麥田和零星的矮房子，而更遠處矗立著灰色的城牆。城牆足有五層樓的高度，從這兒望過去，雅迪便能感受到它的宏偉，每一塊灰色的石磚，也似在敘述數百年間的戰爭歷史。

「哦……麻煩你了，老爹。城牆很壯觀耶！」雅迪跨過棉花和雜物，爬到老翁身旁的位子，跟老翁並肩而坐。

「這個當然了，這兒好歹是三十年前咱們跟魔族大戰的前線城鎮之一嘛，當年我也在城牆上擊退過魔軍的衝鋒隊呢……那時眞的好險吶，魔王軍主力幾乎殺到這兒，眼看要守不住了，還好聖騎士大人和他的同伴們突襲魔王的據點，殺死了魔王格因，否則咱們都要成爲魔族的奴隸吶。」

「老爹你當過軍人？」雅迪邊說邊打量著這位一頭白髮的老翁。

「當時人人都拿起武器抵禦外敵啊，哪管你是貴族還是農民……你這種十來歲的小伙子不會想像到那時候情況有多嚴峻啦。」老翁說。

「唏，老爹，我已經二十一歲了。」

「會笨得被精靈騙去馬匹的，我看你還不如一個十來歲的小子啊！」老翁朗聲大笑，「如果沒遇上我，你兩天前已經在森林裡餓死了吶！」

「那兩個迷途的精靈族小孩眞的很可憐嘛，我不把馬匹讓給他們，就怕他們會被魔獸襲擊吃掉……」

「居住在森林裡的精靈小鬼哪會怕魔獸野獸咧！相反你一副弱不禁風的樣子，遇上野獸不是更危險嗎？」老翁笑說。

「別小看我，野獸遇上我這個魔法使是牠們倒楣。」

「是嗎？」老翁沒有追問，臉上卻掛著笑容，因爲他壓根兒不相信眼前這個綁著馬尾、身穿平凡襯衫背心長褲的年輕旅人懂得魔法。「小伙子，別嫌我一把年紀囉唆，帕加馬鎮裡龍蛇混雜，你不小心一點，恐怕會成爲騙子、強盜、小偷的目標，不用半天就財物盡失，甚至流落街頭吶。」

「鎮上的治安這麼差嗎？」

「戰後那幾年更差，後來國王頒令成立『那個』，情況才慢慢好轉，只是世間的惡意歹念不可能被撲滅吶，世上總有立心不良的傢伙……啊，說著說著，我們到了。」

馬車在城牆外一個分岔路口停下，老翁說：「我的家在城牆外西邊的農莊，我只能送你到這兒。你穿過城門沿大街一直向前走，便會找到斯巴廣場。」

「謝謝你啊，老爹。」雅迪下了馬車，從背包掏出一個扁扁的玻璃小瓶，遞給老翁：

「這是王城的特產木桐酒，請收下當作謝禮吧。」

「咦？王城的酒嗎？哈，我最喜歡王城的酒啊！謝啦。」老翁高興地拿著酒瓶細看，說道：「對咧，我都沒問你，你從王城來到帕加馬鎮幹啥？看你的樣子又不像是商人。」

雅迪微微一笑，掀起不起眼的棕色外套，亮出背心上左邊胸膛前別著的金屬徽章。徽章上左方有一頭獅子、右邊有一頭獨角獸，正中央有一頂長了翅膀的王冠。

「我叫雅迪尼斯・德布西，從今天起調職到老爹你說的『那個』——王立帕加馬鎮警察署工作。」

第一章・帕加馬鎮與第二分局

帕加馬鎮位於甘布尼亞王國西南部邊陲，因爲鄰接奧多維斯亞王國、雪路利王國和卡邦萊弗王國，多國的居民互有往來，使帕加馬鎮的貿易十分繁盛，是國內第四大的城鎮。鎮裡除了人類外，更有精靈族和矮人族定居，是甘布尼亞王國中種族最多元化的城市。事實上，勞古亞大陸各國跟魔族的大戰完結十年後，甘布尼亞的國王和來自岡瓦納大陸的魔族新領導者摩因簽訂協議，讓雙方的國民互通貿易，所以偶有魔族的商人帶著岡瓦納的商品到帕加馬鎮販售。當然，因爲文化和種族不同，總有零星的衝突和糾紛，不過在兩片大陸之間毀滅性的戰爭可怕記憶下，這些小問題不會影響雙方維持和平的決心。

「白臉羅蘭、白臉羅蘭，沒穿褲子仍起舞；小孩子都取笑你，當你躲在樹上吐。」在人聲鼎沸、熙來攘往的斯巴廣場上，幾個小孩哼著不成調的歌謠，從雅迪面前跑過。雅迪沒料到王城的市井歌謠已傳到這個偏遠城鎮，心想帕加馬鎮雖然離王城很遠，鎮民的生活似乎跟王城沒大分別。

「應該是這兒吧。」雅迪穿過廣場，向市集的小販問路後，往前多走兩個路口，終於看到那棟四層高、以灰白色磚塊築成的大樓。一路上，雅迪只看到一層或兩層的平房，這棟四層高的建築物尤其顯眼。

建築物的大門敞開，門的上方掛著牌匾，刻有甘布尼亞王家專用的「獅子、王冠、獨角獸」徽章，徽章下寫著斗大的字——「王立帕加馬鎮警察署第二分局」。雅迪拍拍身上的塵土，昂首闊步走進大樓。

「鐵匠布萊克先生請到二號櫃檯，布萊克先生……」「是這傢伙先動手！就說矮人都是老粗！就是沒文化才會動不動就打人！」「那邊的冒險家！這兒不准帶寵物進來！請你把你的劍齒虎留在大樓外面……」「長官，這個使用風魔法割破女性衣服的變態，應該交給哪一組負責？」「職業是『勇者』？那是啥鬼？別給我創作新的職稱！隨便闖進民家翻人家財物的傢伙不過是小偷！職業這欄我一是寫『竊賊』，一是寫『無業』，你給我選一個！」

狹小的大廳裡，擠滿了十多二十個不同種族、不同職業的居民，穿著灰藍色制服的警員卻不到十人。喧囂的話聲、紛亂的紙張、蒸騰的熱氣，大廳內就像另類的戰場，比繁忙時間的市集還要混亂十倍。雅迪看到這光景，不由得倒抽一口氣。

「王城也沒有這麼誇張啊。」雅迪心想。

「先生！請不要擋在路中央！」一道女聲忽然從雅迪背後傳來。雅迪回頭一看，只見一位和自己年紀差不多、眉清目秀的短髮女生，拖著一個巨大的麻布袋氣吁吁地說著。女生擁有淺棕色的頭髮、深藍色的雙瞳，眉宇間流露出一份不輸男生的英氣。雖然她沒有穿著制服，外表樸素，但胸前別著職級的徽章，腰間掛著短劍，雅迪便知道這位嬌小的女生也是警局成員之一，而且年紀輕輕卻已任職副警長。

「啊，抱歉，」雅迪退開兩步，「這位學姊，請問人事科在哪兒？我是今天調任到這間分局的。」

「咦，新人嗎？」女生頓了一頓，打量著面前這個陌生的年輕人。「人事科在三樓，反正我也要上去，你幫我一起抬這個吧。」

雅迪點點頭，伸手抓起布袋的另一端，卻差點腳滑摔倒。「天啊，怎麼這麼重？」雅迪暗吃一驚，想不到這個女生個子雖小，臂力卻驚人。

幾經辛苦，兩人半拖半抬地把麻布袋從樓梯運上三樓。離開了喧鬧的大廳，三樓出奇地冷清，走廊上沒半個人。

「這邊，這邊。」女生喊道。雅迪蹣跚地抬著布袋的後端，跟隨著對方走到走廊上右邊第三個房間。

「露西！怎麼這麼一大袋？」因爲視線被阻，雅迪只聽到年長的男性聲音嚷道。

「大師，別提了。剛才我差點在城東抓到那個該死的武器店偷竊慣犯！怎料他從馬車丟下贓物，逃了。哼，他最好別給我抓到，否則我一定連本帶利的好好整治他……」

雅迪跟著女生把布袋放下，從打開的袋口可以看到裡頭一堆沉甸甸的重盔甲，還有擦得發亮的銅盾和套上皮革劍鞘的短劍等等。

雅迪環顧四周，發覺身處一個只有五、六個座位的辦公室。橡木製的桌椅、古典的吊燈、精緻的裝潢，讓人感到這大樓久遠的歷史。空間不大卻很通風，從偌大的窗戶可以看到熱鬧的斯巴廣場。每個座位上都堆滿紙張和雜物，可見在這兒工作的人十分繁忙，雖然現在辦公室裡除了雅迪自己外只有兩個人。跟叫做露西的女警說話的是個大約五、六十歲的老頭，他身材高大，頭髮稀疏，下巴蓄著短短的鬍鬚，樣子還算和善，寬鬆的衣服下似乎藏著強壯的身軀。雅迪看著他，想起以前經常來探望老爸的菲爾叔叔。

「咦，這位是？」老頭看著雅迪問道。

「今天來上班的新人。」露西解下配劍，從贓物袋中掏出一個帶有尖角的頭盔，頭也不回地說。

「科長還沒吃完午餐回來啊。」老頭指了指窗邊一個空座位。

露西面帶不悅，放下手上的盔甲，罵道：「那老傢伙又開小差！他有沒有身為科長的自覺啊？」

「好歹他也是咱們的上司，在新人面前別把話說得太過吧。」老頭跟露西說。

「既然是上級就應該做好上級的工作，我還得把贓物逐一分類記錄……」露西嘀咕著。

雅迪看著露西站起來，走到科長的座位坐下，不耐煩地招手叫雅迪過去。

「學姊，這兒是人事科嗎？」雅迪走到桌子前，環顧一下再問：「但剛才妳說要處理那些贓物……」

「這兒是『魔法罪行及嚴重罪案科暨內務二課兼人事科』，簡稱『萬事科』，工作範圍從調查凶殺案、民眾糾紛、失竊搶劫，以至局內的人手調配、福利保險、聯誼活動、薪資津貼，無所不包。我們警局人手短缺，經費不足，只能這樣集中資源，將幾個部門合併成一個。」露西頭也沒回，在桌上的紙堆中努力地找尋人事科的文件。

雅迪呆了一呆，想不到自己加入的警局有這樣的困難。他在總署實習時，每個部門人手極其充裕，光是調查簡單的魔獸傷人案，也可以調派十位以上的探員。

「你叫什麼名字？調任什麼部門？」露西邊問邊找尋調職的文件，沒瞧雅迪半眼。

「我叫雅迪尼斯·德布西，調任少年犯罪科。」雅迪併腿挺胸，朗聲地說。

聽到雅迪的話，露西和老頭先是一愣，再瞪著雅迪。

「少年犯罪科？我們沒有這個部門。」露西說。

「二局管轄範圍裡沒幾所學校，全鎮的青少年問題都交由一局的青少年事務科處理啦。」老頭插嘴說。

雅迪覺得奇怪，問道：「一局？二局？」

露西放下手上的文件，皺著眉說：「一局便是第一分局的簡稱啊！因爲帕加馬鎮近年擴展，人口愈來愈多，鎮政府設立了新警局，把原有的警局改名爲第一分局，而斯巴廣場以南的區域則交由新設立的第二分局管理。看你呆頭鵝似的，你是從外地來的吧？」

「是、是的。」雅迪覺得不好意思，在上任前連基本的資料都沒弄清楚。「我是從總署調來的。」

露西和老頭再次怔住，彷彿看到珍禽異獸。

「總署？」露西說：「你是從王城來的？」

「是的。」雅迪答道。

「從總署來這個鎮當初級警員？」

「初級警員？」雅迪微微一笑，亮出金屬徽章，「不，我是從總署調來的警長。」

露西瞠目結舌，手忙腳亂地挺直身子，舉手敬禮說：「剛、剛才失禮了！我是隸屬魔法罪行及嚴重罪案科暨內務二課兼人事科的副警長露西安・因格朗！」

「啊、啊，不打緊。」雅迪回禮說。雅迪本來就是個不拘小節的人，對官階之類從不在意。雖然警長比擔任科長的督察職級低，但已比巡警和初級警員高級得多，往往擔任調查行動的組長，而副警長只能當副手。更重要的是雅迪來自總署，這對地方警署分局的小職員來說，即使職級相若，也有著不可跨越的鴻溝。

「德布西警長，」老頭沒有像露西那樣失態，只是慢慢站起來，敬禮說：「我是同科的尤金・布力克史密斯警長，請多多指教。」

「布力克史密斯警長，多多指教。叫我雅迪就好了。」雅迪伸出手跟老頭握手。

「這樣的話，你也叫我大師吧，全局上下都是這樣叫我的。」大師回以友善的微笑。從對方表現出來的從容態度，雅迪知道這位「大師」人如其名，是隻老鳥。雅迪的判斷十分準確，尤金．布力克史密斯在警界打滾二十年，總署的大人物和被破格提拔的菁英也見過不少，自然沒有被這個年輕的總署警長嚇倒。

「大師，這分局沒有少年科嗎？」雅迪問。

「沒有啊，局裡就只有三個部門，另外兩個都是身兼數職，但就是沒有少年犯罪科。會不會是你弄錯了，你調職的是第一分局？」大師指指窗外。

「不，是第二分局。」雅迪從口袋掏出調職信件，仔細端詳。「這兒的局長是不是叫派屈克．派斯？」

「的確是啊。」大師說。

「那就沒錯了。我的前上司還說，到分局先找谷巴科長——」

「誰找我？」雅迪身後突然傳來聲音。雅迪回首一看，一個身材精瘦、四十來歲、雙目無神像酒鬼的大叔站在門前。大叔身後有一個矮個子男生，雖然從他寬闊的肩膀、深色的膚色和略帶粗獷的輪廓，可以知道他是矮人族，但他不像一般男性矮人那樣留著長長的鬍子，面龐乾乾淨淨，雅迪猜他比自己還要年輕。

「您是谷巴科長？您好，我是今天調職來的雅迪尼斯・德布西。」雅迪再次挺起胸膛，精神奕奕地敬禮。

「啊，」谷巴科長提高了聲調，走到自己的座位前，從密密層層的紙張中抽出一份文件，「你就是從總署調任的德布西警長？歡迎歡迎！像你這樣的人才加入，是敝局的福氣。請在這兒簽名……」

「科長，」雅迪接過沾上墨水的羽毛筆，一邊在文件上簽字一邊說：「剛才大師和因格朗副警長說這間分局沒有少年犯罪科，但我應該沒弄錯調任的部門……」

「你們已經互相認識了嗎？太好了。」科長仍是笑容滿面地說：「來來來，讓我介紹一下，這個小鬼頭是我們組裡的探員，名叫道奇・禾特拉卡。別小看他只有十七歲，他可是我們鎮上的矮人名門禾特拉卡家的公子，是我們警局裡一位很重要的成員。」

道奇先向雅迪行禮，再跟他握手說：「警長您好！同事們叫我小道，我加入警隊是爲了磨練自己，希望有朝一日能成爲像斯巴一樣偉大的戰士！請多多指教！」

小道聲線響亮，每句話都用力吐出，一臉果決勤奮的樣子。

「你好，叫我雅迪就好了。」雅迪跟他握了手，再回頭向科長問道：「科長，關於我調任的部門——」

「就是這個咯。」科長保持著燦爛的笑容，說：「剛才你已經跟你的同僚打過招呼，今後要好好合作啦。」

「什麼？」雅迪問。

「這個『萬事科』啊。我們整個分局只有三十多人，巡邏警員和一般警員就占了大半，實際上負責偵訊的探員寥寥可數。今天有你的加入，可說是如虎添翼啦！期望你能好好表現，創造更高的業績，爭取更多經費，別輸給一局那些傢伙……」

雅迪聽著科長一連串不停口的話，完全找不到打斷他話頭的時機。

「慢、慢著！」雅迪決定不等科長把話說完，高聲嚷道：「我沒說過要加入這個嚴重罪案內務人事二課啊！」

「是『魔法罪行及嚴重罪案科暨內務二課兼人事科』。」科長揚了揚雅迪簽下名字的文件，「剛才你已經簽名，當然是加入了嘛。」

「咦！」雅迪大感不妙，想搶回科長手上的文件，但科長快一步把文件鎖進抽屜。

「科長，我申請的是少年犯罪科，我在總署主要學習的也是相關的知識，糾正誤入歧途的孩子，引導青少年善用天賦，防範他們以魔法爲非作歹……如今學非所用，這樣子教我很爲難啊！」雅迪本來想大聲抗議科長的無理行動，但對方好歹是部門主管，即使撂狠話還是留有餘地。

「沒關係沒關係，工作都差不多的，你就把那些壞蛋當作『年老一點』的少年犯囉。」科長拍拍雅迪的肩膀。「難得收到總署的調職申請，就算申請的是『嬰兒犯罪科』，我都會接下來……」

「等等，科長你明知道我申請的是不存在的少年犯罪科，仍然核准我的申請嗎？」雅迪大感詫異，連客套話都省下了。

「這個嘛……」科長摸了摸下巴，不置可否。

「我直接向總署報告，改派到另一個城鎮好了。」雅迪悻悻然說道。

「雅迪，」科長把臉孔湊近，一臉愁苦地低聲說道：「你當作幫幫忙吧，我們局裡的人快忙死了。這陣子工作多得要命，人員流失卻愈來愈嚴重，這樣下去我們要廢組甚至廢局了啦。大家同袍一場，你暫時加入，讓我們渡過這個艱難時期，再向總署申請調職吧。」

「這……」雖然雅迪很想反抗，但看到比自己高級的科長紆尊降貴，誠懇地拜託自己，也不好意思拒絕。「……好吧，我姑且先在這兒工作——」

「太好了！」科長瞬間卸下可憐的表情，換上笑容打斷雅迪的話。「歡迎歡迎，有來自總署的德布西警長你加入，我們部門如虎添翼，破案率鐵定節節攀高，屢創紀錄！」

雅迪嘆了一口氣，勉爲其難地問道：「這個組裡其他成員在哪兒？」

「沒有啦，加上你，就只有我們五人。」科長聳聳肩膀。

「五人！」

「人手不足嘛，所以就連警長級的同僚也得親自到街上調查啦。」科長攤開雙手，一副無可奈何的樣子。

雅迪突然有種被推落火坑的錯覺，可是事已至此，只好硬著頭皮挺下去。組裡警長和副警長有三人，探員卻只有道奇一個，人手職級如此失衡的部門，雅迪心想可謂前所未見。

「你先坐在露西旁邊吧。」科長指了指露西旁邊的座位。桌子上有一堆發黃的文件、以破麻繩綁住的卷軸、缺了一角的火漆印章和乾涸的墨水瓶，雅迪心想，恐怕要花一整天清理這案頭才可以使用。

「咳，好了，大家聽好！」谷巴科長清了清喉嚨，「我們這幾天要處理大量工作！大後天便是一年一度的收穫祭，這陣子要打起十二分精神！首先是明天的示威活動，獵人公會在風信子會堂舉辦週年集會，民生福利課已收到『反獵聯盟』的示威申請，明天中午在會堂外抗議獵人公會過量獵殺野獸，雙方水火不容，恐怕引發衝突，民生福利課已向我們提出要求，我們須到場協助他們防止暴力事件發生。」

「科長，一局那邊沒插手嗎？」大師問道。

「沒有，每年獵人公會在城北舉辦集會都無風無浪，今年改到城南，卻偏偏冒出反對團體，眞混帳。一局那些可惡的傢伙走狗屎運，不用接這燙手山芋……」科長咬牙切齒地說。

雅迪瞥了大師和路西一眼，從他們淡然的樣子看出組裡早習慣了科長這種摻雜情緒的任務簡報。

「還有，」科長接著說：「西區農莊的牲畜連續被殺案仍未偵破，本來這是一局的案子，但因爲今早有居民向我們二局報案，所以我們可以插手調查。大家加油，只要比一局快偵破此案，我們不但可以提高破案率拿更多經費，更可以狠狠地奚落他們一番。」

雅迪心想一局一定幹了些什麼事情，讓二局的眾人如此痛恨他們。

「另外，後天國民歌姬愛達小姐會來當『一日局長』，這是我和局長幾經辛苦、費盡唇舌才談成的宣傳活動，我們要好好把握後天的機會，提升二局的形象，吸引更多人加入我們二局。」科長豎起三隻手指，「目前就是這三項工作，雖然沒有什麼連續殺人事件或魔獸來襲，但大家還是要用心處理。有沒有問題？」

雅迪舉手問道：「什麼是『一日局長』？二局的局長不是派斯局長嗎？」

「好問題！」谷巴科長豎起大拇指，表情得意地說：「連王城的菁英都沒想過這種好點子吧！我們邀請愛達小姐來當『一日局長』，讓她穿上制服，代表二局訪問居民，並且慰勞我們二局的員工。她當然不是正式的局長，不過『一日局長』這個名堂會讓人覺得二局跟愛達小姐有某種關連，給人留下良好的印象，以後一般人只要提起愛達小姐，就會聯想到我們二局……」

雅迪再次舉手，問道：「那麼，誰是愛達？」

眾人瞪著雅迪，連科長也訝異地停下他的自吹自擂，張口無語。

「愛達・歌登・拜倫啊？甘布尼亞王國國民歌姬啊？勞古亞大陸聖頌祭的優勝者啊？曾在國王陛下御前表演的那位拜倫小姐啊？」久沒作聲的露西忍不住反問道。

雅迪搖了搖頭，表示沒聽過這名字。

「你到底是不是眞的從王城來的？」露西幾乎想這樣說，但礙於職級身分，硬生生把話吞回肚子裡。

「我討厭音樂和舞蹈之類。」雅迪看到眾人的目光，解釋道。

「算了，」科長打圓場說：「反正認不認識都沒差。有沒有其他問題——」

一陣急促的腳步聲，打斷了科長的話。

「谷巴！不得了！谷巴！」一個滿頭大汗、身材肥胖、留著八字鬍鬚的男人猛力打開辦公室大門，上氣不接下氣地大嚷。

「局長？」谷巴科長回過身子，漫不經心地向那個男人敬禮，對雅迪說：「容我介紹，這位是派屈克・派斯局長，而這位是從總署調來的德布西警長……」

雅迪肅然站立，正想自我介紹，局長卻簡單地回應一句「歡迎加入二局」後，以洪亮的聲音說：「所有人給我聽好，剛剛發生了重大案件！把手頭上的工作都放下，優先處理這緊急事項！」

辦公室裡所有人都嚴肅起來，雅迪見狀也連忙提高警覺。想不到才加入不足一刻鐘便遇上大案——雖然雅迪是半推半就地成爲這小組的一員，但他面對工作從不馬虎。

「那傢伙又逃了……」局長像是壓抑著某種情感，顫抖著說：「小白又逃跑了。」谷巴科長發出了驚訝的呼聲，露西眉頭一皺，大師和道奇露出詫異的表情。只有雅迪弄不清楚情況。

「小白是凶狠的逃犯嗎？」雅迪輕聲問站在旁邊的大師。

「不，小白是總督的貓。」大師回答。

「貓？」雅迪先是一愣，但接下來他的聲音卻被科長和局長的歡呼聲所掩蓋。

「太好了！這次我們的經費有望啦！可以向一局的人示威了！」科長磨拳擦掌，咬牙切齒地說。

「對！」局長激動地說：「一如以往，只要比一局的傢伙們先找到小白，我們就可以向總督要求報酬，只要是他能力範圍以內的他都會答應！我們不可以浪費這個機會！」

「但局長，我們明天還要……」露西抗議說。

「因格朗副警長！」派斯局長板起面孔，「妳知道我們的薪水高低是誰決定的嗎？妳知道我們的福利是誰給予的嗎？妳知道這關係著我們全局上下的生計嗎？妳知道……」

露西被局長一輪搶白後，只好沉住氣不作聲。

「大師，」科長說：「你到總督府搜尋一下線索；道奇你去東區調查，上次小白也是躲在東區的市集；露西，妳到廣場那邊找一找，順便帶雅迪認識一下我們的轄區和工作。我去跟巡邏組的頭兒溝通一下，盡量增加人力擴大搜查。記著！根據以往經驗，小白逃跑後七十二小時內最容易被抓獲，我們不要浪費一分一秒！解散！」

雅迪呆看著上司們爲了一隻小貓而大費周章，不由得懷疑這間分局的人是不是傻瓜。

「大師，找一隻小貓如此勞師動眾幹麼？我們不是嚴重罪案調查科嗎？」雅迪問。

「上級的命令得聽從吧。」大師邊拿起自己的外套邊回答說。「換個角度看，這關係著我們整間分局的前途，只要搶先找到小白，我們分局的經費和設備就會增加，間接對整個社區都有好處。兩年前小白逃過一次，當年我們比一局先找到牠，結果得益不少。」

「總督的報酬很豐厚嗎？」

「你認爲我們這棟分局大樓是從何而來的？」大師笑說。

眾人散去後，辦公室裡只餘下雅迪和露西二人。

露西忽然面對雅迪，嚴肅地站好。「德布西警長，剛才我要您替我拾證物，又出言不遜，如有冒犯……」

「不打緊，」雅迪揚揚手，「只是小誤會，別放在心上。還有，我們從今天起便是同僚了，叫我雅迪吧，在總署沒有人叫我德布西警長。」

「那請您也叫我露西吧，雅迪警長。」雖然雅迪態度親切，但露西還是不敢僭越，畢竟對方是從奉行菁英主義的總署來的警長。

雅迪聽到露西還是沒省下「警長」二字，只好搔搔頭髮，由她這樣稱呼自己。雅迪一向對態度認真的人有好感，雖然露西擔心自己粗枝大葉的性格會得罪這位來自總署的貴人，然而實際上雅迪相當欣賞這位副警長的耿直。

「我們現在去找……總督的貓？」雅迪想起剛才的情景，苦笑著問道。

「總要稍稍做點門面工夫，」露西聽雅迪提起貓兒的事情，不由得生氣說：「那個笨蛋局長只一味向錢看，老是奉承權貴，終有一天馬屁拍在馬腿上……」

雅迪定睛看著露西嘟嘟噥噥，露西發現他看著自己時，不禁覺得不好意思。

「我、我們先爲您領取制服和裝備吧。」露西把短劍掛到腰間，打開房門。

雅迪跟隨露西沿著走廊另一端的樓梯往下走，發覺原來大樓地下還有一個地窖。露西向守門的老伯說了兩句，接過一盞油燈，和雅迪一起進入堆滿架子和木箱的地下室。雅迪沒想過警局大樓的地下，有如此一個偌大的空間。

「皮甲在這兒，看您的身形，中碼的應該就可以了。還有護肘……靴子……靴子又缺貨了？」露西翻開幾個大木箱，卻找不到合適的便靴，只有嚴重事件才使用的長鐵靴。

雅迪捧著灰藍色的皮甲和護肘，說：「我們不用穿制服吧？」

「平時是不用，但在正式的場合就需要了。」露西死心不息，繼續翻箱倒篋，就是不見那該死的靴子。

「沒辦法，我之後再問問內務一課有沒有多出來的吧。」露西關上木箱，回頭對雅迪說：「雅迪警長，從您的裝束和沒有配劍的外表看來，您是位魔法使？」

「是的。」雅迪說。

「魔法使的裝備……應該在這邊。」露西環顧一下四周，然後提起油燈朝左方走去。

「露西妳是用劍的戰士吧？」雅迪問。

「嗯……不過我從小就嚮往成爲魔法使，」露西走在前方，一邊打量身旁的架子一邊說：「十歲時魔法公會的長老替我檢查，說我的體質只適合用劍、使用鬥氣，勸告我放棄學習魔法。練習用武器的鬥氣會讓人失去魔法力，反過來一旦習得魔法，鬥氣便無法凝聚，兩者不能兼得，眞是無可奈可的定律。」

「倒也不是，王城裡就有人能同時使用鬥氣和魔法力。」

露西停下腳步，訝異地回過頭，但轉瞬投下無力的目光。

「您是說聖騎士大人吧？」露西嘆道：「他是五百年難得一見的特例，我們怎可能跟他相比呢……」

「但至少有人能做到嘛。」雅迪聳聳肩，笑著說。

聖騎士萊特．海明頓三十年前擊倒了魔王格因，解決了兩個大陸之間的爭戰。當時，只有十八歲的萊特能同時使出強大的魔法及發出壓倒性力量的鬥氣，扭轉了幾場戰役的勝負，被勞古亞大陸多國的國民視爲英雄，他也不負眾望帶領同伴偷襲魔王，瓦解魔族軍隊，取得勝利。戰後他回到祖國甘布尼亞，被國王賜封「聖騎士」稱號，在王室的安排下擔任軍隊和警察的顧問，雖然不常露面，但他不僅協助編制王立警隊制度，有時也會到王立警察學校當客席導師。

「您在王城見過聖騎士大人嗎？」露西邊走邊問。海明頓大人是所有軍人和警察的偶像，就像平民崇拜英雄一樣，露西更自小聽鎮內的老兵敘述聖騎士決戰魔王的英勇事蹟，因而立志要爲民服務，警惡懲奸。

「唔……在總署的警察學校上過他的課。」雅迪回答。露西聽到他在王城曾受過海明頓的指導，不由得羨慕起來。

「魔法使裝備……是這兒了。」二人來到一個放滿魔杖、項鍊和斗篷的架子前。

「喔，這裡有不少好東西啊。」雅迪拿起一條鑲有冰藍色魔石的項鍊。

「雖然經費不足，但因爲人手也不夠，所以裝備尙算充裕。」露西撿起一件斗篷，「警局規定，每位員工可以領取一把武器和一件額外護具。您是哪一系的魔法使？火系？冰系？」

「全部。」雅迪拾起一個手鐲把玩。

「什麼？」露西以爲自己沒聽清楚，再問道。

「全部，火冰風土光暗，六種屬性的魔法我全部都懂。」雅迪漫不經意地放下手鐲，以平淡的語氣說。

露西驚訝地看著雅迪，打量著這個外表比自己還要年輕的新同僚。一般魔法使只擅長一種魔法，只有少數人才可以掌握二至三個屬性的魔法，而同時懂得火和冰、風和土、光和暗等屬性相剋的魔法的天才更是絕無僅有。露西是因爲去年憑著毅力連續抓了三個重犯，才得以破例晉升爲副警長，她心想眼前這個人年紀輕輕已在總署當警長，果然不是普通人。

「六、六系嗎……」露西敬佩地說：「那麼佩戴哪種屬性的裝備，請您自己決定了……在魔法公會的評核中，您的魔法力達到第幾級？」

「啊……」雅迪說：「二級。」

露西再次被他嚇一跳。

「只是二級？」露西瞪大眼睛，聲調也提高了：「二級不就是比剛學魔法的菜鳥魔法使還要弱的等級嗎！」

「對啊。」雅迪一臉不在乎，「大概和在魔法學校念書的十一、二歲小孩差不多吧。」

「這樣低的等級也來當警察？萬一遇上凶惡的犯人怎辦？」露西高呼。面對二級威力的魔法攻擊，露西即使徒手抵禦也不痛不癢。

「少年犯罪者裡才沒有本領高強的壞蛋嘛！我本來是要加入少年科的啊。」雅迪苦笑道。「不過，我的魔法力雖然弱，持久力可是總署數一數二的，比耐力我從沒輸過，維持一個火球一整天也能辦到。」

說罷，雅迪便在掌心燃起了一個雞蛋大小的火球。魔法使和運用鬥氣的戰士分別由魔法公會和戰士公會評核等級，魔法威力或鬥氣愈強，等級就愈高。不過這些考核只針對「威力」，並不在乎使用者的「持久力」，理論上力量和耐久力會一同成長，不過也有雅迪這種不正常體質的異例。

看著那個小火球，露西不屑地說：「時間長又如何！你最強的能力也只是能放出這種大小的火球吧？」

「這能力在野外很方便啊，天黑了也能看到路。」雅迪收起了火球，笑著說。

露西差點昏倒，一想到要跟這種「無能」的人搭檔，便感到十分無力。

「慢著，」露西突然想起：「你可以使用附有魔法增幅石的法杖，這樣一來你的魔法力也會有所提升吧。」戰士無法利用道具或裝備提升鬥氣的威力，但世上卻有令魔法使變強的魔法石。每次遇上使用增幅石的犯人，露西只能靠自己的鬥氣去跟對方拚命，她都會慨嘆世界的不公平。

「不，」雅迪抓起一柄鑲著火紅色方形石的杉木魔法杖，運用魔法力在魔法杖頂端燃起小小的火球，「看，即使用了火系的增幅石，火球的威力仍沒改變。大概是體質問題吧，這是公會的老前輩告訴我的，我在王城研究過，只有那些極之珍貴的增幅結晶才可以提升我的魔法效果。你們有嗎？」

「我們怎麼會有那些傳說中的寶物啊！」露西被雅迪一副天真的樣子弄得哭笑不得。「結晶」是比「石」罕見數萬倍的寶物，在這個欠缺經費的寒酸分局，當然是沒有了。

「我猜也是。法杖之類我用不著，我還是隨便挑件防護用的裝備吧，反正不用白不用……這條鑲有火守護石的項鍊看起來不錯。」雅迪從掛鉤取下一條項鍊，戴在脖子上，鍊墜是一顆約莫指頭大小的暗紅色石卵。和增幅石不同，守護石是用來抵擋魔法攻擊的裝備，就連戰士或一般人也能佩戴。

「守護石不會無效嗎？」露西問。

「守護石是把敵人發出的攻擊魔法力化解的石頭嘛，跟我的體質無關。」雅迪邊說邊將鍊墜從領口收進衣襟裡。

「但憑你的魔法力，如何對付壞蛋？」露西說。「就算對方是少年犯，萬一被迫以寡敵眾，也是難以解決的大麻煩吧？」

「用這兒囉。」雅迪用食指點了點自己的額頭。

「用頭鎚？」

「用腦筋啊，腦筋。」雅迪笑道。

「唉，好吧，我們先到斯巴廣場，帶你看看帕加馬鎮吧。」露西說道，縱使她心想著如果光用頭腦就能解決一切罪案，城裡就不會有一堆未解的案件了。

雅迪把皮甲制服放到萬事科的辦公室後，跟著露西來到不久前他路經的斯巴廣場。矮人斯巴是三十年前魔王討伐軍中的一位戰士，是聖騎士海明頓的隊友之一，曾隻身擊退三條巨龍。因爲他的故鄉在帕加馬鎮近郊屬地，所以戰後帕加馬鎮居民便建立了廣場，豎起他的雕像紀念這位戰爭英雄。然而斯巴在十五年前一次冒險中下落不明，當時在國內外引起一場鬨動，可是終究沒有他的消息，他也成爲比海明頓更神話化的傳奇人物。

「那便是著名的斯巴像，旁邊的是旅行商人的攤子。」露西指著右邊那座二十尺高的白色雕像，而不遠處則是人山人海、架了不少帳篷布幕的市場。

「眞是熱鬧啊，剛才我經過時已覺得很厲害，和王城的市集感覺很不同。」雅迪遙望過去，看到不同種族的人在叫賣。「不只有人類，還有精靈族甚至魔族……咦，好像還有不少巡警啊。」

露西看了一眼，以不帶感情的語氣說：「他們是一局的。」

「妳看一眼便認出來了？」雅迪說。他話剛離口便想起二局只有三十多人，要認識全局上下所有人並不是難事。

「一局的制服上有一道條紋，我們的巡警身上有兩道。」露西指了指肩膀。雖然甘布尼亞王國的巡邏警員穿著劃一的灰藍色皮甲當制服，在細節和裝飾上卻沒有規定，由各城鎭自行決定。

「這是一局和二局共同管轄的區域，」露西說：「因爲這裡是帕加馬鎭的樞紐，而且是全鎭最大的市集，不少商旅選在這兒做買賣，所以也是問題最多的地點。」

雅迪點點頭，正想往市集走去，卻被露西一把拉住。

「喂，你要去哪裡？」露西問道。

「當然是去市集看看，我們在找貓吧？」雅迪指著那些攤販。

「這麼水洩不通，怎麼找也是白搭。你先跟我去一個地方吧。」

雅迪只好默默地跟著露西，畢竟對方是識途老馬。他們沿著廣場往西走，順著廣場旁的街道走到一家名爲「克拉拉」的酒館。

「上班時間上酒館不太好吧。」雅迪說。

「你以爲我是科長嗎？」露西沒好氣地說，把雅迪拖進酒館裡。

酒館的裡頭和外表一樣充滿著古老的氣氛，柚木製的長檯和木架上不同款式的玻璃酒瓶很搭調。可能因爲是下午的關係，店裡沒幾個客人，只有一位女性在櫃檯後擦拭著酒杯。這位女性看起來頂多三十歲，卻留著一頭長長的捲髮，穿著一件紅色低胸連身裙，整個人散發著成熟女性的韻味。當雅迪跟著露西走近時，他留意到這位女性的臉龐殘留著歲月的痕跡，看來她那年輕的外表，只是因爲天生的美貌叫人產生的錯覺。

「克拉拉，今天有事拜託妳了。」當露西跟女士打招呼時，對方停下手上的動作。

「哦，是露西喔。」克拉拉看著露西，同時留意到雅迪。克拉拉露出了令人迷惑的微笑，跟露西說：「這位帥哥是誰啊？妳的男朋友嗎？」

「這位是從總署調來二局『萬事科』的德布西警長，」露西說，「而這位是這間酒館的老闆克拉拉小姐。」

「幸會，克拉拉小姐。叫我雅迪便行了。」雖然雅迪不知道這位克拉拉有什麼來頭，他仍保持著風度稍稍鞠躬。

「啊呀，是雅迪警長嗎？」克拉拉笑著回應：「看來你年紀不大啊，這麼年輕便當了警長？」

「我今年二十一歲，去年從王城的王立警察學校畢業，直接委任警長。」

「原來你比『鐵鎚』大兩歲呢，看你一張娃娃臉，我還以為你也是二十歲不到。」克拉拉搓弄著髮尾，笑著說。

「『鐵鎚』？」雅迪奇道。

「哦？你不知道嗎？我們的露西安・因格朗副警長是位名人哩，去年她一口氣破了三起大案，更徒手把一個凶悍的壞蛋打個半死，人人都稱她『第二分局之鐵鎚』啊。」克拉拉瞟了露西一眼，露西卻滿面通紅。

「克拉拉！說好不提這個綽號的！」露西眉頭緊蹙，看樣子十分不滿。

「好啦好啦，我不說就是了。雅迪你也別說啊，看你文質彬彬的樣子，只怕連她一拳也受不了。」克拉拉繼續揶揄露西。

「克拉拉！」

「好了，不開玩笑啦。」克拉拉再拎起杯子，一面抹拭一面說：「露西，妳今天找我有什麼事？」

「小事一樁，」露西換回認眞的表情，「小白又逃了，我想請妳替我們留意一下。」

「哦？」克拉拉再停下手，「總督大人和他夫人兩個貓癡，應該又發飆了吧？」

「這個我不知道，不過想來應該是吧。」露西聳聳肩。

「好吧，我替妳留意一下。妳也要記得多跟同事來捧場啊，別忘了帶這位帥哥來呀。」克拉拉說著俯前身子，露出領口間豐滿的胸脯，跟雅迪打了個眼色。

露西沒回答，只是點點頭揮揮手便轉身離去，雅迪匆匆跟克拉拉說聲再見，連忙跟在露西身後。

「克拉拉大姊是鎮上人脈最廣的眼線之一，」剛離開酒館，露西便說：「如果想知道某些情報，只要找上克拉拉，五天之內必有消息，萬試萬靈。」

「妳跟她好像很熟？」雅迪問道。一想起露西的「鐵鎚」綽號和她困窘的樣子，雅迪便得忍住笑意。

「她以前跟我是鄰居，我們認識很久了，她一直很照顧我。」

「同事們常常光顧她的酒館嗎？」

「我們下班後經常──」

「救、救命啊！有搶匪啊！」突然間，從街道上傳來一聲悲鳴。雅迪和露西回頭一看，只見一個衣衫襤褸的男人抓住一個小布袋，發瘋似的疾走，往廣場市集跑去。

「快！雅迪！」露西拔腿就跑，雅迪只好從後追趕。

「王立警署警察！前面的傢伙給我停下！」露西喝道。當然，賊人才沒有乖乖聽從，繼續往前直奔。他拐過彎角，打算利用市集旁九曲十三彎的巷子甩掉追捕，不料巷口前的道路上有兩輛馬車互不相讓，把路堵死，兩名車夫正在吵架。男人眼看前方被擋，頓時轉身另覓出路，卻發現一臉從容的露西和喘著氣的雅迪已趕到面前。

「乖乖地給我束手就擒吧。」露西眼中閃出可怕的光芒，把手指弄得咯咯作響，連劍也懶得拔。人群開始圍觀，雅迪看到她的樣子，漸漸明白她爲什麼被喚作第二分局之鐵鎚。

「妳……別過來！」男人拔出刀子。

「嘿，搶劫、拒捕，還有恐嚇公職人員……這下好了，假如你投降，我還只可以將你帶返警署，現在就算我先打斷你雙臂雙腿，讓你受盡折磨生不如死，也不算濫用暴力。」露西不但沒退縮，嘴角還微微上揚，更往前踏了一步。

就在搶匪被露西的氣勢壓倒、慌張地後退之際，一個小男孩從他身後的攤子探出頭來，不想錯過壞蛋被制裁的精采場面。男人見機不可失，一把抓住小孩，把刀架在小孩的脖子上。

「啊呀！」小孩沒料到自己被捲進衝突，嚇得尖叫。

「別過來！否則我割斷這小鬼的喉嚨！」男人緊張地大嚷，刀子更慢慢壓下，在那小孩的頸上劃出一道血痕。

「你別亂來！」露西見狀吃了一驚，單挑的話她自知必勝，畢竟她是個二十四級的戰士，要拿下一個毛賊易如反掌；可是現在對方有人質在手，事情變得複雜起來，她沒有把握能保證孩子安全。圍觀的人議論紛紛，而那個只有七、八歲的小孩更在哇哇大哭。

「糟糕……」露西心想，本來不用半分鐘便能解決的小案件，現在卻可能造成無辜市民傷亡，變成進退維谷的困局。

「這位先生，我想，你先放開這小孩吧。」

露西赫然轉頭，只見已回過氣的雅迪冷靜地站在她旁邊，淡淡地說。

「你！你別過來！」那男人愈發倉皇失措，手上的刀子也在顫抖。

「先生，我就說，你這做法毫無意義啊。」雅迪的態度還是從容不迫，讓對方十分疑惑。

「我……我會殺死這小鬼！別小看我！我做得出來！」男人喊道。

「那動手吧，反正我可以救活他。」雅迪輕鬆地說。

「你……」男人困惑地盯著雅迪。

雅迪舉起右手，亮出一道淡淡的白色光芒。光線沿著手指緩慢地閃耀，就像反射著月光的水面，教人目眩。

「你眞不走運，」雅迪笑說：「遇上今天調職到此的我。知道這是什麼嗎？這是光魔法，是治療系的魔法。如果你傷害這小孩子，就算是重傷或瀕臨死亡，我保證可以即時把他救活。你知道這世上有一種光魔法叫『甦生咒文』吧？」

男人訝異地看著雅迪，不知道對方眞的是個高強的魔法使還是在胡扯。

「不過，當你使用那把刀子時，也是你的死期。」雅迪突然以冷冷的聲線說：「如果你讓那男孩倒下，我便用魔法把你燒成灰燼。」

雅迪右手的光芒倏地消失，取而代之是一個小小的火球。

「他是個魔法使啊！」

「啊！這孩子有救了！」

「別放過這人渣！」

四周的人開始七嘴八舌，原本僵住的氣氛一下子熱鬧起來，群情洶湧。

「這傢伙用魔法時不用念咒文的！」露西身邊一個商人喊道。這時露西才留意到，雅迪之前在地下室使用火魔法時，也沒有念咒文——這是高等級魔法使才會的技巧啊？

「或者，你想嘗嘗冰封的滋味？」雅迪舉起左手，手上飄起一片小小的冰雹。

「他可以同時放出火系和冰系的魔法！」

「年紀輕輕已經這麼厲害！」

「上啊，轟掉那混蛋吧！」

男人看到這情形，雙腿已經開始發軟，但還是沒放開那小孩。

「我想，用火或冰也太便宜你了。」雅迪手上的火球和冰雹消失了，兩手卻變得愈來愈暗，像有兩團黑霧籠罩著。「我很久沒用過暗系的魔法，因爲我不喜歡它的感覺。不過，它可以把人的生命力奪走，讓有生命的東西即時灰飛煙滅……我想，這是最適合你的死法吧。我給你一個機會，因爲我想省點麻煩，也不想在大家面前表演這麼可怕的一幕，你可以選擇放下刀子，向這位副警長投降，或是——」

雅迪的話沒說完，刀子便「砰噹」一聲掉在地上，那男人跪倒，舉起雙手投降，雅迪馬上走到還在啜泣的小孩身邊。

「男孩子要堅強一些，別給那些叔叔嬸嬸們笑啊。」雅迪微笑道，小孩點點頭收起淚水。雅迪伸出手，在男孩子受傷的脖子上輕輕一抹，那道淺淺的傷痕便消失了。的確，治療這種皮外傷已是二級光魔法的極限了。

在群眾的歡呼聲掩蓋下，露西擒住不再反抗的賊人，而雅迪則安撫著男孩。露西瞄了雅迪一眼，只見雅迪嘴角揚起，對她做了個手勢，用手指點了點額頭。

把賊人交給二局大廳的同僚處理後，露西和雅迪踏上樓梯往萬事科的辦公室走去。

「雅迪，你眞的懂甦生咒文嗎？」露西邊走邊問。

「當然不懂，我說過我只有二級的程度嘛。」雅迪回答。雅迪發現，露西已不知不覺間直接叫他的名字，省下客套的「警長」了。

「那麼你剛才的行動實在太危險了！萬一那匪徒真的用刀子……」

「他一定不會。」雅迪說：「剛才他走投無路時，旁邊還有很多男男女女，他都不敢抓他們當人質，證明他是個膽小鬼，嚇唬一下就會投降。可是，我實在不能原諒他拿小孩當擋箭牌，不教訓一下難消我心頭之忿。」

「你真這麼有把握？」露西還是不大相信他的理由。

「放心啦，我當然還有後備方案，要是真的開打，我也有百分百的勝算，確保小孩平安無恙。魔法使的特質是冷靜嘛。」雅迪拋下一個神祕的微笑。

二人回到辦公室，只看到大師一人，科長和道奇都不在。

「哦，你們這麼快就回來了？」大師正在處理文件。

「剛才在廣場逮到個搶匪，先把他帶回來。」露西在自己的座位坐下。

「剛調職便抓了個犯人？雅迪你這真是破紀錄啊。」大師笑道。

雅迪笑著點點頭，坐到露西旁邊的空座位。

「大師，總督那邊怎樣？」露西問。

「老樣子，夫人在呼天搶地地哭鬧，總督閣下在旁安慰。我正在記下小白失蹤的時間和相關資料，待會給局內的同事傳閱。」

三人聊了一會，雅迪正打算跟露西再往廣場逛逛時，科長氣急敗壞地衝進辦公室。

「麻、麻煩了，」科長氣喘如牛，「紅伯爵逃跑了。」

露西和大師目瞪口呆，雅迪再一次不明所以。

「請問……」雅迪舉手問道：「這個紅伯爵又是什麼?總督的狗嗎？」

「是殺人犯，八年前連續殺死二十八人的瘋狂魔法使。」大師平靜地回答，不過雅迪感到這份平靜背後隱藏著極端的不安。

往事一

二十八分之三

3/28

從北區市集到得勞斯河下游的貧民區，走路要半個鐘頭。十四歲的萊夫．克林姆平時下班後會乘坐巴烈維大叔的馬車回家，但今天他沿著河堤慢慢走回去，因爲他想一個人靜靜地思考一下，如何向父母提出那個要求。

「我不想再當弓匠學徒了。」

萊夫猜想，如果他當著父親面前說出這一句，一定會換來狠狠的一巴掌。

克林姆家很窮。萊夫聽說，從曾祖父那一輩開始，克林姆家就很貧窮。厄運好像纏繞著這個家族，克林姆家的男子只要有丁點成就，就會碰上離奇的霉運，讓那一點希望幻滅。萊夫的祖父曾當過香料商人，可是遇上騙子，他不但失去了所有貨物，更欠下一屁股的債。萊夫的父親辛勤工作，替祖父還光所有債務後，卻遇上那場「魔族大戰」，爲了保命逃難花光了所有積蓄。戰後，克林姆一家來到帕加馬鎮定居，可是萊夫的父親沒辦法找到像樣的工作，只能當個幹粗活的伐木工人。

都是那場混帳的戰爭害的——萊夫自小就經常聽到父親這樣說。

勞古亞大陸多國聯軍跟魔族的大戰已經結束了二十二年，但在受過戰火洗禮的人們心裡，卻像是昨天的事。

相反，對戰後才出生的萊夫而言，那場戰爭不過是老人們掛在嘴邊的故事，跟六百年前精靈族大遷徙、一千三百年前矮人內戰等歷史事蹟沒有分別。

萊夫覺得，父親只是把戰爭當作借口，爲自己的貧窮找個開脱的理由。

萊夫的母親在東區橡木商館附近一户富人家中當兼職女僕。那個有錢人也並不是什麼官侯貴族，只是個憑著經營買賣致富的商人。萊夫聽過母親提起，那個叫亨特的商人也是戰爭難民，在戰亂時逃到帕加馬鎮，不過他卻在二十年間從身無分文變成鎮裡的大户之一，擁有很多土地。

萊夫有時猜想，母親這些話其實是説給父親聽的。

靠著母親的人脈，萊夫自九歲就在北區市集的製弓匠巴烈維店裡當學徒，學習製作弓箭。巴烈維大叔是個不苟言笑的男人，但萊夫對他頗有親切感，畢竟他比父親更有男子氣概。萊夫在店裡賣力工作，學習製作精良弓箭的手藝，不過他漸漸發覺自己的眞正理想。

他不想「製作」弓箭，他想「使用」弓箭。

萊夫每天都在店裡遇見購買弓箭的客人，他們不是獵人就是冒險家，偶然會有軍人或衛士，甚至是王立帕加馬鎮警署的警察。萊夫一直覺得他們很帥氣，看到他們提著長弓，腰間掛著箭筒的模樣，就覺得他們比巴烈維大叔更英偉。去年某天跟一位冒險家聊過幾句後，萊夫就立定志向。

他要當一個冒險家。

可是他一直不敢跟父母說。

「冒險家？可以掙很多錢嗎？喔！一百個冒險家裡，九十九個不是潦倒一生，就是死於非命吧！」

萊夫的父親曾這樣說。

萊夫也想過離家出走，跟隨一些因工作認識的冒險家到外面探險、狩獵魔獸、學習使用鬥氣，一步一步向理想進發。但他沒這樣做的最大原因，並不是捨不得父母，而是放不下七歲的弟弟小狄。

在家裡，小狄一向很黏哥哥。每當父親大發雷霆，小狄不是走到母親身旁，而是躲在萊夫身後。萊夫也一直爲此自豪，他認爲父親是個爛人，自己要代替父親，好好守護小狄。

昨天，一位萊夫認識的冒險家回到帕加馬鎮，邀請萊夫一同到龐米亞宮殿遺址探險，找尋失落的龐米亞王室寶藏。據那位冒險家說，他們的隊伍中剛好缺一個助手，他覺得萊夫體格不錯，又懂得製作精準度高的弓箭，應該是當冒險家的材料。他們後天就出發，萊夫明天要給他們答覆。

「我……應該離家出走嗎？可是小狄不見了我，一定比爸媽更焦急吧……」

萊夫沿著被夕陽染成橙紅色的得勞斯河，躊躇地走著。

當天色變黑，陽光消失於地平線下，萊夫回到貧民區。貧民區的房子大都是用簡陋的木材建成，疏落地散布在得勞斯河下游的兩岸。克林姆家在西端，是一棟孤伶伶的木房子，旁邊只有幾棵大樹。

走了這麼久，還是得面對現實——萊夫心想。

當他走到家門前，卻發現一絲異樣。

房子內一片漆黑。

平日這個時候，父親一定點上蠟燭或油燈，光線從窗户射出來。母親也應該在弄晚餐，雖然並不豐富，但總會在門外聞到馬鈴薯或菜湯的氣味。更重要的，平時小狄會在屋外的空地等候萊夫回來，給最愛的哥哥一個擁抱，牽著萊夫的手說著當天的瑣事。

然而今天什麼都沒有。

房子一片漆黑、沒有晚餐的香氣、小狄不見蹤影。

萊夫握著門把，無法了解情況。

他按捺著詫異的心情，推開大門。

「我回來……咳、咳。」

萊夫剛開口，就被空氣中的異味嗆到。那是一股怪異的、燒焦的味道。

「爸？媽？小狄？」

他向著房子裡喊道。沒有回應。

萊夫摸黑走到大門旁的桌子前，碰到桌上的蠟燭和打火石，花了一點時間，點亮那根燒了一半的黃色蠟燭。

在微弱的燈光下，他看到地板上有一團怪東西。

黑色的、像焦炭一樣的怪東西。

萊夫定睛細看，當他看懂那黑色的物體時，他只感到精神錯亂。

那團黑色的物體，是他的父親。

他的父親變成了一團焦炭，身上冒出怪異的氣味。

萊夫吸進鼻子裡、令他嗆到的，是他的「父親」。

屍體的手腳縮作一團，渾身上下一片焦黑，但萊夫從五官和身材認出這是他父親。

父親死了——

萊夫在恐慌之間，把視線轉向左方。

左方有另一團黑色的物體。

他的母親。

萊夫想喊叫出來，但這一刻，他似乎不再懂得喊叫。

他只是張開嘴巴，用力地呼吸。

他沒想過，他正在把他的「父親」和「母親」吸進身體裡。

他猛然感到一陣噁心。

是誰？是誰殺害他們？

慢著——

那凶手還在房子裡嗎？

一想到這裡，萊夫嚇得發抖，連忙轉身往門外逃去。可是，他只踏出一步，身體就停了下來。

「小狄！」

他喊叫了出來。

弟弟在哪裡？

萊夫以顫抖著的手，提起蠟燭，往房子裡走去。可是，走不到幾步，他就看到牆角有另一團黑色的物體。

萊夫感到強烈的暈眩，眼前的景物不像是眞的。他不敢走到牆角去確認弟弟的屍體。那個每天天眞無邪地笑著、張開短短雙臂、熱情地摟著自己的弟弟的屍體。

「咯。」

萊夫右邊的不遠處，傳來奇怪的聲音。他就像被蛇盯上的青蛙，感到一陣寒慄，慢慢回頭望向右方。

那是一個放衣服的木箱。箱子很大，就連成年人也可以躲在裡面。

換作平時，萊夫應該會逃跑。但這時候，他卻勇敢地走到箱子前。

他要爲弟弟報仇。

他抓起旁邊的一把斧頭——那是父親伐木用的工具——高高舉起，然後猛然打開木箱的蓋子——

「嗚哇——」

聲音來自箱子裡的人。令萊夫訝異的是，手腳蜷曲、俯伏在箱子內的人是小狄。他臉色蒼白，以惶悚的眼神，盯著萊夫。

「小……狄？小狄！」萊夫放下斧頭，伸手抱起弟弟。

「哥、哥、哥……」小狄結結巴巴地說。萊夫感到弟弟全身冰冷，就像死人一樣。

「發生什麼事？」萊夫焦躁地問道。他回頭望向角落的第三團黑色焦屍，說：「那是誰？誰殺死了爸媽？」

「哥、哥……」小狄仍無法說出話來。

萊夫往角落走前幾步，他才發覺那屍體是一個成年人的體型。剛才他一直以為小狄遇害了，因為家中只有他們三人。小狄生還自然讓萊夫感到稍稍安心，可是當他看清楚第三具屍體的樣子時，他再一次陷入恐懼。

那是巴烈維大叔。

他想起那個冒險家曾提議過，請巴烈維大叔向他的父母說明，但萊夫不想麻煩大叔，所以拒絕了。當時巴烈維大叔在店內另一角，萊夫猜想師傅沒聽到他跟冒險家的對話，可是他沒料到巴烈維今天特意瞞著他，親自向他的父母說項。

他沒料到巴烈維偏偏選了「今天」到克林姆家，遇上這猶如天災的厄運。

焦屍的氣味仍充斥在空氣之中，萊夫緊緊抓住小狄的臂膀，問道：「發生什麼事？到底發生什麼事？」

小狄嘴唇顫抖，只像夢囈般吐出幾個字：

「六、六隻手、手指……」

第二章・黑木監獄與反獵聯盟

「這兒就是黑木監獄？」雅迪下了萬事科的專用輕便馬車，抬頭觀看依懸崖建成的堡壘。在昏暗的天空下，光禿禿的山頭上，烏鴉的悲鳴聲中，更顯得這座孤立在崖邊的建築物有一股異樣肅殺的氣氛。

「夠陰森吧？」大師一面把韁繩綁好，一面說。

在科長帶來重犯紅伯爵逃獄的消息後，大師、露西和雅迪一行三人立即乘馬車往城外西北面的黑木監獄了解情況。黑木監獄有二百多年歷史，是王國裡其中一座最古老的監獄，主要囚禁的都是犯下嚴重罪行的犯人。因為位處峭壁，守衛森嚴，黑木監獄從沒有犯人成功越獄的紀錄——直至今天。雖然這監獄不屬於一局或二局的管轄範圍，但有危險的犯人逃跑，便不得不通知帕加馬鎮所有的警備，尤其距離收穫祭只有三天，萬一出亂子，不單對總督，甚至對整個鎮也有壞影響。

大師跟大門的守衛說了幾句話，一個穿著綠色輕裝甲的獄吏從監獄內走出來，帶領雅迪他們從側門進去。從內部來看，黑木監獄比外表更可怖，灰色的石牆、寸草不生的空地，彷彿把人的鬥志磨滅至殆無孑遺。穿過好幾扇大閘，聽過不少囚犯的喧嚷，他們來到監獄長的辦公室。

「啊，是二局的大師嗎？很久沒見面了。」一個坐在窗前椅子上、獐頭鼠目的老頭，站起身伸手遞向大師。

「潘恩獄長，的確很久沒見了。」大師回握獄長的手，微笑著說。這位獄長十分矮小，比大師矮了一截，大師跟他握手時，旁人看來有種微妙的滑稽感。

「這位是剛調職到二局的德布西警長，這位是因格朗副警長。」大師介紹著雅迪他們，獄長逐一跟他們握手。

「幸會。」雅迪說。

「獄長，我們收到消息就趕來了，可不可以告訴我們詳情？紅伯爵是怎麼逃走的？」大師沒浪費時間，一開口便進入正題。

「我們也不清楚，」獄長嘆了一口氣，「今天下午的自由時間，那傢伙跟所有囚犯一樣，在空地上蹓躂，但集合時卻發現他不見了。守衛們立刻進行搜索，發現通往食堂的大閘竟然沒鎖上，而食堂廚房的後門也被打開。我們不知道誰這麼不小心，可是一連串的巧合偏偏造成最壞的結果。」

「沒有守衛看到嗎？」雅迪問。

「沒有，因爲碰上交換值班的時間。我們每天的值班時間也不一樣，以防犯人趁這人力單薄的空隙鑽空子，但紅伯爵好像預先知道換班時間和巡邏路線，在沒有人留意下逃走了。」獄長稍稍皺眉。

「會不會有內應？」大師問。

「我也往這方向想，所以我們已經在進行內部調查。這方面我會親自處理，大師你不用勞心。」獄長的語氣雖然客氣，但在場的人都明白這是「我們內部的事情，你們警方別插手」的意思。

「可以說說逃犯的資料嗎？」雅迪問道。

獄長以奇怪的目光盯著雅迪，但轉瞬回復本來的神色。

「啊，對，我忘了這位警長剛調職來帕加馬鎮，沒聽過紅伯爵的案件。」獄長雙眼瞇成一線，點點頭說：「紅伯爵是個魔法力高強的魔法使，眞實姓名、年齡、出身等等都不清楚，只知道他是個瘋子。他被捕時大約四十至五十歲，身上唯一的特徵，是左手有六根手指頭。他八年前在四個月裡奪去了二十八條人命，死者全被黑色火焰魔法燒成焦炭，而屍體身旁總留下一個用火烙下的記號……」

獄長沒把話說下去，把目光放在大師身上。

「兩個圓點和一個半圓形──一個笑臉符號。」大師淡然地說，表情沒有變化，語氣中卻隱隱帶著一絲苦澀。

獄長繼續說：「這些死者毫無關連，有商人、有劍士、有冒險家，也有小孩和婦女。審判時他一直語無倫次，答非所問，唯一一個較正常的對答，是裁判官問他殺了多少人，他竟然笑著說太多所以忘了，那笑聲教人從心底發寒。總之，他有殺人衝動時就會把無辜者燒死，當時坊間稱他作『會行走的天災』，遇上他只能慨嘆自己倒楣。」

「這麼說，獄長是怕他逃獄後再次殺人？」雅迪聽到犯人的這些惡行，不安地問。

「這個我倒不怕，因爲他已被魔法公會的十長老施以禁咒法，他不能再用魔法了。」獄長說。禁咒法是魔法公會的一個儀式，可以把一個魔法使的魔法力全數消去，再強的魔法使被施以禁咒法後，魔法力便會歸零。不過，禁咒法要由魔法公會的十位長老合作才能使用，即使是魔法公會會長——曾協助聖騎士海明頓擊倒魔王的精靈族魔法使亞姆拉斯・尼因哈瑪也無法獨力辦到。

「這樣的話，我們倒沒有什麼要擔心的啊。」雅迪鬆一口氣地說。

「的確是，不過……」獄長走到窗前，背著眾人緩緩地說，「這八年來紅伯爵在我眼底下生活，我仍無法了解這變態的想法，無論我們仔細觀察還是主動嘗試溝通，都打探不出半點情報——我們甚至不知道他出現在帕加馬前有沒有殺過更多人。跟這瘋子接觸愈久，只讓我愈覺得他就是恐懼的化身，就算他失去了魔法，『會行走的天災』的本質依舊不變，他就是會讓帕加馬陷入恐慌混亂的災厄。讓他逃離我的監視掌控，縱使只有半刻，也教我坐立不安……」

「放心吧，潘恩，我們會處理。」一道響亮而沉穩的聲音從雅迪後方傳來。雅迪回頭一看，說話的是一位穿著白色外套、白色長褲、白色手套的男子。這個男人有著俊朗的外表，短短的金髮，給人一種清爽的印象，看樣子大約四十歲。男人身後有個穿警官制服的女性，她有一頭紫色的及肩長髮，腰間掛著皮鞭，眼神淩厲，樣子雖然漂亮，但給人冰冷的感覺。

「弗雷克，你找到什麼線索了嗎？」獄長向男人問道。

「沒有，剛才我查看過紅伯爵的逃走路線，沒發現什麼線索。」男人從容地說：「不過我向你保證，我會在一星期之內解決事件。」

「有你的保證我就放心了。」獄長像是鬆一口氣似的。

「這一身白色的是誰？一局的人嗎？」雅迪悄聲問露西。他看到那個女警官的皮甲制服上只有一道條紋，所以猜是一局的人。

「他是一局的局長肖恩．弗雷克，那女的是朗達．蘭多夫督察，是一局的嚴重罪案科科長。」露西壓低聲音說道。

雅迪怔了一怔，沒想到一局的局長會親自到監獄處理這案子。他多看一眼弗雷克局長和蘭多夫督察，再想到二局的派斯局長和谷巴科長，便了解兩局的員工數目的差別——單是外表，前者已經壓倒性地擊倒後者，正常人都會選擇在帥哥和美女手下辦事，放棄胖子和酒鬼上司吧。

「哦，原來是尤金？」女督察看到大師時，不友善地笑說：「二局人才凋零，要派你們這樣的雜役來處理這案子？」

露西幾乎想衝上前回罵，但大師阻止了她。

「朗達，別失禮。」弗雷克局長輕輕拍了拍蘭多夫督察的肩膀，對大師他們說：「請二局的幾位不要放在心上，一局和二局都是為市民服務，其實不用有嫌隙的……這位是？」

弗雷克局長發現了沒見過面的雅迪，友善地望著對方。

「我是剛從總署調到二局的警長雅迪尼斯・德布西。」雅迪邊敬禮邊說。

「哦？」弗雷克局長亮出整齊潔白的牙齒，笑說：「從總署調職的警長？二局也有年輕的警官加入啊。德布西……德布西警長，你不會是『那個』德布西家的成員吧？」

「就是那個德布西家。」雅迪不好意思地苦笑一下。

「哪個德布西家？」露西插嘴問道。

「弄臣貴族德布西家啊。」弗雷克局長笑道。「『白臉羅蘭』男爵是你的親人嗎？」

「他……是我父親。」雅迪感到相當無奈，只能以慘笑掩飾。「我是下一任弄臣繼承人。」

大師和露西不由得錯愕地盯著雅迪，他們沒想過這位年輕的警長有如此特殊的身分。德布西家族世代為甘布尼亞王室御用宮廷表演者，這個家族源遠流長，在十六代之前，綽號

「愚者卡爾」的卡爾．德布西以揉合魔法的詼諧舞蹈，獲當時的國王賞識，被封爲貴族，職任「弄臣」，別稱「宮廷傻瓜」，自此每代繼承人都在王室擔任相同的工作。

弄臣雖然是最低級的貴族，但擁有特權，可以公然違抗王令，而每一代的弄臣除了搞笑和娛樂王室成員外，也會透過惡作劇來勸諫國王，以及揭露凶險的貴族陰謀。某一代的弄臣爲了阻止國王削減修葺邊境城牆經費，竟然偷偷的拆掉國王寢宮所有門窗，令國王明白守護邊境的軍人的心情。以嬉笑、幽默、不認眞的態度來影響國家的發展，是弄臣的職責。

「啊，對，『白臉羅蘭』的全名是羅蘭．薩默斯．德布西，我幾乎忘了。」大師拍一下額頭。「白臉羅蘭」是現任弄臣的渾號，他整天塗著一張白色的小丑臉，以滑稽的戲劇和舞蹈聞名。全國上下都知道「白臉羅蘭」這逗趣的別名，大眾反而忘記他的眞名了。

「貴族或平民都好，能在總署通過考評、擔任警長，就有一定的實力才幹。」弗雷克沒有任何輕視雅迪之意，「德布西警長，我們十分歡迎你申請調來一局，我們會讓每位人才找到自己的崗位，發揮才能。」

雅迪沒想到一局的局長初見面便挖角，弄不清楚這是不是客套話。

「弗雷克，紅伯爵的事……」獄長對雅迪的身分毫不關心，他像是只想盡快處理逃犯的麻煩。

「我剛才檢查過，逃走路線上沒有以魔法破壞的痕跡，我想你不用擔心紅伯爵再度肆虐，他現在只是一個無能的階下囚、一隻躲避追捕的喪家犬。我已派人在監獄方圓三里搜索，如果你擔心監獄內有紅伯爵的同夥，你可以給我黑木監獄的工作人員名單，我替你一一檢查。」弗雷克局長一邊說，獄長一邊滿意地點頭。雅迪不由得想起剛才獄長阻止二局插手監獄的內部調查，卻容許一局處理。

「那麼希望你能像上次一樣好好處理吧，弗雷克。」獄長搓著雙手，活像一隻正在阿諛奉承貓大王的老鼠。

「潘恩，你可以放心。」弗雷克局長說。雅迪留意到對方說話時，冷靜的眼神裡流露出一絲別的感情，可是雅迪無法了解那是什麼。

在離開監獄回程的路上，天色已幾乎全黑。露西忿忿不平，不斷在說那獄長跟弗雷克局長有私交，部下捅了漏子，就想借老朋友擺平事件，以免自己被總督責罰，被公眾追究。

「別看潘恩獄長其貌不揚，他辦事尚算公正，至少黑木監獄在他治理之下，一直沒出亂子。」大師一面操控著韁繩一面說。

「嘿，可是現在還不是犯錯讓紅伯爵逃了？」露西不屑地說，雅迪看出她對那個矮個子老頭沒有什麼好感。「他對一局局長的態度和對我們完全是兩回事，分明是狗眼看人低。」

「算了吧，露西，誰叫那是肖恩‧弗雷克啊。」大師答道。

「大師，那位局長來頭不小嗎？而且爲什麼局長會親自出馬？」雅迪問道。

「弗雷克當然會親自出動，因爲八年前紅伯爵就是被他拘捕的啊。」大師語氣中流露著幾分欽敬。

「咦？」

大師頭也不回地說：「弗雷克局長八年前還是個沒沒無聞的低級巡警，他是從奧多維斯亞隻身而來的新移民，就算擁有強力的冰魔法，在人事關係複雜的警署裡工作多年也仍不獲重用……那時我們還沒分成一局和二局。聽說他的家族世代在奧多維斯亞北部經營狩獵、冒險的生意，更有傳聞說他和家人曾宰殺巨大的魔龍，不過當時的同僚都認爲他只是吹牛。」

雅迪稍微感到驚訝，成功「屠龍」的冒險家史上屈指可數，不過偏遠的奧多維斯亞的事蹟傳至本地，難保當中被加油添醬，宰殺掉的可能只是巨蜥而不是魔龍。

「八年前的秋天，紅伯爵那傢伙突然出現。」大師繼續說：「我們都不知道他的來歷，是本國人還是外國人、為什麼擁有這麼強大的魔法力、為何會發瘋殺人。我們只知道他在四個月裡殺死了十七人，調查的探員一籌莫展，全鎮上下人心惶惶。」

「局長是調查組成員之一嗎？」雅迪問。

「他當時只是個巡警，與其說是調查成員，不如說是看守凶案現場的雜役。不過在紅伯爵的一次集體屠殺中，弗雷克被牽扯進事件裡了。帕加馬鎮西面的驛館有六人被殺，其中三位受害者，是從家鄉遠道而來探望弗雷克的家人。」

「家人？」雅迪愕然地說。

「他的父母和妹妹，全被燒死了。」大師語氣和表情也沒變，就像說著歷史故事，淡然地說。

雅迪沒想過那位風度翩翩的弗雷克局長，有如此一段慘痛的經歷。

「那時候鎮上都認為紅伯爵是『天災』，親人遇害是無可避免的厄運，只能認命。不過弗雷克跟其他人不一樣，他按捺著悲痛的心情，誓要報仇，廢寢忘餐地追查紅伯爵的行蹤。驛館事件後紅伯爵再殺了五人，總數達二十八名受害者——最後弗雷克在北面的教堂發現對方，兩人以魔法決鬥。」大師頓了一頓再說：「據說紅伯爵的火魔法能把四十級的魔法使轟掉，但擅長冰魔法的弗雷克成功遏制對方，更讓理智戰勝了復仇心，沒有殺死紅伯爵，將他逮捕。弗雷克憑此事聲名大噪，全鎮上下無不讚許，而他立即升任副警長，兩年後跳級升任督察，三年後拆局時更把我們的局長擠掉，成爲鎮上有史以來最年輕的局長。當時還不是局長的派斯因爲年資深厚，被視爲升局長的大熱門，沒想到竟然被丟到新分局當開荒牛。」

「啊，原來弗雷克局長這麼厲害嗎？」雅迪嘆道，心想局長冷靜眼神裡的一絲「雜質」，就是僅存的復仇心。「他的魔法力有多強？」

「沒有人知道，因爲他沒有加入魔法公會，沒接受評核。他已在實戰證明能力，就不用多此一舉，以考核成績來換取升職的機會。」大師說：「不過他使出魔法時不用念咒文，大部分人都猜想他有四十級以上吧。坊間給他一個外號，叫作『冰法師』。」

「不用念咒文這等小事，雅迪也懂！」露西還在嘀嘀咕咕，聽到大師在講述弗雷克的「光榮事蹟」，更是不高興。

「雅迪你也懂得這種高等魔法技術？」大師奇道。

「懂，不過我的魔法力只有二級。」雅迪笑說。

「二級？」大師再次愕然。

雅迪笑了笑，不置可否。路上他們三人繼續談論著一局和二局間的紛爭，諸如綽號「帕加馬惡犬」的蘭多夫督察如何小看二局的成員、派斯局長在三年前的收穫祭中怎樣出醜，導致人們都不大願意加入二局之類。

「雅迪，你明明是貴族出身，將來要接任弄臣一職，爲何來當警察？」露西問道。

「這個……」雅迪面有難色，說：「我這麼說吧，如果妳每天看到快五十歲的老爸一臉白色的妝、在國王和大臣面前耍笨，妳會怎麼想？更糟糕的是，妳知道終有一天妳要像他一樣，在眾人面前表演愚蠢的滑稽舞蹈，整天想惡作劇點子——妳會不會像我一樣逃跑？」

「所以你才會申請調職來遠離王城的帕加馬鎮？」露西聽到「逃跑」一詞，有點詫異。

「爲了不整天被老爸念，逼我學習講笑話和作弄人的技巧，我從魔法學校一畢業就進警察學校去，可是之後在王城工作，始終躲不過老爸的掌控。」雅迪嘆一口氣。「就戲弄他人的能力而言，老爸神通廣大，在他身邊多待一天，只會被他多整一天。」

「你不用回去繼承職位嗎？」大師問。

「至少我老爸一天沒退休，我仍擁有一天的自由吧。」雅迪攤攤手。

三人回去警局前，先在路上的攤販買了點吃的當晚餐，回到辦公室時一邊吃一邊撰寫報告。出發前大師曾做最壞打算，預料紅伯爵在黑木監獄大開殺戒、把獄卒宰光，然而實際上並不嚴重，他感到略微安心，估計紅伯爵現在不過是個沒有魔法力的狼狽逃犯。可是，紅伯爵畢竟是個嗜殺的狂徒，光是名字已可以讓帕加馬鎮陷入大混亂，這案子還是得好好處理。

道奇在雅迪三人正在寫報告時回來，他一直在東區找小白，可惜無功而返。當他知道紅伯爵逃獄的消息後，又變得精神抖擻，磨拳擦掌地說要把這個頭號重犯抓住，送回牢房裡。

「啊，你們回來了。紅伯爵那邊怎麼樣了？」道奇回來後不久，谷巴科長也回到辦公室。大師簡略地向他報告情況。

「這麼說，沒有什麼好擔心嘛，幸好、幸好。」科長坐在座位上，身子往後一躺。

「不過我們還得留意一下，紅伯爵就是紅伯爵，就算已失去魔法力，難保他會幹些什麼事情出來。給巡警的通告我已準備好，請你看一看，沒問題我就發給巡邏組。」大師把文件遞給科長。

「好，你待會拿給他們吧。」科長連一眼都沒看，就把文件推回給大師。「大家今天辛苦了，明天中午我們要到風信子會堂處理集會示威，防止衝突，大家回家好好睡一覺，明天早上九點集合。」

「科長，」雅迪拿起一直放在座位旁的背包，說：「請問宿舍在哪兒？」

眾人看著雅迪，彷彿他又問了個蠢問題。

「我們沒有宿舍的。」科長回答說。

「咦？」雅迪驚訝地說：「我申請調職時同時申請了宿舍啊！」

「二局一直沒有宿舍的。」大師插嘴說。

「啊……那我今晚先找家旅館吧。你們有沒有相熟的旅館？」雅迪說。

「呃，」露西猶豫了一下，「雅迪，我想你找不到房間的。你忘了大後天便是收穫祭嗎？這幾天有很多外來的商人和旅客，每年的這個時期，全鎮所有旅館都會爆滿，你不可能找到空房。」

「啊！那我今晚怎麼辦？」雅迪開始慌張起來。

「要不然你今天先到隔壁的休息室睡吧，」科長說：「這幾天你會沒空找房子，先在局裡留宿吧。」

「隔壁的長椅蠻舒適，一、兩天沒問題。」大師笑道。

「可以眺望斯巴廣場的夜景，是個不錯的地點啊。」露西忍著笑說道。

「那、那好吧。」雅迪說。他心想至少不用露天席地，有長椅也很不錯了。

眾人告別後，只剩下雅迪孤伶伶地在辦公室裡。時間已是晚上十點，街上愈來愈靜，市集的攤販逐一散去。雅迪倚在窗前，呼吸著秋夜清爽的空氣。

「老爸，是你在我的調職安排上動手腳吧。」雅迪對著星空嘆了一口氣，沒想到父親在他離家前，仍有方法整他一整。

雅迪拾起行裝，走到隔壁的休息室。休息室比萬事科的辦公室小一半，只有一扇窗戶，另外有三張長椅，椅墊用上厚厚的棉布，當作床不會太難受。窗前有一個小茶几，放著幾本書，雅迪拿起翻了翻。

「是魔法石的圖鑑嗎？」雅迪翻著，看到彩色的圖畫和詳盡的介紹，從基本的、不同屬性的魔法增幅石、守護石，稍微罕有、能夠儲存魔法力的魔石英，至極其珍貴的魔法增幅結晶和守護結晶等等都包括在內。

「警長，請小心一點，這本手抄本是原版喔。」雅迪冷不防地聽到身後有人說話，嚇得差點把書丟到地上。

休息室的門前站著一位六、七十歲的老伯。他的眉毛和頭髮一片灰白，戽斗似的下巴上蓄著濃密的白鬍子。雅迪覺得有點眼熟，想了想，終於想起對方是今天中午才見過、負責看守地窖的那位老人家。

「啊，抱歉，我擅自拿來看了。你是看守地窖裝備室的那位老伯？」雅迪把書合上，放回茶几上。

「呵，是啊，警長。我叫波莫，局裡都叫我波莫老伯。我是這棟分局大樓的管理員。」波莫老伯彎著腰說。

「我叫雅迪，從王城調職過來，因爲沒找到住宿的地方，只好在這間休息室睡一晚了。」

「那你要不要枕頭和被子？」在灰白色的鬍子中，波莫老伯咧嘴而笑，露出參差不齊的牙齒。

「哦，你有多出來的嗎？」雅迪喜出望外。

「有，跟我來吧。」波莫老伯拿起雅迪剛才拿著的書本，轉頭離開休息室。

「這兒的人吶，整天把東西亂放，珍貴的書本看完就懶得放回原位。書本應該要好好的分類，才容易找嘛。」波莫老伯一邊說，一邊往樓梯走去，雅迪跟在他身後。

「老伯你不只看守地窖嗎？」雅迪問。

「我有時會幫忙當值的警員看守一下，其餘時間我都是打理大樓的雜務，有時還要充當清潔工呢。」老伯沿著樓梯走上四樓，但卻沒在四樓停下，而樓梯還繼續向上。

「咦，我們往哪兒？」雅迪以爲這大樓只有四層。

「這兒有閣樓嘛。」波莫老伯把頂樓的門打開，雅迪才知道從外觀看到淺淺傾斜的屋頂，裡頭竟然是一個廣闊的房間。

閣樓裡整齊地排列著一個個的多層書架，上面放滿了大小不一的書本，看來都是珍貴的古書。老伯把手上的書插到書架上一堆皮革書皮的厚書之中，雅迪看到左邊是維吉爾．亞克流斯編撰的《龍族全圖鑑》，而右邊的是尤利斯．歌德所著的《魔龍與魔法的關連性》。在書架的後方有個小小的空間，掛了一幅綠色的布幕，放了一張床、一張桌子、一張椅子和兩個櫥櫃，看來這是波莫老伯的房間。

「這是老伯的房間嗎？」雅迪東張西望，問道。

「算是吧。」老伯打開衣櫥，拿出了枕頭和被子。

「你有很多書啊。」

「不，不是我的。」老伯把寢具交給雅迪。「這棟大樓本來是總督的財產，聽說是他兄長的房子。他兄長是個學者，蒐集了很多古書，可是人死了，總督卻對這些資料沒興趣，便由得它們堆放在這兒。後來二局立功，派斯局長希望二局有一棟較像樣的大樓，所以總督把這大房子送給二局。我本來就是這大樓的管理員，他們來了之後，我便繼續在這裡工作。」

雅迪心想，所謂「立功」只是替總督找回貓兒小白罷了，這總督處事也有點兒戲。

「剛才的書怎麼會被拿到休息室的？」雅迪問。

「局裡有人喜歡看書，我就由得他們拿來看囉。」老伯坐在床邊，示意雅迪坐到椅子上。老伯說：「這兒有很多寶貴的資料啊，有絕版的《岡瓦納大陸古地圖》、《祕銀與精金鍛冶術指南》、《神祕的第七系魔法》等等，也有些跟王城王立國家圖書館藏品同級的手抄本，像《龍族全圖鑑》和《魔法石及結晶圖鑑》，這兒的版本附有手繪的彩色插畫，一般市面上的版本只是黑白的刻印本。」

「這麼珍貴的書總督竟然沒有留下，收藏到總督府裡？」

「總督是個武人嘛。以博學聞名的梅納男爵家竟然出了個以力量取勝的力士，也算是個異數。還好他對鎮民不錯，在內閣的協助下，尚算把帕加馬鎮治理得井井有條。沒幾個邊境城鎮像咱們這麼繁榮啦。」

「原來如此。」雅迪望向密密麻麻的書架。

「雅迪警長，看來咱們也蠻投契的。」老伯邊笑說邊站了起來，「放下被子，給你看看好東西吧。」

雅迪看著波莫老伯走到第五列和第六列書架中間，在盡頭拉了一下的牆上的繩子，上方突然降下一道木梯。老伯先攀上梯子，在頂部打開了一扇活門，雅迪看到星光閃爍的天空。

「上來啊。」老伯爬到外面，探頭招手叫雅迪上去。

雅迪從梯子往外走，發覺身處二局大樓的屋頂。附近沒有三層以上的建築物，加上二局大樓所處的地勢略高，所以他幾乎可以遠眺整個帕加馬鎮。

「看吧，那邊便是東區，那兒便是風信子會堂，陷下去的是貫穿帕加馬鎮南北的得勞斯河，另一邊遠處便是總督府。」老伯按著屋頂的瓦片，暢快地說。

「這兒的景色眞的很美啊。」雅迪嘆道。雖然他曾在高處觀看過繁囂的王城全景，但帕加馬鎮卻帶著截然不同的風味。如果說王城是代表國家的宏偉，帕加馬鎮就是顯現了文化交會的多元化。

「有空上來吹吹風吧，尤其是困惑或氣餒時。在二局工作很辛苦喔，不過只要在這兒看看四方，就會充滿力量啦。」老伯興奮地挺腰站了起來，雅迪連忙抓住他，生怕他掉下去。

兩人從屋頂下來，雅迪跟老伯道謝後，拿著枕頭和被子回到空蕩蕩的三樓。雖然長椅沒有看起來那麼舒服，雅迪還是很快地睡著，因爲從早上來到鎮上後，他一直奔波勞碌沒有停下來。

翌日早上，雅迪被鳥兒的鳴叫聲吵醒，看看窗外，市集的商人開始準備做生意。雅迪稍作梳洗後，回到辦公室，卻看到大師已經在座位上喝著熱茶。

「早安，雅迪。」大師看到雅迪，打招呼說：「昨晚睡得好嗎？」

「早安，大師。幸好波莫老伯借了被子和枕頭給我，睡得還可以。」雅迪坐到自己的位子上。

「哦，你見過波莫老伯了嗎？」大師說。

「嗯。他人不錯，而且閣樓的書眞多。」

「哈，想不到你們會合得來。喝茶嗎？」大師拿起茶壺。

當雅迪吃著大師分給他的麵包時，露西和道奇先後來到警局。

「好，今天的主要工作是在反對獵人公會的集會示威中維持治安，防止雙方發生衝突。我先說明一下大家的崗位、人手調配和突發事件的應變措施。」大師將茶壺挪開，邊說邊翻出地圖。

「不用等科長嗎？」雅迪啜了最後一口紅茶，問道。

「科長說『九點集合』，意思是『你們九點集合，我十點到』。」露西啐了一聲，不屑地說。

雅迪從背心的口袋掏出金色的懷錶，時間已是早上九點零五分。

「咦！那是什麼？」道奇一臉好奇地向雅迪問道。

雅迪一時不明所以，循著道奇視線發現對方盯著自己手上的懷錶。

「這不就是懷錶……啊，對，帕加馬鎮沒有這東西吧？」雅迪看到大師和露西也停下動作瞄向他的手掌，才想起這件隨身物件的高昂價值。他解下鍊子，將懷錶遞給道奇，對方神色難掩興奮地接過把玩。

「原來這就是懷錶啊，我還是第一次看到實物，沒想到這麼小。」大師湊過頭來說道。

「到底用了什麼魔法和鍊金術才可以將鐘塔縮小到口袋尺寸呢？」道奇身為矮人族，對鍛冶工具器物有著天生的好奇心，不過雅迪看出連露西也想將懷錶拿上手看看，只是不好意思開口。

「其實和鐘塔的原理一樣，只是王城有巧手工匠將機關縮小，配搭強力的土系魔石英推動機關而已。」

與魔族發生大戰前，勞古亞各國城鎮的鐘塔都由人力操作，定時敲鐘報時，或是人手移動鐘面的時針，讓居民能夠知曉時間；然而戰爭期間為了抵禦敵人，各地工匠和魔法使都致力於開發新技術、製造魔法武器，結果在戰後誤打誤撞發明了以魔石英作為動力源的機關裝置，應用到鐘塔上。魔石英和魔法增幅石、守護石不同，是一種儲存魔法力後自動發出特定屬性魔法的媒介，由於土系魔法能改變岩石形狀，鐘塔內部便是以土系魔石英將一塊方形岩石「壓扁」，推動機關移動時針，同時轉動方形石，讓魔石英從另一角度以魔法「按壓」它，循環不止，使鐘塔自行運作。

一般鐘塔的魔石英大如酒桶，才有足夠魔力推動機關，懷錶裡指甲大小的魔石英必須既強力又穩定，單是這要求已難倒不少魔法使和石匠。

「據聞就連總督府也只有衣櫥大小的時鐘呢，我還以爲那是極限了，將鐘樓縮小放進大廳已超乎想像。」大師在道奇將懷錶歸還給雅迪後，笑著說：「不過我想，就連王城也不是人人都佩戴這東西吧？」

雅迪不好意思地微笑點頭，明白大師已猜出懷錶的來源——他這只懷錶由國王賞賜，因爲他的弄臣父親嫌懷錶妨礙滑稽舞蹈表演，所以雅迪便取來自用。王城除了王室成員外，大概也只有十多位貴族擁有這珍寶，全國加起來懷錶的數量恐怕不足五十只。

「好了，我們先看看風信子會堂的地圖吧。」雅迪收好懷錶後，大師回到正題繼續講解部署。雅迪畢竟新來乍到，只能安分守己，聽從大師的指示和安排。

「啊，大家到齊了？」當大師說明完畢，安排好各人帶領的巡警小隊、負責不同的工作後，谷巴科長才慢條斯理地進到辦公室。一如露西所說，他遲到差不多一個小時。

「科長，你又遲到了。」露西抱怨一句。

「有大師在，我很放心嘛。你們已經商量好部署？」科長從容地說。

露西沒好氣地按照地圖向科長簡單說明，科長點頭說：「好。巡警們應該都到會場了，我們也出發吧。」

雅迪隱約感覺到，萬事科的眞正領袖其實是大師，谷巴科長只是個花瓶。他猜想，或者因爲大師經驗豐富，所以科長才會漫不經心，如果反過來由科長指派工作，搞不好老半天還無法弄一個部署出來。

「到風信子會堂了。」

五人乘坐萬事科的馬車，不一會就到達風信子會堂。風信子會堂是帕加馬鎭兩大會堂之一，它有一棟三層高的大樓，設有十二個房間，可以用作不同用途，例如公會聚會、拍賣會、祭典儀式等等。大樓後方是能夠容納五千人的露天劇院，十年前甘布尼亞和奧多維斯亞兩國國王曾駕臨欣賞前任歌姬演唱。

「戰爭時，風信子會堂更被用作情報站，用來收發各地軍隊跟魔王軍戰鬥的消息哩。」大師看到雅迪抬頭凝視會堂的外牆，對他說道。

會堂入口前站著十幾個巡警，他們今天沒有穿上灰藍色的皮甲制服，改穿鐵製的輕裝鎖子甲，手持盾牌，以防發生衝突時要用武力分開雙方。他們看到萬事科的馬車，不慌不忙地一字排開，雖然不大整齊，但紀律尙算嚴明。

「各位手足，」大師在會堂前的石階上對警員訓話，「還有半小時『反獵聯盟』那些示威者便會到場，請你們依照指示把木柵排好，防止有人越過，另外因格朗副警長會告訴你們各人的崗位！辛苦各位了！」

那十數名警員都抖擻精神。露西趨前給他們指派工作，道奇則從旁協助，而谷巴科長又不見了人影。

「雅迪，我們進去跟獵人公會的人打招呼吧。」大師說。

「大師，爲什麼不叫露西和你一起去？我只是個新人吧。」雅迪隨大師走進會堂的走廊後，忍不住問道。

「露西跟獵人公會有些恩怨，還是不見面較好。」大師邊走邊回答。

「恩怨？」

大師沉默一下，摸摸下巴再說：「其實也不是什麼大不了的事情。你知道露西爲什麼這麼年輕便升任副警長嗎？」

「聽說她去年破了三件案子，還把其中一個壞蛋打個半死嘛。」

「啊，你知道就容易說明了。」大師微微一笑，「那個被她打至半死的壞蛋，是獵人公會的幹部之一。」

「咦？」雅迪有點意外。

「帕加馬鎮的獵人公會不是一般人想像中的健全組織。和全國性的戰士公會或魔法公會不同，獵人公會只是個地方公會，自從戰後經濟復甦、帕加馬鎮成爲貿易中心後，原來的捕獵活動漸漸式微，也因爲鄰近的森林被開拓得七七八八，魔獸襲人的事件更是愈來愈少。本來的獵人大都轉職成爲冒險家，往外地找尋新天地，或者成爲警員和軍人，留下來沒轉職的只有嗜血的三流獵人。正所謂物以類聚，現在的獵人公會只吸引一些流氓和冒牌冒險家加入。不過公會的會長希斯頓・亨特是個大地主，他繳納了不少稅款給鎮政府，所以總督不想不留情面地把公會廢掉。」

「那個示威的『反獵聯盟』又是怎麼一回事？」

「因爲獵人公會漸漸變成暴力集團，並且經常到野外濫殺動物，於是一位叫龐馬的退役老兵發起運動，反對獵人公會胡亂殺生，指近年出現的魔獸襲擊旅人事件，是因爲獵人濫殺、入侵牠們的棲息地所致，令森林的野獸不得不反抗。龐馬老先生雖然只有一條腿，但他是個交遊廣闊的人，人脈很廣，不論地位、不論種族四處交朋結友，連矮人和精靈族的名門望族都支持他，所以他跟亨特會長對上，便令事情變得十分棘手，鎮政府兩邊都不能偏幫。

由於市民大都支持聯盟，公會的立場很不妙……」

大師說著說著，卻突然閉嘴不談。雅迪察覺他們前方不遠處，一個禿頭的中年男人正迎面走近。

「啊，是布力克史密斯警長嘛。」那禿頭男人滿面笑容，但雅迪感到笑容背後的虛僞。

「亨特會長，因爲職務關係，今天不得不來打擾你們了。」大師回報一個微笑，雖然這個微笑也不是發自內心。

「這位是……」亨特會長望向雅迪，「是新的警官嗎？」

「我是從總署調任的雅迪尼斯・德布西警長。」雅迪點點頭。

「啊，是總署的警長嗎？」亨特會長流露出貪婪的目光。「想不到在這兒能認識總署的警官！德布西警長有機會來我家作客吧，我一直很想知道王城的情況。」

雅迪沒有回答，這股銅臭味令他作嘔。

「會長，你們不是正在舉行週年大會嗎？」大師問道。

「剛才中場休息，我出來透口氣。」會長說。

「我建議閣下別到會堂外，恐怕那些示威者快聚集了。」雅迪說。

「我知道那些什麼鬼聯盟的傢伙在無事生非，兩位警長你們放心，待會你們來參觀一下我們的大會，便會了解我們準備了讓民眾支持的方案。」當會長說出「聯盟」二字時，擺出一副嗤之以鼻的樣子。

正當雅迪想追問那是什麼方案，他忽然聽到身後的梯間傳來腳步聲。雅迪回過頭，看到一個瘦骨嶙峋的男人正從梯間走上來。那個樣子像骷髏的男人看到雅迪注視著他，嚇得幾乎跳起，卻又強裝鎮定，低著頭繼續走。

「亞倫！」會長看到那骷髏男，連忙招手說：「讓我來介紹一下，這是我的得力助手亞倫·米切爾。這位是布力克史密斯警長和德布西警長。」

米切爾躲躲閃閃的，畏縮地點了點頭。雅迪和大師心想，這樣的傢伙也能當上「會長的得力助手」，獵人公會離解散的結局只怕不遠了。

亨特會長像是看穿他們的心思，笑著說：「別看亞倫沉默寡言，他辦起事情來，可說是幹勁十足，我們今年在這兒開週年大會也是他建議的。」

「米切爾先生，」雅迪突然插嘴，「剛才你到哪兒去了？怎麼從下層上來？」

「我……我、我剛才迷、迷路，誤打、打誤撞走錯了。」米切爾口吃地說。

「德布西警長，亞倫他不太擅長說話，不過他是位厲害的獵人啊，尤其精通火魔法，他曾在一瞬間把巨熊殺死呢。」會長繼續自說自話：「會議的休息時間快結束了，兩位不妨一起來看看，聽聽我們的方案吧？」

大師正要說好時，雅迪和大師交換一個眼神，再說道：「我先失陪一下，很快回來。」看到大師微微頷首，亨特會長以爲雅迪有其他職務，沒說什麼便裝作熟稔地拉著大師往走廊一端走去。雅迪目送他們離開後，回頭瞧向那道階梯。

——不對勁，剛才那個米切爾有點不對勁。

雅迪本能地覺得那個顴骨突出的傢伙有事隱瞞，他知道大師也察覺到了，於是故意配合讓自己去調查。他沿著樓梯往下走，穿過狹窄的走道，找到一扇褪色的木門。打開木門後只見漆黑一片，於是他使用火魔法把環境照亮。

「這是什麼密室嗎？」雅迪看到很多麻繩、木板和柱子，天花板很低，雅迪幾乎要彎下腰才能避免撞到頭。木製的天花板上有幾扇活門，雅迪打開其中一扇，猛烈的陽光一瞬間從隙縫射進，探頭一看，發現自己身處會堂後空無一人的露天大劇院中心。

「原來這兒是舞台下方啊。」雅迪關上活門，仔細察看周圍，沒發覺有什麼不妥。或許那個米切爾真的迷路了？

就在雅迪往四周張望時，他不小心把一個巨大的布袋踢倒，白色的粉撒滿一地。

「哎！」雅迪嘗試用手把粉末撥回布袋裡，卻不小心把更多的白粉撒出來。這些白粉大概是用來做舞台效果的石灰吧，像在舞台的機關中噴出製造煙塵的樣子——雅迪邊收拾邊想。弄了好一會兒，他把大部分的粉末放回袋子，不過仍有不少留在地上，以及沾到雅迪的衣服和褲管上。

雅迪回到走廊，走進獵人公會週年大會的會場。場內約有百多人，只是每個人的樣子都不是善類，大部分是手執武器的強壯戰士，也有少數衣著普通像是魔法使的成員，有些人在雅迪進來時回頭狠狠盯了他一眼。亨特會長正在台上發言，那群烏合之眾乖乖地聽著。大師正站在會場的最後方，雅迪看到他後就悄悄走到他身旁。

「有發現嗎？」大師低聲問道。

「沒有可疑，那傢伙可能真的迷路了。」雅迪也壓下聲音答道。

「這邊卻不得了哩。」大師邊說邊以下巴朝台上努了努。

「什麼不得了？」

「你聽聽會長在說什麼。」

雅迪把注意力放到台上，只看見亨特會長眉飛色舞地演說著。

「……就像我剛才所說的，鎮外西邊農莊的牲口被殺案已經連續發生一個多星期了，我們可以猜想是因爲農莊鄰近的紅葉林裡，躲著比獨眼狼群更凶猛的魔獸，牠們趁著夜晚出動。今天被害的是牲口，但難保明天被害的不是居民啊！即使我們還未掌握實據、即使以下的提議對我們沒有什麼利益，爲了帕加馬鎮，我認爲這是我們公會該做的事情。各位會員，我建議組織魔獸討伐小隊，肅清紅葉森林的野獸！」會長說話時，台下不時有人發出「消滅牠們」、「殺吧」等吼叫聲。

「我們進行表決，如果動議獲得通過，我們就選出討伐小隊的成員……」亨特會長緊握拳頭，說得口沫橫飛，旁邊的米切爾一臉木訥，默默地拿著羽毛筆，記下會議的過程。

大師拍了拍雅迪的肩膀，指了指門口，示意雅迪和他先到外面。

「這不就是一局正在調查的那件案子嗎？」在走廊上，雅迪問大師。

「所以這很麻煩啊，昨天局長還說我們要參一腳。他們這次行動很可能獲得市民的支持……雖然我很質疑他們的動機。」

兩人來到會堂外，聯盟的示威者已經聚集，差不多有一百人。和獵人公會的成員不同，人群中有男有女、有老有幼，也有人類以外的種族。站在最前方是一位矮小的老頭，他拄著拐杖，其中一條腿自膝蓋以下沒了，取而代之的是一根圓形的木頭。這老頭滿臉傷疤，卻叫人分不清哪些是疤痕、哪些是皺紋。雅迪猜想他就是退休老兵、聯盟的發起人龐馬老先生。

「反對濫殺！反對濫捕！把名不副實的公會解散！」

「繼續屠殺，只會令紅葉林獨眼狼群入侵西部農區！」

「取締嗜血的獵人公會！」群眾在呼喊著。

不論是穿著盔甲的警員還是露西和道奇，他們只能站在人群前方，一動不動地阻止對方向前走。

「公會的聚會快結束了，他們很快就會出來。大家小心一點。」大師在露西身邊說道。雅迪、露西和道奇依著早上的部署，走到不同的位置，跟穿裝甲持盾牌的巡警一同維持著示威者的界線。

不一會，公會的成員從會堂中走出來。就像雅迪剛才在會場所見，他們大都一臉橫肉，提著誇張的武器，以不屑的眼光看著示威者。示威的人看到當然不甘示弱，企圖衝前，警員們只能奮力抵擋。

「媽的！你們這群垃圾！夠膽來跟我打一場！只會在人家背後指指點點！我呸！」在離開會堂的獵人行列裡，一個大塊頭對著地上吐口水。

忽然一塊石頭從人群中拋擲過來，不偏不倚打在大塊頭的光頭上。雖然這小石子甚無威力，卻惹火了這個巨無霸。

「哪個孬種！是誰丟石子！」那巨無霸提起巨斧衝往人群，示威者不禁嚇得後退三步。

「停手！收回武器！」露西拔出短劍，憤怒地指著這個巨人。

「嘿，妳這個小妞兒有什麼能耐敢命令本大爺？」大塊頭毫不畏縮，更踏前一步，作勢把大斧揮下。

雅迪見狀大驚，正想衝前推開露西，怎料露西一劍架開了巨斧，再伸出左手抓著巨漢腰間的皮帶，彎腰用力一甩，狠狠給巨人一個過肩摔。

大塊頭被露西摔個四腳朝天，群眾都高聲叫好，而那巨漢還不知道自己因何倒地。露西把劍架在他的脖子上，冷冷地說：「收回武器，在十秒鐘之內離開，否則我帶你回警局。」

「是……是『二局鐵鎚』！我有眼不識泰山，我現在立即走！」巨無霸終於認清自己的對手是誰，連跌帶爬地離開。

示威群眾看到這幕士氣大振，再一次逼近會堂，在石階上的公會成員不知所措，只好僵住。有人抽出武器，看來衝突在所難免。

「各位！」亨特會長突然從獵人身後踏前露面，朗聲說：「我知道公會的形象一向不太好，我也努力地改善。今天各位到這兒，只是受到某人的唆使，如果各位認清事實的眞相，絕不會跟我們爲敵。我們是各位的戰友！我們是爲了大眾而戰！爲了證明我們的忠誠，我們將會介入西區農莊的牲畜連續被殺案！我們會到紅葉森林調查，冒險捕殺危害各位財產與人身安全的魔獸！我們保證不會向各位索取一分一毫，這是出於無私的精神！是獵人公會爲帕加馬鎭民提出的善意！所以各位請認清事實，想清楚誰才是你們的朋友吧！」

示威群眾都靜了下來，不再高聲疾呼，議論著亨特會長的話，只有少部分人仍在大嚷「你別欺騙我們」、「你一定是不安好心」、「你們不會幹虧本生意」之類。一眾獵人在會長的帶領下，離開會堂。縱使氣氛一度緊張，結果這次的示威活動沒有以衝突收場，雅迪他們爲此感到慶幸。

◎

雅迪、露西、大師和道奇四人疲倦地回到二局。道奇一回到辦公室便癱在椅子上說：

「累死了，還好沒有人受傷。」

「說起來，科長呢？」雅迪發覺從他們到會堂部署後，谷巴科長就不見了蹤影。

「他一向是這樣的吧！」露西不滿地說：「老是叫我們努力一點，自己卻整天偷懶。」

「我是去接待貴賓了喔。」科長突然從門口進來，身後還有兩個衣著華麗的人，看樣子不是有錢人家便是特權貴族。站在前面的是個三、四十歲的先生，雙眼瞇成一條線，笑容滿面，雖然是位英俊的男士，舉手投足卻帶著濃濃的脂粉味，加上色彩斑爛的衣裝搭襯，反倒像個貴婦。他身後的人比他矮兩個頭，身穿一襲名貴的男裝外套、手工精緻的絲質襯衣，戴著一頂闊緣的帽子，低著頭連樣子也看不到。

「各位好喔，」那位笑容可掬的先生向眾人打招呼，「我叫查爾斯，是愛達小姐的經紀人。」

雅迪等人無不詫異，而站在查爾斯身後穿男裝的小個子，緩緩把帽子脫下，長長的金髮霎時從帽子裡飄下，令人驚豔的美貌展現於眾人面前。白皙的肌膚、秀挺的鼻子、微翹的紅唇，組成一張標致的臉孔，而最令人印象深刻的是那雙碧藍色的眼眸，就像海洋般深邃，散發出不凡的靈氣。即使穿上男裝，仍然難以掩蓋這位少女的光芒。

「我是愛達・歌登・拜倫，明天麻煩大家了，所以今天先來跟各位打個照面。」愛達向眾人鞠躬行禮，各人都有點不知所措，道奇連忙站起身，露西則點頭回禮。

愛達是甘布尼亞王國的新任國民歌姬，同時也是榮譽國民，雖然平民出身，但擁有與王室成員同等的身分，露西他們想不到她對一般人如此有禮，沒半點架子。

勞古亞大陸各國每五年各自舉辦競賽，選出國民中歌聲最動人的女性爲國民歌姬，之後各國代表會參加國際聖頌祭，選出最優秀者加以表彰。愛達去年不但脫穎而出，爲甘布尼亞奪得勞古亞大陸歌姬優勝的名譽，更爲人津津樂道的是，在精靈族壟斷冠軍的歷史中，首次有其他種族的少女打破這個宿命——愛達是個混血兒，父親是人類，而母親是精靈。她沒有精靈族的尖耳朵，也沒有精靈族天生那種令人眩惑的歌聲，相反地，各國的評審對她優美而堅強的聲線十分讚賞。她的聲音彷彿結合了精靈的優雅和人類的堅忍，令人感受到隱藏在她歌聲中的勇氣。

「愛、愛達小姐！我一直是妳的歌迷！有幸見面眞是榮幸！」道奇手忙腳亂，先前的疲態一掃而空。

「叫我愛達就可以了啊。」愛達微笑著主動跟道奇握手，道奇興奮得幾乎昏倒，一副「我這輩子不再洗手了」的樣子。

「這位是道奇・禾特拉卡探員，這位是尤金・布力克史密斯警長，這位是露西安・因格朗副警長，而這位是雅迪尼斯・德布西警長。」科長逐一介紹。

「啊，我見過德布西警長，你眞是一位厲害的魔法使啊！」愛達跟雅迪握手時，像個小女孩般以雙手緊緊握住對方。

「咦？我們曾見過面嗎？」雅迪怔了一怔。他沒有被愛達的美貌震懾，卻因爲對方的話擾亂了思緒，衝口而出問了這個問題後又怕自己太失禮，努力回憶在王城那些煩人的貴族宴會上是否和對方碰過面。

「我昨天在廣場看到你拯救那小孩。」愛達雙眼發亮，反而像個仰慕者。雅迪沒想到昨天受群眾注目的騷動中，愛達剛巧在場，在人群中目睹一切。

「啊！不，我只是嚇唬那壞蛋罷了。我的魔法力一點也不厲害。」雅迪尷尬地笑著說。

「但你不是能夠使用四個屬性的魔法嗎？」愛達問。

「呃……那倒沒錯，我還懂得風屬性和土屬性的魔法，不過我的魔法力丁點也不強……」雅迪不好意思地苦笑。

「全部！」愛達毫不在意雅迪後半部的話，驚訝地說：「家父也是個魔法使，他懂得使用三種屬性的魔法已被視爲出色的冒險家了。德布西警長你好厲害！」

在愛達不住的稱讚下，雅迪感到耳根發燙，他同時也感受到來自道奇那股又羨又妒的目光，以及大師強忍住的笑意。

「好了好了，話先說到這兒吧。」經紀人查爾斯先生像個大姊頭笑咪咪地說：「我們來是因爲明天愛達小姐會擔任『一日局長』，早上先參觀警局，慰勞一下各位警員，中午會在警局門前跟市民見面，之後到鎭內各處訪問，晚上會回到警局。」

科長接著說：「派斯局長安排我們擔任愛達小姐的保鑣，全程在她身邊保護她，以防有人對她不利……」

查爾斯先生臉色一沉，稍稍收斂那個職業式的笑容。「事實上，這幾天愛達小姐收到好幾封可怕的信件吶。」

查爾斯從口袋掏出三封信，攤開放在桌子上。第一封寫著：

國民歌姬啊，我會讓妳唱出痛苦的旋律，來填滿我的空洞。

妳手指被折斷時，所發出的聲音會不會像妳的歌聲般動聽呢？

妳想怎麼樣被傷害呢？

愛達看到這些信件，臉上閃過一絲不安的神色，但瞬間回復本來的表情。

雅迪翻開第二封，上面只簡單地寫著：

妳快死了。妳的內臟會被挖出來。把妳的血一滴一滴地抽乾。

第三封信沒寫半個字，泛黃的信紙上只有兩滴血跡。三封信的信封和信紙同款，而且頭兩封的字跡一樣，應該是出自同一人之手。

「這是什麼時候收到的？」大師問。

「一星期前，就在我們公開愛達小姐將會出席收穫祭，並且擔任二局的一日局長不久之後。帕加馬鎮是愛達小姐的故鄉，她父母年輕時在這兒生活，所以愛達小姐不想因為一些小事取消這兩項工作。」查爾斯說。「總督閣下更會在本年的總督府晚宴上，頒發帕加馬鎮榮譽公民的頭銜給愛達小姐吶……」

「只有三封信，很難追查下去。」露西拿起第一封信，細心檢查。

「不，因格朗副警長妳誤會了。」查爾斯像位女士那樣搖了搖頭，說：「我們不是要拜託你們追查發信人。雖然我希望把這個殺千刀的找出來，但愛達小姐平時偶爾也會收到這種古怪的信件，她認為如果一一追查，只會浪費警方的人力。只是因為收穫祭在即，而且發信人連續發出三封信，恐怕真的會出事端，所以先防備一下。」

愛達點點頭，臉上沒有露出懼色。雅迪想不到這位少女有這麼堅強的性格，暗自佩服起來。雖然他昨天才初次聽聞愛達的名字，但這次的見面讓他對這位高高在上的歌姬添了幾分好感。

「那麼，明天拜託各位了。謝謝大家。」愛達跟各人道謝完，便和經紀人離去。大師留下那些恐嚇信件，說有空可以研究一下，看看有沒有線索把發信人抓住——當然，大家也知道這十分困難，而且這陣子忙得要命，哪有空閒去處理不一定會發生的罪案。

夕陽西下，有點忙亂的一天快過去。科長聽到大師的報告，得知獵人公會也要插手農莊牲畜被殺案，不禁頭痛起來。

「這樣的話，我們不能拖了。雅迪、露西，你們明天抽點時間到農莊偵查一下，看看到底是人爲還是魔獸襲擊。」科長邊說邊把案件資料丟給雅迪。

「明天不是要當愛達小姐的保鑣嗎？」露西問道。

「我們盡量分配人手吧，」谷巴科長無奈地聳聳肩，「即使雅迪加入，我們還是人手短缺哩。」

眾人心裡都想說句「科長你別開小差，我們就多一個人了」，只是沒有人宣之於口。

「巡警二〇二號報告！」因爲辦公室沒關上門，有一個穿著制服的巡警敲敲門，站在走廊上說道。

「什麼事？」道奇的位子較近門口，問道。

「斯巴廣場的第三後巷發現屍體，懷疑是謀殺案。」

雅迪等人連忙站起來，各人拿起武器和外套準備出發。

「眞是愈忙愈見鬼。」大師跟那位巡警說：「知不知道凶案詳情？」

巡警皺著眉說：「是很殘忍的魔法殺人事件，死者被強力的火魔法燒成焦炭。據說現場地上有一個黑色的笑臉記號。」

所有人瞬間愣住，彷彿看到惡魔降臨。這正是從黑木監獄逃走、瘋狂魔法使紅伯爵的殺人手法。

往事二

二十八分之十七

17/28

轉眼間，清爽的秋季已離帕加馬鎮遠去，寒冷的冬天無聲無息地降臨。自從戰後經濟復甦，帕加馬鎮的秋天一向是鎮民期待的季節，除了熱鬧的收穫祭外，各國的商人、旅客都在這個時候湧到鎮上，帶來不少新事物新見聞，無論是新穎的魔法道具、還是王城貴族們的風流八卦，都讓帕加馬鎮的市民感到雀躍。

不過，這一年的秋季沒有人有心情慶祝。

在這四個月內，帕加馬鎮共有十七人被殺。無辜地被殺。

稱爲「紅伯爵」的男人，躲藏在鎮上某處，每隔數天便會下手，以恐怖的火焰魔法奪去某人的性命。

紅伯爵並不是這個殺人魔的眞名，而是坊間替他起的。帕加馬鎮有一個流傳已久的童話故事，說從前有一隻叫紅伯爵的惡魔，喜歡抓小孩子來吃。牠會把壞孩子抓起來，放在柴火上烤熟，然後慢慢品嘗。愈是壞心眼的小孩，就愈容易烤焦，而紅伯爵最喜歡吃變成焦炭的壞小孩。不少父母都喜歡用紅伯爵的故事教訓子女不要幹壞事，否則會被紅伯爵烤熟吃掉。

只是他們沒想過，這種唬小孩的謊言也有成眞的一天。

更可怕的是，現實中的紅伯爵不止對付壞孩子，無論你是好是壞、是成人還是小孩，都有機會被殺。

只要不幸遇上紅伯爵，就幾乎沒有活命的可能。

猶如「會行走的天災」。

到目前爲止，僥倖逃過紅伯爵的魔掌的，就只有一個叫狄・克林姆的小孩。他目睹父母被殺，驚恐得無法說明情況，勉強知道的是當天有一個左手有六隻手指的男人走進家裡，二話不說就把他的父母以及來訪的大叔燒死。沒有人知道紅伯爵是沒留意小狄在場，還是特意放過對方，總之小狄就是沒有遇害。

除了「六隻手指」和「男人」外，紅伯爵的外表、容貌、特徵，統統是個謎。

叫帕加馬鎮所有人最感到恐懼的，是紅伯爵搞不好就在身邊。他可能是市集中一位不起眼的小販，可能是酒館角落裡的一個醉漢，可能是跟自己擦身而過的路人。

而鎮上所有人都是他的玩物。

「今天好冷。」尤金・布力克史密斯警長站在鷹門橋下，呼出了一口白煙。

「今年的冬天來得早，現在不過是十二月初。」穿著整齊巡警制服的肖恩・弗雷克在旁邊說道。

「搞不好過幾天會下雪呢。」尤金說。

「看樣子就是了。」弗雷克抬頭望向灰暗的天色。

在橋墩旁邊，就只有尤金和弗雷克兩人。他們身後的地面上，有一團黑色的人形痕跡，痕跡左面有一個簡單的笑臉符號。

「天氣這麼冷，卻要你通宵看守現場，眞是難爲你了。」尤金邊說邊望向那個曾伏屍的位置。

「沒關係，我習慣了，」弗雷克笑了笑，「我的祖國更寒冷。」

「啊，對，奧多維斯亞比甘布尼亞冷得多了……」

尤金一直覺得讓弗雷克當巡警是大材小用。他很清楚對方的實力，弗雷克使用冰魔法的技巧，比尤金見過的所有冰系魔法使都來得高明。

如果他不是從奧多維斯亞來的移民，他今天應該會是警長了——尤金心想。

雖然戰後各國比戰前更團結，國家與國家之間的隔閡大大減少，但在某些組織裡，身分和血統始終是象徵性的關鍵。弗雷克一向被同僚視爲外來者，就算不是刻意排擠，也在好些情況下推他處理一些難熬的工作。

就像在這種寒冷的日子裡，負責夜班，在露天的地方看守命案現場。

其實一般來說，命案現場只要搜證完畢，就沒必要繼續看守，但因爲這是紅伯爵的案子，局長擔心凶案現場會引來某些崇拜紅伯爵的罪犯「朝聖」，然後模仿做案，那只會令帕加馬鎮陷入更大的恐慌。

在鷹門橋下被紅伯爵殺死的，是位退役軍人。雖然死者年紀不輕，但據知是一位高強的劍士，在戰士公會裡獲得三十八級的考評，可是遇上紅伯爵，仍是不堪一擊。

橋墩上有一道劍痕，尤金猜死者反抗時曾使出鬥氣斬，可是從只有一道痕跡看來，死者在發出第二招前已被幹掉。

「就連三十八級的戰士也被秒殺啊……」尤金自言自語地嘆道。

「尤金警長，你說什麼？」弗雷克問。

「沒什麼。」尤金搖搖頭。

「警長你來是爲了研究紅伯爵的行動嗎？」弗雷克再問。命案已是五天前的事情，即使要偵查，也沒必要再到現場——而且跟這個現場相同的場合，警察們已經見過十六遍。

「不，我只是碰巧經過罷了。」尤金微微一笑。他沒說出，他其實是想來看看弗雷克，暗中鼓勵一下這位被官僚主義埋沒才華的巡警。

「對了，」尤金頓了一頓，「聽說你的家人要來帕加馬鎮探望你？」

弗雷克怔了一怔。「尤金警長，你……怎麼知道的？」

「我聽你的同僚說的。」

「嗯……我收到父親的信。」弗雷克不好意思地說：「一定是那個多嘴的約翰遜吧，我拆信時他碰巧看見了。」

「你不用不好意思，家人遠道來探望你，有什麼不好？」尤金笑道。

「我……我是離家出走的。」弗雷克搔搔頭髮，「九年前我跟父親吵了一架，就離開奧多維斯亞了。我曾對自己立誓，如果沒有幹出一番事業就不會跟家人見面，現在我這種半吊子的模樣，實在沒有面目見父親母親啊……」

尤金點點頭，明白弗雷克擔心的理由。

「別在意吧，天底下沒有父母不想跟子女見面的，事業或成就都不重要，重要的是孩子安分守己、當個正直有用的人。」尤金拍了拍弗雷克的肩膀，「聽說你的父母明天就到？」

「約翰遜連這個都說了。」弗雷克苦笑道。

「可是你今晚要當值，明天能去驛館接他們嗎？」

「我不知道，不過既然父親連我在帕加馬鎮警署工作也查得出來，我想我不去接他們，他們都懂得來找我吧。」

尤金點點頭。「那麼明天他們來到警署，我親自接待他們吧。」

「怎可以勞煩警長你……」

「這個時候就別跟我客氣，」尤金笑道，「畢竟你是我最優秀的下屬嘛。」

弗雷克靦腆地笑了笑。

◈

「老公，今天工作辛苦嘛？」尤金的妻子依莉莎一邊替丈夫脫下厚重的大衣一邊問道。

「沒有什麼辛苦不辛苦的……令我心煩的是調查毫無進展。」尤金答道。

每天回到家裡，依莉莎都會慰問丈夫一句。這句慰問十年如一日，但尤金從不覺得厭煩，相反，他覺得這是妻子的一種關心。每天從那個充滿罪惡和醜陋的環境回家，讓他感到世上還有善良和溫柔的，就是妻子這一句慰問。

這幾乎成爲支撐他繼續面對邪惡、打擊犯罪的心靈支柱。

「尼克今天寄信回來，說一切很好。」依莉莎說。尼克是他們兒子多米尼克的小名，他正在王城的軍校就讀。

「啊，是嗎？」尤金興奮地拿起桌子上的信，以慈父的目光細讀著兒子的每句話。信裡的內容其實沒有什麼特別，只是提及學校的生活和成績之類，但尤金仍津津有味地讀著。

「一提起兒子你就變成看到糖果的小孩。」妻子笑道。

「妳也是吧，我就不信你沒把這信讀過三遍！」尤金笑著回嘴。

「我讀了快十遍，幾乎背得出內容了。」

「呵呵……」

尤金和妻子愉快地聊著。

紅伯爵的陰影令帕加馬鎮瀰漫著愁困和恐怖，身爲警察的尤金更是感到莫大的壓力，但在家裡，他就能放下那個重擔，透一口氣，抖擻精神面對翌日的挑戰。

晚餐後，尤金坐在火爐旁，再次讀著兒子的信，邊讀邊笑。

「看你的樣子，像個傻瓜似的。」妻子坐在旁邊說。

「有關心自己的孩子眞是好啊……」尤金說：「這種幸福可遇不可求，親情眞是無可替代的……」

尤金說到這句，忽然想起獨自在寒風中守著凶案現場的弗雷克。

那個孤單的、被排擠的弗雷克。

「明天……不，我應該抽不出時間，要整天待在警局開會和報告調查進度吧……」尤金自言自語道。

「明天怎麼了？」依莉莎問。

「沒什麼，明天……」尤金突然想起某事，對妻子說：「對了，妳明天有什麼安排？」

「有什麼安排？就在家裡做家務，到河邊洗洗衣服囉。」依莉莎不解地答道。

「這就好了，我有一件事情想妳替我辦。」

「你要我替你處理警務？」

「當然不是，只是很瑣碎的小事……」

第三章・龐馬老頭與霍薩大叔

「不是說紅伯爵被禁咒法消去魔法力了嗎？」雅迪說道。連同谷巴科長在內，萬事科的五名成員趕往案發地點。案發的巷子跟二局只有三個路口的距離，科長還是堅持把馬車牽出來，說什麼關係到二局的形象云云——雖然大家都認為只是科長太少鍛鍊，連短短的路程都跑不動。

「對，紅伯爵應該無法使出魔法了……」大師的語氣有點遲疑。他控制著馬匹，讓馬車在狹窄的街道上奔馳。

「會、會不會是模仿犯？」坐在大師身旁的道奇說。

「怎會這麼巧？紅伯爵昨天剛逃了，今天便有模仿犯？」露西說。「為了避免引起恐慌，一局和我們都沒有公布紅伯爵越獄的消息啊！」

五人到達現場，卻看到一局的警員已把巷子圍住，圍觀的民眾不少，雅迪他們沒法走近。

「哎！被一局搶先了！都是科長不好！說什麼駕馬車出來！」露西啐了一聲。

「我們都去看看吧。」科長沒理會露西的怨言，下車帶領下屬們往巷子走去。

「警察！請讓開一點！我們是警察！」科長撥開喧鬧的人群，在人叢中穿插。

「你們是誰？」堵住市民的一局巡警阻止科長的前進。

「我是二局的谷巴督察，你們還不讓我過去？」科長亮出了警章，裝出嚴肅的樣子說。

「是我不讓閒人進入的。」一道女聲從巷子傳來，雅迪仔細一看，原來是在黑木監獄見過面的「帕加馬惡犬」蘭多夫督察。

「蘭多夫督察！妳行行好，讓我們協助調查吧。」谷巴科長一看到這位冷酷美人，嚴肅的樣子即時軟化了。

「谷巴，你很清楚規矩吧？」蘭多夫督察傲慢地說：「斯巴廣場我們都有管轄權，案發後誰先到場誰就負責調查。我們有權以避免影響偵訊爲由，禁止外人進入案發地點。」

「但這次跟紅伯爵有關啊，我們參與搜查對將來逮捕逃犯也有幫助嘛。」科長軟弱地說，很難想像他比蘭多夫年長十多歲。

「別危言聳聽，你怎麼把紅伯爵扯進來？我看這次是獨立事件。這兒沒你們的事了，你們回去二局處理商販糾紛吧。」

「可是……」

「你們聽好，」蘭多夫對守衛的警員下命令，「別讓任何『閒雜人等』進來，這是命令。」

看著蘭多夫那充滿驕氣的身影，露西和道奇都氣上心頭。

「科長！你怎麼可以退縮啊！她和你同級，一樣是督察，也一樣是部門科長，你怎麼像對上司說話那麼唯唯諾諾？」露西一輪搶白，雅迪覺得她反而像是科長的上司。

「對！這次一定要抗議到底！」科長突然激昂地說：「我們不可以任由一局欺侮！」

「科長！」道奇高興地說。

「大師、雅迪，你們去一局找弗雷克局長理論，要求他讓我們加入搜查！露西和道奇在這兒留意有沒有可疑人物，我這就回去跟派斯局長說明情況……」

「科長！你又想逃！」露西大喝。

「總之我先回去，馬車交給大師你們。再見。」科長邊說邊走，一溜煙地逃掉。

「這傢伙！背著一局的人便威風凜凜，在他們面前卻怯頭怯腦。」露西罵道。

大師沒理會露西的抱怨，站在警戒線外悄聲跟雅迪說：「雅迪，你看得到那個嗎？」

大師指著巷子裡的地上，在一局調查探員們的腳邊，可以看到像是人形的黑炭痕跡，旁邊有一個拳頭大小的黑色印記。兩點和一個半圓，就像一個笑臉符號。

「那個就是紅伯爵的殺人記號嗎？」雅迪問道。

「對，這不是模仿犯做的。」大師低聲說道：「你留意一下，那個半圓形的左邊還有三個黑色小點，這才是紅伯爵的眞正記號。我們沒對外公開這情報，只有調查員才知道這額外的三點。我以前曾參與調查紅伯爵的殺人事件，見過好幾個凶案現場，所以很清楚。紅伯爵的火焰魔法不但強，控制力也是一流，可以把人燒成灰卻不波及其他物件，這一點很吻合。」

「不波及其他物件？」

「紅伯爵用的火焰魔法裡，滲入了暗系的魔法力，令火焰染成黑色。」大師冷靜地說：「暗系魔法是奪取生命力的魔法，所以這種黑色火焰會纏在死者身上，把身體燒成焦炭，卻不會蔓延燒毀周圍的物件。」

「但禁咒法……」雅迪欲言又止。他想說，按道理沒有人能逆轉禁咒法的封印，但事實擺在眼前，大師能證明這死者是被紅伯爵所殺。

「禁咒法應該沒有解除的方法吧，你是魔法使，應該比我這個還俗的前僧侶清楚得多，我也不明白這是什麼原因。」大師搖了搖頭。「不過，說不定禁咒法本身有破綻，畢竟以前暗系魔法被視作禁忌，擅長暗系的魔法使也會被視爲邪魔外道，或許這種魔法對禁咒法有一定程度的抵抗力……」

在甘布尼亞王國，傳統的魔法使不會使用暗系魔法，認爲那是魔族的惡毒技倆。直至十年前受到奧多維斯亞和迪伏列等國家的影響，暗系魔法才獲得甘布尼亞的魔法使承認是正統魔法之一。在其他國家，暗系魔法只被當作治療用的光系魔法的反面，不少魔法使以暗系魔法狩獵，令獵物瞬間死去，某種程度上是人道的做法。

「比起『禁咒法有破綻』，我想到另一個更大的可能……」雅迪沉吟道。

「什麼？」大師問道。

「禁咒法根本沒有完成，紅伯爵的魔法力一直沒有被除去。」

「咦？」大師驚訝地說。

「禁咒法要魔法公會的十個長老聯手才能成功，如果其中一人是紅伯爵的同夥……」

「不會吧！」大師不由得蹙眉，「長老都是有名望的魔法使，魔法公會成員必須具備經驗和品行才能成爲長老。如果紅伯爵這種殺人魔跟長老扯上關係——」

「就會是一樁大醜聞了。」雅迪回頭瞥了地上的黑色笑臉一眼。

大師不願意相信這是眞相，但他明白，這確實是可能性之一，甚至比「禁咒法有破綻」更有說服力。

「我們先去一局跟弗雷克局長談談吧，胡亂猜測沒有意義。」大師說。

雅迪和大師跟露西他們分了手，駕著馬車前往一局。一局位於鎭的北部，在水仙花會堂附近，旁邊是魔法公會帕加馬鎭分會大樓和北區市集。一局大樓沒有二局大樓那麼華麗，但規模卻大上差不多十倍——單單在大樓旁的馬廄，馬匹的數量已多上二十至三十倍。即使在晚上，大樓內外還是燈火通明，値班的警員都精神奕奕。

「麻煩妳，我們想找弗雷克局長。」在大廳內，大師跟接待處的漂亮女警說話。雅迪環顧大廳，不論布置、警員還是來求助的居民，都是井然有序，和二局戰場似的環境可說是天壤之別。

「請問閣下有跟局長預約嗎？」那女警禮貌地問道。

「很抱歉，我們沒有預約，可是我們有急事商討。麻煩妳傳個口訊，跟局長說是和斯巴廣場的命案有關。我是二局的布力克史密斯警長，這位是德布西警長。」大師說道。

女警跟身後一位沒穿制服的男警員說了幾句，男警員便離開，往大廳盡頭的樓梯走去。不一會，他從樓梯回來，示意大師和雅迪可以到局長室和局長見面。雅迪心想，大師果然是老江湖，無論對手是監獄長、獵人公會會長，甚至是第一分局局長，他總能夠不卑不亢地把事情辦妥。

局長室在三樓，帶路的警員敲門，請大師和雅迪入內後便離開。這個局長室跟萬事科的辦公室差不多大，但論整齊清潔的程度，卻比萬事科優勝十倍，架子上的卷宗、書籍擺放得井井有條，辦公桌上沒有多餘的垃圾，就只有一些文具、印章、文件之類。弗雷克局長正在閱讀一份文件，看到雅迪和大師就高興地站起來。

「啊，尤金，歡迎歡迎。」仍是一身白色的弗雷克局長笑道：「還有德布西警長，你們來找我，是打算調來一局嗎？」

「弗雷克局長，這時候就別開玩笑了。」大師緩緩說道：「我們來是因爲蘭多夫督察阻止二局調查斯巴廣場的命案，我們只好向你求助。」

「斯巴廣場是共同管轄區，老規矩是先到先得，這沒有什麼問題吧。」

「如果凶手是紅伯爵呢？」大師還是保持著一貫的語調。

弗雷克局長的笑容僵住，認眞地問：「你是認眞的嗎？」

「我看到了那個惡魔的記號。」

弗雷克沉默不語，好像遇上很大的打擊。

「你們先坐下吧。」弗雷克局長倒在座位裡，左手托著腮幫子。大師和雅迪坐到桌前的木椅上。

「尤金，你肯定沒看錯？」

「我肯定。你很清楚我對這記號有多熟識吧。」大師嘆道。

「這樣啊……我明白了。我不想干預蘭多夫督察的工作，不能要求她讓你們加入調查，但我可以保證她把所有資料第一時間交給你們，讓你們自行追查紅伯爵的行蹤。你們在意的也不是這屍體吧？」弗雷克局長身體前傾，嚴肅地說。

「好吧，希望你能盡快把資料給我們。」大師點點頭。

「必要時，我會親自調查，追捕那個男人。」弗雷克緩緩說道。

雅迪感到弗雷克眼中的寒意，那是一種壓抑著的殺氣。雅迪心想，即使冷靜的冰法師也是個有血有肉的人，在這時候也有所動搖。

「那麼，尤金，我剛才的提議你會不會考慮一下？」弗雷克局長再次微笑著說。

「什麼提議？」

「調職到一局啊。德布西警長，我聽說過你昨天在市集的『精采表演』，也很歡迎你加入。」

雅迪沒想過對方是認眞的。

「尤金，」弗雷克見大師沉默不語，便繼續遊說，「其實三年前如果你不去二局，你現在就已經升爲督察、當了科長，不用在那個馬虎的谷巴手下辦事啊。」

「前局長狠批我不是當科長的料，你也知道的。」大師說。

「前局長是個保守的人，他的眼光不夠遠大，但我不同，我很清楚這些官僚制度只會浪費有能力的人。你現在來一局的話，我立即升你當督察，讓你管一個部門。」

「算了吧，」大師笑說：「我還有幾年便退休了，我也想到王城跟兒子見見面，他說他快要晉升高級衛士了。」

「這樣啊。如果你改變主意，我隨時歡迎你加入。德布西警長，你呢？」

雅迪料想不到弗雷克局長會把話題轉到自己身上，只好客氣地說：「啊，最近二局很忙碌，我先處理好手上的工作，再好好考慮吧。」

「好。你有意願的話，歡迎隨時光臨，一局大門永遠為人才打開。」弗雷克滿意地笑著。

「說起來，我也沒到過你這間局長室。」大師一邊打量著房間，一邊對弗雷克說。雅迪發覺，大師跟一局局長不但是老相識，應該還很熟絡，說不定曾一起工作。

「算是不錯吧，桌椅都是卡邦萊弗王國的進口貨，不過我沒時間好好欣賞，這三年來，局長的職務讓我忙得喘不過氣。」

雅迪細心留意房間內的擺設，大都是講究的美術品，不過他在王城見過不少，畢竟德布西家也是貴族之一。唯獨一件放在弗雷克身後架子上的紅色龍爪裝飾，他卻從沒見過。那隻龍爪大約有半條手臂長，由此可以推測那條龍相當巨大，伸長身子站立時很可能有四層樓的高度。爪子呈扁平狀，跟雅迪在書本中看過的形狀有點不一樣，而那像烈火般的紅色讓人知道，這隻爪子本來的主人不是泛泛之輩。

「那個是……」雅迪問道。

弗雷克一愣，回頭看看架子，恍然大悟地說：「啊，我忘了把它收好。我每逢遇上難題時都會拿出來看看。」

「那是龍爪吧，局長。」雅迪說。

弗雷克局長面帶笑容，說：「德布西警長果然有眼光，這的確是龍爪。這是我年輕時解決的一條魔龍。」

「弗雷克，原來那個傳說是眞的嗎？」大師訝異地問道。他連對方的身分也忘記了，直呼其名。

「呃，是的。」弗雷克局長面有難色，「我一向不喜歡吹噓。這應該是當年魔王麾下兩大魔龍之一的『赤焰亨吉斯特』，十五年前我跟隨父母和他們的同伴探險，在奧多維斯亞的山區找到牠，幾經辛苦才將牠殺死。」

三十年前魔王格因死去後，他的禁衛軍由繼任的摩因接管，而直屬的兩條巨龍則不知所終。事實上，沒有人知道這兩條魔龍是否眞的存在，有人說是魔王軍爲了令勞古亞聯軍恐懼而編造的謊言，但也有人說龐米亞王國被攻陷，就是受到兩大魔龍襲擊的結果。畢竟是傳說，三十年後也沒有人在意眞相了。

「你強力的冰魔法大概連發出烈焰的魔龍也抵擋不住吧。」大師讚嘆道。魔龍是擁有魔法屬性的龍族，牠們會使出某系的魔法，以及完全抵禦該屬性的魔法。對火系的魔龍來說，即使強如紅伯爵的火系魔法使也無用武之地，但冰系魔法使卻是牠們的天敵。

「才沒有。那次的代價很大，我們幾近滅團、犧牲了五名同伴才得到慘勝，能成功屠龍全靠我父母……可是……」弗雷克沒把話說完，眉頭緊皺，沉默起來。雅迪和大師也很清楚原因——他的家人都死在紅伯爵手上。

閒聊了一會，弗雷克局長說：「時候不早了，命案的資料我吩咐人明早送上。讓我送你們到大門吧。」

雅迪覺得這位局長很有風範，外表年輕，對人也親切。一想到派斯局長緊張地叫他們放下工作先去找貓的情景，雅迪就忍俊不禁，苦笑起來。

三人走到大門時，剛巧遇上蘭多夫督察，弗雷克局長便當著大師和雅迪的面，囑咐她明早要把資料分給二局，蘭多夫督察斜視雅迪他們一眼，雖然不服氣但也只能點頭應允。在他們談話期間，兩名巡警正押住一名醉酒鬧事的大漢，走進警局大廳。雅迪瞥了一眼，從裝束猜測是獵人公會的流氓，大概是會議結束後跟狐群狗黨去買醉，多喝幾杯引起麻煩，所以被巡警逮捕。

「放開我！放開本大爺——」那醉漢突然發難，掙脫巡警的綑綁，搶去其中一個警員的長劍，見人就砍。

「你別亂來！」大廳的人紛紛走避，有警員拔劍跟他對峙，可是那醉漢隨手一揮，隔空將十多尺外的一張長椅劈成兩半。

「這傢伙懂鬥氣斬！」有人大嚷，本來挺身而出的警員連忙後退，躲在障礙物後。老練的戰士能把鬥氣貫注入武器裡，讓它們的威力大增，而更高級的戰士甚至可以把鬥氣從武器射出，隔空擊中敵人。

「你別在這兒撒野。」弗雷克局長站到醉漢面前，淡淡地說。醉漢二話不說，一劍往局長的方向劈去，弗雷克局長不慌不忙，左手放在胸前，右手向前伸出，打開手掌，一瞬間他右手前方出現了一面和他一樣高的冰牆，「乒」的一聲把斬擊擋了下來。

「這就是『冰法師』的架式。」大師跟雅迪說，雅迪也驚異於有人把冰魔法使得如此純熟，能在半秒內造出屏障。不用念咒文已令施法時間大大縮短，更厲害的是在一瞬間爆發出強大的冰系魔法力，準確地造出能擋下鬥氣斬的厚牆，無論是反射神經、實戰判斷、魔力強度，在在顯示出弗雷克局長身經百戰，是高手中的高手。

醉漢連劈多劍仍無法打破冰牆，於是轉身便逃。弗雷克局長屈曲右手拇指，冰牆立時粉碎，只見他再次擺出架式，左手按胸，右手向前凌空一握，醉漢應聲倒下，狠狠跌了一跤。剎那間，醉漢雙腳已被冰封死，小腿凝結在一塊方形的冰塊之中。醉漢回身想揮劍，局長再輕輕揮動右手，對方雙掌也被巨大的冰塊封住，動彈不得。

「被冰封住雙手，就算懂鬥氣甚至魔法，也無法輕鬆使出來吧。」弗雷克局長放下雙手，如雷掌聲從四方八面傾倒過來。

「不愧是局長！」

「那是『冰法師』的實力啊！」

「我從沒見過局長表演呢！」

「眞是太帥氣了！」

警局大廳變得沸沸揚揚，無論警員或一般市民都發出讚嘆和歡呼。弗雷克局長只是微微一笑，吩咐警員把犯人押下，對大師和雅迪說：「我就送你們到這兒了，再見。」

縱使才剛做出了驚人的演出，弗雷克局長還是沒當作一回事，雅迪深深被他的氣魄所折服。不是發射出魔法，而是直接操控空間，以魔法改變事物的狀態，威力、精準度和速度都無懈可擊，如此游刃有餘的魔法使，就連王城也沒幾個。

「大師，你跟弗雷克局長是舊識嗎？」在馬車上雅迪問道。

「他仍是巡警時我已是警長，是他的上司。我當時負責緝拿紅伯爵。」大師淡然地說。

「咦，大師你是追捕紅伯爵小組的指揮官？那麼說拘捕那個瘋子你都有功勞了？」

「不，我中途放棄了。」大師依舊冷靜地說。

「爲什麼？」

「因爲紅伯爵殺死了我的妻子。」

雅迪驚愕地瞧向大師，但對方的表情沒有一絲變化。

「同樣是親人被殺，我被打垮了，弗雷克卻能夠熬過去。以前弗雷克因爲移民的身分而飽受歧視，雖然我知道他有才幹，仍然無法讓他擔任更重要的工作，只好平時多照料他一些。當我知道弗雷克的家人從奧多維斯亞來帕加馬，就叮囑妻子到驛館迎接，沒想到他們在那兒遇上紅伯爵。弗雷克一直自責，說連累了我的妻子，所以他才私下追捕紅伯爵……可是我無法繼續了。最後，弗雷克替我報了仇，而且他更忍住沒當場殺死對方，公正地交由法律給予制裁。換作我應該會失去理智吧？我會被仇恨蒙蔽，親手將紅伯爵處死吧？我認同前局長的看法，我沒有能力擔任更高級的職務，因爲我是個會被私人感情擊潰的警官。」大師頓了一頓，再說：「所以就算弗雷克邀請，我還是選擇留在二局。」

雅迪找不到可以說的話，只能默默地坐在大師身旁。大師的語氣相當平靜，但雅迪知道這份平靜背後埋藏著無盡的悲慟和怨懟，可是就如潘恩獄長所說，紅伯爵猶如「天災」，大師的這份心情只能永遠地潛藏在心底，無處宣洩。

這一夜，繼續留宿二局休息室的雅迪無法安寢。雖然這兩天老是忙忙碌碌，見過不少新面孔，也遇上很多麻煩事，但他失眠的原因只有一個——大師和紅伯爵的瓜葛在腦海中一直揮之不去。知道仇人逃獄，發現仇人再次犯案，大師仍能鎮定地處理，誰敢說他沒帶領下屬的才能呢？雅迪心想，大師一定知道自己是萬事科的精神支柱，決不能迷失方向。雅迪輾轉反側，反覆思考幫大師一把的方法，希望能盡快把紅伯爵關回監獄裡，讓事情盡早告一段落。

雅迪最後只淺睡了一陣子，被鳥鳴聲吵醒時已是早上。

「早安。」雅迪來到辦公室，發覺大師、露西和道奇已經到了。

「早安，雅迪。」露西說：「看你的樣子，好像睡得很差？」

「是、是的。休息室的長椅始終沒法讓人恢復疲勞。」雅迪不想說出原因，只好找個理由搪塞過去。

不一會，谷巴科長也來到警局，露西看到科長竟然沒遲到，不由得挖苦他說：「如果我們換了局長，說不定科長能拿全勤獎耶。」

谷巴科長倒沒有介懷，反而很高興地說：「今天愛達小姐來擔任局長，大家一定要保持笑容，別讓我們這個宣傳活動蒙上汙點啊！」

「王城總署的風氣都很嚴肅，很難想像會舉辦這種親民的活動。」雅迪笑道。

「對吧！」科長眉飛色舞，就像在市集推銷的商販。「在爭取經費、改善形象方面我不斷有新點子，單論經營手段，我敢說一局二局加起來也沒有人員及得上我！」

「對，所以案件調查全丟給我們啊。」露西背著科長，以譏諷的語氣跟雅迪和大師說。

半刻鐘後，大廳接待處的警員通知谷巴科長，愛達和查爾斯已來到警局。陪他們同來的還有專爲愛達化妝及整理服飾的兩名助手，以及總督特派的公關人員，負責記錄活動細節向王室匯報。派斯局長也親自出來迎接，對二局的成員來說，看到局長如此積極的日子，一年也難得幾次。

局長安排了四樓局長室旁的房間作爲愛達的臨時休息室，當她裝扮好、從房間出來時，所有人都眼前一亮。愛達穿上了二局的灰藍色皮甲，戴上護肘，著上長靴，明明是常見的平凡制服，卻散發出凜凜英氣。

「衣服果然是要看穿在什麼人身上啊。」露西跟雅迪悄聲說，眼光望向了在愛達身旁正在諂笑、穿著相同制服的肥胖局長。

國民歌姬上午的活動是慰問警局裡各個部門，爲二局上下打氣。因爲在警局裡進行，萬事科各人不用充當保鑣，不過科長和道奇還是以「盡忠職守」爲由跟在愛達身邊。愛達每到一個部門，不止警員們歡喜雀躍，就連求助的市民，甚至被逮捕的嫌犯，也換上愉快的表情，期望和這位國民偶像說一、兩句話。當愛達來到萬事科的辦公室，她再一次跟各人握手，還悄悄對雅迪說：「待會到鎮上巡遊訪問時拜託你啦。」

「好了，快到跟市民見面的時間了，因爲這次是公關活動，大家換制服吧。」谷巴科長在愛達離開後，跟四人說。其實制服不需要刻意「更換」，皮甲制服只要套在衣服上便成，接下來只要換上護肘和長靴。

「啊！我還沒有靴子！」雅迪從房間一角的櫥櫃裡拿出皮甲和護肘，忽然想起自己尚未領取長靴。這兩天太忙，他和露西早把靴子的事情給忘了。

「抱歉！我都忘記了！」露西合掌表示歉意，「我們現在去問內務一課的同事吧，他們在二樓……」

雅迪和露西正要前往二樓找靴子，卻差點和一名巡警撞上。雅迪留心一看，發覺對方的肩上只有一道條紋——他是一局的巡警。

「報告！」那巡警挺胸敬禮，「第一分局局長有消息轉告第二分局魔法罪行及嚴重罪案科暨內務二課兼人事科尤金・布力克史密斯警長！」

「啊，是昨天的凶案資料嗎？我是尤金。」大師剛穿上制服，走到門前卻發現對方兩手空空。

「局長指示我通知布力克史密斯警長立即前往青蛙旅館。」巡警還是筆直地站著，以恭敬的聲音說。

「你不是拿昨天的案件資料來的嗎？爲什麼弗雷克局長要我到一局管區的青蛙旅館？」

「因爲發生了新的凶案，今早旅館主人發現兩名死者，他們都被燒成焦炭。」

大師、科長，以及在場所有人都被這消息嚇住。

「雅……雅迪。」沉默了一會，科長說：「別管制服的事情了，你跟大師一起去青蛙旅館調查一下。如果紅伯爵眞的再次犯案，明天的收穫祭搞不好被迫中止。」

大師脫下皮甲，和雅迪跟隨那位巡警離開。在走廊上雅迪和愛達擦身而過，他只能點點頭，用手勢表示有案子急著去辦，愛達眨眨眼，就像叫他加油。

因爲馬車被徵用——局長把局內僅有的四輛輕便馬車調作巡遊訪問之用——雅迪和大師只好騎馬前往青蛙旅館。青蛙旅館位於帕加馬鎭東北城區，那裡是個龍蛇混雜的地方，除了廉價旅館外，更是非法賭場和黑市的集中地，每天都有人鬧事，一局一直努力改善這地區的治安，取締不法經營的商店。

「尤金，你來得正好。」大師和雅迪剛到旅館門口，便遇上正在查問旅館主人的弗雷克局長。

「弗雷克局長，又多兩名死者嗎？又是紅伯爵？」大師沒有拐彎抹角，直接問及凶案的情況。

弗雷克點點頭。「也有那個記號。」

「死者是誰？還有，昨天那樁案件……」

「昨天那名死者是個流浪漢，死亡時間大約是昨天清晨，即是紅伯爵逃走後不久。」局長遞出一份文件，「因爲他沒有隨身私人物品，我們花了好些時間才從斯巴廣場附近的居民口中打聽到消息，死者跟那個遊民外表相符……事實上，我們仍未確定死者就是那個失蹤流浪漢。」

大師接過文件，邊翻邊說：「那今天的死者也未找出身分嗎？」

「不，這次很簡單地知道了。」局長說：「一個是名叫薩伊的魔族旅行商人，另一個是『反獵聯盟』的領袖龐馬。」

雅迪聽到昨天才見過面的人的死訊，不禁愣住。

「是那個龐馬老先生？」雅迪說。

「你們認識嗎？」弗雷克局長問道。

「不，昨天我們處理了獵人公會聚會的示威活動，所以我才會見過他。」雅迪回答說。

「啊對，今年獵人公會改到風信子會堂聚會。」局長說：「我們去看看現場吧，這案件恐怕要一局、二局充分合作才能夠解決。」

青蛙旅館是家平民旅館，入住的客人都是貧窮的旅客和冒險家，以及魔族的商人。帕加馬鎮有少數魔族定居，他們大都住在東北方這片區域，所以魔族的旅行商人也大多選擇在此留宿，跟同胞互相照應。正如露西所說，時近收穫祭，全城旅館都客滿，雅迪走上發生凶案的二樓時，不時有人從其他房間門口探頭窺看。

「局長。」在編號二一四的房間裡，有三名警員正在檢查房間的各個角落，而指揮他們的是個樣子有點木訥的年輕探員。這位探員腰間配劍，個子不高，臉型瘦削，長相雖不起眼但表情認眞。他一看到局長，便向上司敬禮並報告調查進度。

「這位是哈利副警長，」局長向大師及雅迪介紹，「他是蘭多夫督察的助手。」

「說起來，怎麼沒看到蘭多夫督察？」大師問。

「我派她核實昨天案件死者的身分。」局長說：「而且我認爲她處理其他的事情，會讓調查更順利。」

雅迪和大師聽懂局長的言下之意，知道他明白蘭多夫對二局存有偏見，對「外人」插手會諸多阻撓。

「兩位警長，你們可以看看這兒。」聽過雅迪自我介紹後，哈利帶他和大師來到房間正中央。「屍體已被仵工抬走了，但這邊還可以清楚看到兩個死者的形象。」

木地板上有兩個黑色的人形，手腳以怪異的角度扭曲，看起來就像正在跳舞，他們死前似乎飽受痛苦折磨。在人形旁邊，有一個拳頭大小的笑臉記號，旁邊還有三個黑色小點。

「一模一樣……」大師嘆了口氣，「毫無疑問這是紅伯爵的手法，不會有錯。」

「哈利副警長，」雅迪瞧向哈利，「這個房間是誰租的？還有，知不知道死亡時間？如果凶手在這兒行凶，應該會驚動隔壁的住客吧？」

哈利拿著文件，翻過幾頁後說：「這房間是死者之一的薩伊租住的，他是個旅行商人，根據旅館的證人口供，薩伊每年有兩、三次到帕加馬鎮做生意，買賣從岡瓦納帶來的寶石，以及奧多維斯亞山區矮人製作的武器。死亡時間應該是在今天凌晨至早上，昨晚十二點薩伊回來，他請旅館的員工今天早上七時叫醒他，因為他約了客人做買賣，據說是有買家想大筆購入奧多維斯亞山區矮人製作的戰斧，想看看貨樣，結果今早旅館職員來敲門，卻看到這個慘況。」

雅迪和大師循著哈利視線，瞄了地上那兩個黑影一眼。

「至於隔壁的住客……」哈利放下文件，搖頭說：「沒有人聽到任何聲音。」

「沒有聲音？沒有打鬥？」雅迪奇道。

「以前紅伯爵的案件也是這樣的，」大師代哈利說明，「紅伯爵會偷偷接近獵物，以迅雷不及掩耳的速度，用火焰魔法在短時間內把人燒死。他的火焰魔法像火種，只要擊中對方，火焰便會在對方身上蔓延，把身體吞噬，他可以把火種丟下後，抱著雙手看受害人掙扎。因為在一瞬間起火，受害人沒法呼救，而火焰的猛烈程度足以在一分鐘內把人燒成炭。」

「而且火焰不會波及旁邊的物品。」局長說罷，眾人環顧房間——除了地上的黑印外，沒有半個燒焦的地方。

「你們怎麼辨認屍體？死者被燒成焦炭，應該難以確定身分吧？」雅迪問。

「從第一名死者頭顱上的尖角，我們認為他是薩伊沒錯，畢竟長角的魔族在本區不多。至於第二名死者……」哈利指了指地上的人形，「第二名死者只有一條腿，木造的義肢殘骸上有寫上姓名縮寫的金屬牌子，還有死者身旁的菸斗，也是龐馬先生的私人物品，我們已經確認過了。」

「知道龐馬先生何時來到這房間嗎？」大師問。

「有人說在凌晨一點，看到一個披著覆蓋全身大斗篷的陌生人，敲了二一四號房間的門，房裡的人開門讓他進去。不過目擊者是個酒鬼，他的話未必可信……雖然他指出那個人走路是一拐一拐的。」哈利攤攤手，有點無奈。

「有沒有人看到犯人出入房間？」雅迪問道。

「沒有，完全沒有。」

「那麼，這凶手如何進來犯案的？」

「這兒。」哈利往房間的盡頭走去，打開窗子，「這扇窗外有個平台，平台的盡頭有一道木梯，犯人大概是從這裡進來的。窗子的鎖也被破壞了。」

雅迪和大師探頭往窗外一看，果然像哈利所說的一樣。

「對了，假設那個穿斗篷的人是龐馬先生，爲什麼他在深夜找薩伊？他倆認識嗎？」大師問。

「我們不清楚，因爲兩位死者都沒有家人，」哈利說：「不過，我們收到巡警報告，說前天看到他們在市集見面。」

「你們的巡警竟然記得這些細節？」大師以懷疑的語氣問道。

「因爲臨近收穫祭，警局內部發出通知，指示巡警特別留意魔族旅行商人——不久前我們收到情報，說有商人出售破壞力強大的違法魔法道具，恐怕被不法分子利用，破壞收穫祭。所以那名巡警才會留意到龐馬跟薩伊在市集見過面，說到底『反獵聯盟』的龐馬是個激……名人。」哈利本來想用「激進分子」來形容龐馬，畢竟半夜披著斗篷神祕地拜訪魔族商人，哈利只能聯想到某些不能曝光的勾當，可是一想到死者已矣，就覺得再說他的壞話似乎太不厚道，只好硬把話吞回去。

「這麼說，龐馬老先生找商人薩伊時，被從窗戶進來的紅伯爵襲擊，紅伯爵得手後便逃逸？」雅迪問道，「這個紅伯爵會大費周章爬上木梯在平台上找人來殺？」

「紅伯爵殺人相當隨興，完全無法估計。」弗雷克局長說。

一名負責點算證物的巡警走近哈利副警長，向他遞上文件。「報告，這是房間裡的物件清單。」

哈利掃視清單一眼便將它收進手上的文件之中，因爲巡警記錄下來的不過是尋常物件。

「可以給我看一看嗎？」雅迪問道，哈利便爽快地將清單交給他。

「唔……衣服、藥草、寶石、金幣……」雅迪沿上往下掃視到最後一項後，抬頭問道：「斧頭呢？」

「什麼斧頭？」哈利反問。

「剛才你說薩伊約了客人看奧多維斯亞山區矮人製作的戰斧的貨樣，但這兒沒有斧頭啊。」雅迪將清單轉過去給眾人檢查。

「你們沒有發現戰斧？」哈利緊張地問那巡警。

「沒、沒有。」那巡警沒想到遭上司質問，局長又在身旁，舌頭不由得打結。

雅迪和眾人打開衣櫥、翻開箱子，就連床底也看過，就是沒找到什麼戰斧。

「這麼說，紅伯爵在襲擊二人後，提著斧頭從窗戶逃逸？」

「沒道理吧，紅伯爵為什麼要偷走巨斧呢？」局長說。

「紅伯爵從來沒拿過死者的東西啊……」大師說。

雅迪暗暗覺得，事情有點不對勁。

◈

從旅館離開已是差不多三小時後。回程途中，大師特意和雅迪到斯巴廣場一趟，查問有關那名死去流浪漢的事情。

「哦，你們說的是主教嘛。」克拉拉說。大師和雅迪走進克拉拉酒館，畢竟這一帶最強的「情報人員」就是這兒的女主人。

「主教？」雅迪奇道。

「是那個流浪漢的綽號，因爲他從來沒提過自己的名字。」這天穿紫色裙子的克拉拉倚在櫃檯，提起案件時不禁稍稍皺眉。「昨晚有酒客說有命案發生，地點在第三後巷，我們便想起主教了。」

「他有沒有仇人？」大師問。

「沒有，他既沒有朋友也沒有仇人。當然可能只是我們不知道，但他一向獨來獨往，有錢便來買酒，我幾乎沒見過他跟其他人接觸。」

「有沒有聽說有目擊者？」

「聽說是一局的巡警巡邏路過，昏暗中不小心踢到屍體才發現的……」克拉拉提起屍體時表情帶點厭惡，「沒有人會跑進髒兮兮的第三後巷，那邊是死路，巷子裡恐怕只有主教的家當。我聽說殺人手法和八年前那個瘋狂魔法使一樣，但他不是仍在監獄裡服刑嗎？」

「我們還在調查中，應該只是意外或個別事件吧。」大師說。紅伯爵逃走的消息沒有公開，不過連續兩天有三人被火魔法殺死，雅迪相信很快會出現流言。

「不過你們怎麼會在這兒？今天那位大美人愛達小姐不是到你們警局擔任什麼一日局長嗎？」克拉拉笑著說。

「各自分工嘛。」大師微笑著回答，謝過克拉拉後和雅迪回到警局。

二局大樓已回復平靜，萬事科的辦公室裡一個人也沒有。大師看到科長的字條，指示他和雅迪如何跟他們會合——愛達的巡行路線很長，從廣場的市集至南面的富人居住區域都包括在內，她更會在各處探訪一下商店和民居，所以活動持續到晚上。

「看時間，他們現在應該在西邊精靈街吧。」大師看著行程表說道。

大師和雅迪穿上皮甲制服，趕緊騎馬往西邊跑去。雅迪發覺二樓的內務一課辦公室空無一人，只好不管靴子的問題，先跟科長會合。精靈街是鎮內精靈族聚居的地方，雖然不少精靈族人跟人類打成一片，分散地住在帕加馬鎮各處，但還是有部分精靈喜歡住在人口較少、生活較為悠閒的區域，他們集中居住的城西地點，久而久之便被稱為精靈街。雅迪昨天在愛達離去後，聽說過她的身世，他想她在精靈街應該很受歡迎，因為她有一半的精靈血統。

雅迪來到精靈街，看到愛達正和精靈街的居民們坐在水池旁閒聊著，二局的好幾位成員也在場。谷巴科長看到他和大師，便招手叫他們過去。

「看，這活動多成功啊！」雖然科長壓下聲線，但仍難掩語氣中那股得意洋洋。「精靈族一向不信任我們警局，有麻煩時寧可自行解決，現在愛達小姐替我們說幾句話，居民就對我們大為改觀了！有他們的支持，我們向總督要求更多的撥款就容易啦！」

雅迪苦笑著，心想對科長和局長來說，金錢似乎比警察的本質更重要。「或許這是身處上位的人必須考慮的問題吧。」雅迪想。

談話中愛達看到雅迪，對他微微點頭一笑，雅迪靦腆地頷首回禮。不一會愛達準備動身前往下一個地點，科長卻突然叫住雅迪和露西。

「你們現在去查一下牲畜被殺案吧，反正在城西，從這裡往城外的西區農莊不用十五分鐘。」科長說。

「可是這邊……」雅迪略微猶豫。

「到現在一切蠻順利的，我想不會出岔子。剛才大師告訴我紅伯爵的案子，看來這是避無可避的大災難了，其他案子能結案的話，我們至少不用過於分心，就算只找到一點端倪，好歹也能向報案人交代，拖延一下。農莊的案件交給你負責，露西可以當你的副手。」科長拍拍雅迪的臂膀，「除了大師外，組裡職級最高的就是你啦。」

「明白了。」雅迪點點頭。露西也不得不同意這回科長言之成理，兩人便騎上隨行的兩匹馬，往西邊城牆出發。

帕加馬鎮的農莊都在城牆外，西面城牆外住有數十戶農家，有的以耕作爲業，有的放牧，也有些是不習慣城裡的環境，寧可住在寬敞的田野間。

「雅迪，沒能跟漂亮的歌姬小姐一起，很不爽吧？」在路上露西調侃道。

「不是啦，只是她說過拜託我當保鑣，我卻沒法做到，有點不好意思。」雅迪不以爲然地說。

「小道今天老待在愛達身邊，看樣子這個月不發薪水給他他也願意了。」

「剛才沒有遇上麻煩嗎？」雅迪想起那三封恐嚇信。

「沒有，比平時還要平靜哩。」露西笑道：「大概流氓小偷爲了一睹愛達小姐的風采，今天也暫停『工作』了。愛達收了很多花束和大大小小的禮物，眞不愧是國民偶像啊。」

兩人不知不覺來到報警求助的格蘭特家。根據資料，格蘭特家是個養牛的小家庭，家裡有八頭乳牛，每天擠牛奶交給城裡的商人出售。在發生牲口被殺案後，格蘭特家有兩頭牛死於非命，因爲城牆外沒劃分管轄區，居民可以向一局或二局求助，在格蘭特向二局求救前，其他受害人只向一局報告，所以二局沒有插手調查的機會。

格蘭特家是間木造的平房，雖然簡陋，但占地很廣，雅迪猜想屋後有養牛的牛棚。

「格蘭特先生！我們是二局的警員！」雅迪敲了好幾次門仍沒人回應，只好放開喉嚨大聲嚷道。

「聽到啦聽到啦！」良久，大門緩緩打開，一個老翁一邊開門一邊揉眼。「剛才睡著了嘛，我們老人家……」

老翁和雅迪相視，兩人一同呆住。

「咦！小伙子！」

「是老爹！」

露西有看沒懂，只見他們二人愉快地大笑著，互相寒暄問好。

「就是這位老爹用馬車載我進城的。」雅迪跟露西說。

「我就說，只有笨蛋才會被騙去馬匹嘛！」老翁高興地說，嗤嗤不止地笑著。

「你就是報案的格蘭特先生嗎？」雅迪問。

「不，報案的是我兒子。」老格蘭特邊說邊邀請二人進屋，「他去放牛吃草了，你們是來調查我家乳牛被殺的案子嗎？」

「是的，」雅迪稍微表示歉意，「抱歉昨天沒法抽空來調查。」

「明天是收穫祭，工作很忙吧！」老格蘭特笑道：「不過我沒想過你眞的是個警察！你叫雅……雅……」

「雅迪尼斯・德布西，現職二局警長，叫我雅迪就好了。這位是因格朗副警長。」雅迪和露西坐在長椅上。

「啊，雅迪警長，你那瓶木桐酒眞是極品！我好久沒喝過這麼香醇的酒啦。」

「說起來，我記得你運棉花回來的，我還以為你是裁縫師。」

「快入冬了嘛，我到外地買棉花做衣服囉，也順便替鄰居買嘛。」老格蘭特說：「鎭裡賣得太貴啦，雖然要花三、四天的路程，卻可以用三成的價錢進貨，算是划得來吧！」

雅迪點點頭說：「談回你家的牛吧。你知道詳情嗎？還是待格蘭特先生回來我再問他？」

「我可以先告訴你一些，」老格蘭特斟了兩杯茶給兩位客人，「應該是大前天吧，就是我還在路上跟你一起時，聽說有兩頭牛被我兒子發現死在牛棚裡，死狀挺恐怖的，脖子被割開，滿地鮮血，染紅了一大片。」

「知不知道是人為還是野獸襲擊？」露西問。

「不知道耶。很奇怪啦，」老格蘭特揚起一邊眉毛，「我們曾遇過偷牛賊，但喜歡殺牛的傢伙我活到這把年紀從未見過。說是野獸也很奇怪，哪有野獸會把牛殺死，卻又沒把肉叼走呢？」

「沒有把肉叼走？」雅迪問。

「就是啊，你說怪不怪？而且只有兩頭牛被殺，我們有八頭牛在牛棚啊，不論是人為還是野獸所為，也太奇怪了吧。」

雅迪和露西面面相覷，兩人也沒想到案情如此不尋常。

「老爹，可以帶我們去牛棚看看嗎？」沉思片刻後，雅迪問道。

「沒問題，來，這邊。」老格蘭特站起來，往後門走去。

牛棚在房子後方，設計相當簡陋，不過是幾根木頭搭成，分開十個格子，每個格子兩邊開通，只有一根橫置的木柵欄，連門都沒有。屋頂蓋上薄薄的木板，地上鋪著禾草。

「死去的兩頭牛本來在哪一格？」雅迪問。

「就是最左邊的兩格。」

雅迪和露西走到左端仔細察看，地上的禾草還隱隱滲著紅褐色。因爲牛棚是開放式的設計，任何人或野獸都可以走近，甚至遠在田野間，就能清楚看到牛隻的動靜。

「這樣子看來，犯人可以毫無聲息地接近把牛殺死啊。」露西張望四周再說道。「有沒有發現腳印？」

「沒有，人類或野獸的都沒有。」

「沒有腳印？怎麼可能！除非凶手會飛吧。」露西詫異地嚷道。雖然擅長風魔法的魔法使可以令人浮空，但力道難以控制，只有笨蛋和高強的魔法使才會嘗試。畢竟用風讓自己飛上天不難，難在如何控制降落，以防自己摔斷腿。

「可能眞的會飛吧，傳聞紅葉森林裡有會飛的魔獸，不過我們從沒見過。」

「魔獸？」

「老傳說了。」老格蘭特從口袋掏出菸斗，一邊用打火石點火一邊說：「十年前有獵人去紅葉林打獵，不料迷了路，花了兩天回來後，提及見過會飛的魔獸。」

「這種傳說，每座森林、每個村莊都有吧。」露西說。

「森林裡住著一群獨眼狼，這倒是不爭的事實。我們想過會不會是狼群襲擊牲口，但看樣子又不像。獨眼狼又不會飛，假如牠們是元凶，至少會留下足印吧？」

「森林的獨眼狼群有沒有襲擊過人？」雅迪問道。

「唔……其實到目前爲止，從沒有狼群從森林跑出來的事件。」老格蘭特吐出一口白煙。「當然，如果貿然跑進森林，被狼襲擊的事情倒聽過不少。那片森林是牠們的地盤啦，我六歲的小孫女也差點被狼襲擊了。」

「咦？她沒事嗎？」雅迪訝異地問。

「還好。」老格蘭特苦笑一下，像是回憶起之前憂心孫女安危的心情。「上個月有天她失蹤了，我們擔心得要死，原來她獨個兒跑到森林去玩。她說被狼群團團圍住，不過有位強壯的獵人打退狼群救了她。小艾美——就是我的孫女兒——回到村裡，說被森林裡一位叫霍薩的叔叔救了，還到過他家玩耍。我們都不知道森林裡有人居住呢！」

「這眞是幸運啊。」露西嘆道。

「我們本來想去森林跟他道謝，認識一下這位鄰居，可是近來發生牲畜被殺案，大家怕森林裡有猛獸，所以暫時打消念頭。我年輕時也常常跑進森林，哪邊能採野莓、哪邊是野獸聚居地，我也略知一二吶……」

在老格蘭特侃侃而談之際，雅迪仍站在牛棚前，檢查著最左端的格子。

「老爹，你以前有沒有留意到木柵上的這道痕跡？」雅迪指著木柵上一道割痕。就像被刀子劃上一刀，柵欄上有一道不深不淺的凹痕。

「咦，沒有啊……或許是我兒子耙草時，不小心讓耙子劃到了吧。」老格蘭特漫不經心地答道。「太陽快下山了，我兒子差不多要回來啦，有什麼細節你們可以直接問他，說到底我也是聽來的，作不得準……」

「公公！公公！」一個衣著樸素的女人氣急敗壞地從田間的小路走過來。

「瑪蓮，妳幹麼這麼心急啊？」老格蘭特回頭向雅迪他們說：「讓我來介紹，這是我的媳婦——」

「公公！先聽我說！」格蘭特太太臉色慘白，喘吁吁地問：「艾、艾美有沒有回來？」

「妳不是跟她一起嗎？」老格蘭特說。

「剛才我在河邊洗衣服，轉頭卻沒看到她，我以為她回來了，但剛才碰到安菲爾太太，她說她遇到艾美，看到她捧著兩顆橘子，說要去探望霍薩叔叔！」

「她又獨個兒去森林了？」老格蘭特嚇得整個跳起。

「我已經常常囑咐她別去森林，但她還是……」格蘭特太太跪倒在地上，放聲大哭。

「我們去找她吧。」雅迪說道。

「這……這位先生……請你救救我女兒啊……」格蘭特太太哭喪著臉，抱住雅迪的腿。

「夫人，請問妳知不知道那個獵人住在森林哪一處？」

「我不知道……艾美說過什麼手指指著的方向便是他的家，但我從不明白她在說什麼……」

「好吧，我們先去找。」雅迪說道，露西也點點頭。「格蘭特先生回來後，你們切勿貿然衝入森林，我怕你們會遇襲，請交給我們處理。」

語畢，雅迪和露西連忙上馬，往紅葉林趕過去。雅迪到了森林入口，卻發現樹林位於小山丘上，遠處更是一座石山。雖然路不算陡斜，但草叢矮樹茂密，馬匹無法走進去，雅迪和露西只好步行。此時天色開始轉暗，雅迪和露西也開始焦急。

「艾美！」露西叫喊著，卻沒有回應。

「艾美！」雅迪也叫道。

紅色的森林裡只有樹葉掉落的聲音。

「我們往那邊看看吧。」雅迪指著東面。

「慢著，萬一我們迷路怎麼辦？」

雅迪想了想，往左右看看，瞧見附近有一塊大石，便走到大石前，把手按在石頭上。露西聽到他的手裡發出一點怪異的聲音。

「雖然這世上沒有尋人的魔法，但這樣就能認路了。」雅迪拿開手，只見石頭上刻上了一個工整的箭頭。「這是我最擅長的土系魔法技巧，我還可以刻字和雕符號，最近我嘗試畫簡單的圖畫。」

露西不禁覺得啼笑皆非。土系魔法使可以在地面建造石盾，或是製造像流星般的石彈，而雅迪卻用土魔法來雕刻——雖然此刻這小把戲十分管用。

兩人向森林深處走去，雅迪每走一段便在石頭上刻記號。隨著夕陽西下，光線愈來愈暗，雅迪使出火魔法，兩人身邊霎時明亮起來。

「看，這多方便啊。」雅迪笑說。

「不，這不太方便……」露西神色凝重，緊盯著前方。雅迪一看，發覺前方有一頭獨眼狼，擺出充滿敵意的姿勢。

「獨眼狼應該是群居的吧……」雅迪收起笑容，轉身一看，原來他們已被十多頭狼包圍。獨眼狼體型比一般狼巨大，牙齒更尖更長，頭顱上長著一隻往外凸出的眼睛，雖然是獨眼，視界範圍卻不輸其他野獸，在黑暗中的視力更比任何野獸敏銳。

「二級的魔法使，這回你沒辦法了吧？」露西拔出短劍。

「不，妳替我撐一陣子，我便會想到辦法。」雅迪雙手也運起火魔法，做出兩個火球。兩頭狼霍然從左右撲過來，露西眼明手快，一劍擊斃了一頭，另一頭被她用拳頭打中胸膛，倒在地上喘氣。與此同時，又有三匹從前方撲過來，帶頭的一隻張開血盆大口，眼見快要噬住露西，她趕忙揮劍劈中對方，可是另外兩匹卻走到雅迪身邊。

「別過來！」雅迪把兩個火球丟往野狼，雖然火球威力貧弱，但野生的狼還是對火焰有所顧忌，轉身逃開。

「牠們愈走愈近了……」露西說道，跟雅迪背貼背跟狼群對峙。獨眼狼群慢慢走近，包圍他們的圈子愈來愈小。

「露西，我會向我的左方攻擊，妳待會依我指示，攻擊其中兩匹狼。」雅迪突然說。

「不用理會其他，只要對付兩隻就好。」

「不用理會其他？你說什麼？」露西緊盯著步步進逼的狼群，無法理解雅迪的話，只能緊張地反問。

「就是現在！」雅迪沒回答露西，猛然往左邊直衝，不斷朝身旁丟出弱小的火球，露西只好跟在後面。那些小火球作用不大，但令狼群的行動稍稍遲緩，讓兩人有機會衝出重圍。

「露西！攻擊這兩匹！」雅迪突然改變投擲火球的角度，往狼群後方的兩匹獨眼狼丟出火球，由於距離頗遠，火球還未抛到目標面前已凌空熄滅。露西雖然不明所以，仍照他的指示揮劍劈往目標。

「鬥氣斬！」露西用劍射出兩道鬥氣，往那兩頭狼直擊過去。狼群似乎沒料到露西能發出這種遠距離的攻擊，在毫無防避之下被擊中。

受到露西攻擊的兩頭狼，其中一匹悲鳴一聲倒地不起，另一匹的前腿受傷，一拐一拐地往後退。當露西以爲身後的狼群會一擁而上、慌忙轉身將劍擋在胸前時，卻發覺牠們都定住，緩緩後退，各自往森林四散逃去。

「這兩頭是領袖，」雅迪喘著氣說，「獨眼狼和人類相像，有國王和王后。其一死掉另一會補上帶領士兵，所以想擊潰牠們，就要一口氣把兩個領袖同時擊倒。」

「你怎分得出誰是國王和王后？」露西吃驚地問。

「仔細看便知道了，」雖然仍有點狼狽，雅迪露出淺淺的笑容，「妳什麼時候見過國王和王后領軍，身先士卒帶頭衝入敵陣的？」

「但你只顧著看，萬一被小兵擊中怎辦？」露西看到狼群都逃走了，邊收劍邊問。

雅迪輕鬆地說：「有妳在，我當然不用擔心啊。」

露西輕啐一聲，不知道雅迪是在稱讚還是在取笑自己。不過經此一役，她確信自己獲得雅迪信任，有點高興受到新同伴重視，認同實力。

狼群逃跑後，兩人在森林裡又再走了半小時，仍是一無所獲。

「糟糕，艾美很可能已經遇害……」露西靠在一塊大石上。

「至少我們還沒看到血跡，這也算是……」雅迪的話說到一半，突然定睛瞧著露西。

「喂，幹什麼這樣盯著我？」露西皺起眉頭，以強烈的語氣掩飾被注視的尷尬。

雅迪沒回答，逕自走到露西面前，低頭注視著她的小腹，再伸手往露西的腰間摸去。

「喂！你！」露西連忙往旁邊跳開，但雅迪沒理會她——她才發覺，雅迪正在看的，是她倚著的石頭。

「你在看什麼?」露西發覺自己誤會了，悄聲問道。

「這石頭……像不像伸出了食指的拳頭?」雅迪把另一隻手上的火球放近，又後退了幾步來看這塊大石。這怪石上闊下窄，上半部更有一處凸出，就像一個豎起一根手指的拳頭。

「手指指著獵人的家?說不定便是這塊石頭啊!」露西想起格蘭特太太的話。

「雖然不知道是不是，但儘管去看看吧。」

雅迪和露西沿著石頭所指，不斷往前走。可是他們愈往前走，地形愈見陡斜，樹叢就愈濃密，別說是小屋，就連一片空地也沒有。

「看，那兒有個山洞。」露西指著一個巨大的洞窟入口。雅迪心想，看來他們已經從森林入口走到森林另一端，差不到來到石山的山腳了。

「獵人會不會住在山洞裡?」雅迪問。

「不大可能吧，這種簡陋的山洞連矮人都不願意住啊……不過也得看看吧。」露西說。

「希望裡面不是住著巨爪黑熊或劍齒虎就好了。」雅迪苦笑著說。

雅迪舉起右手的火球，露西緊靠著他，兩人小心翼翼地走進山洞。山洞的入口很大，進去後不久，便拐了三個彎，雅迪忽然有種不祥的預感。

「有光！」在第四個彎角後，露西發覺山洞深處有光透出。雅迪收起火魔法，繼續往前走，直至走到發出光線的山洞盡頭……

「天啊。」

雅迪和露西沒有發出驚呼，不是因爲場面不嚇人，而是他們知道胡亂作聲的後果十分嚴重——他們的面前有一條金色的巨龍，一條足有五十尺長的巨龍，單單牠的前掌就有半個人大小。這條巨龍闔上雙眼，看來像是沉睡中，鼻孔發出呼嚕呼嚕的低沉鼾聲。巨龍前方有堆柴火，火光微弱，但光線在巨龍金色的鱗片反射下，散發出耀眼的光芒。雅迪躲在一塊巨石後面，指了指出口，向露西示意逃命要緊。

「不！」露西輕聲說道，一臉焦灼地指指巨龍腳邊一團白色的東西。雅迪仔細一看，發覺竟然是個穿著白色裙子的小女孩，她一動不動的俯伏在地上，可能已經死了。

「怎麼辦啊？」雅迪壓低聲音問道。

「我引開那條龍的注意，你去救那女孩。」露西回答說。

「什麼！這太危險了！」雅迪反駁道：「等級再高的戰士也不會貿然挑戰巨龍啊！這是

自殺！」

「難道讓你這個三流魔法使去引開牠的注意，我去救人嗎？我或許能撐個半分鐘再逃跑，但你的魔法連兩秒都拖延不了吧？現在那女孩可能仍有救，再晚一點便沒機會了！」露西一想到巨龍一口把女孩吞掉的畫面，不禁打了個冷顫。

「可是——」

巨龍的鼾聲停止了。

「不好！」露西沒理會雅迪，衝進龍穴裡。

「你這條醜陋的龍！來追我吧！」露西在巨龍面前拔劍挑釁，作勢攻擊，巨龍張開雙眼，怒視著露西。

雅迪見機不可失，連忙向那小女孩跑去，可是背後傳來一下詭異的噴氣聲，接著是一聲慘叫——

「嘩呀——」

雅迪回頭一看，只見那巨龍沒動半分，從嘴巴射出一道火焰，露西擋在胸前的短劍應聲折斷，而她正身陷於火焰之中。

效果。

「露西！」雅迪立即回頭跑到露西身邊，以雙手放出冰魔法，企圖讓火焰熄滅，但沒有效果。

「對！我還有這個！」雅迪扯下前天在裝備室領取的火守護石項鍊，將它按在露西胸口，剎那間火焰減弱熄滅，而守護石也「啪」一聲碎掉，化成粉末。

「雅……迪……」露西沉吟著，雅迪連忙替她脫去炙熱的皮甲和長靴，再抱著她，替她施以治療魔法。

「妳不用擔心，幸好妳穿了盔甲，傷不太重……」雅迪不斷施行治療魔法。

「別……管我……快……逃……」

雅迪猛然想起一件事。

他身後有一條火系魔龍，正虎視眈眈地盯著自己。

雅迪抓起露西的斷劍，緩緩轉身，赫然發覺巨龍伸長脖子，將擁有六隻尖角的頭擺到自己正前方。雅迪感到巨龍鼻孔噴出來的熱氣，彷彿在下一秒鐘，比紅伯爵還要可怕的火焰會迎面襲來。

不過雅迪想起身後的露西，還有不遠處生死未卜的小女孩，他就知道這一刻不能逃避。

即使明知必敗無疑，還得盡全力應戰。雅迪押上的唯一可能性，是假如小女孩沒受傷，在這一刻醒過來，他和露西的犧牲或許可以爲女孩掙到逃離龍穴的短暫空檔。

他舉起斷劍，遏抑著恐懼，正面迎戰難以匹敵的對手。爲了展現氣魄，雅迪對著巨龍喝道：「別過來！如果你敢傷害她們，我絕不放過你！」

巨龍張口，雅迪心想下一刻來的便是烈焰——

「剛才是她先攻擊我，我不得已才還擊啊。」

雅迪和負傷的露西嚇了一大跳——說話的是眼前的金色巨龍。

「魔龍……會說話？」縱使全身都在痛，露西還是勉強爬起來，靠著雅迪的肩膀。

「會說話有什麼稀奇？你們人類活了幾年便呱呱叫亂說話，難道我活了五百年還學不懂你們的語言嗎？我還會說古精靈語、矮人語、魔族的岡瓦納語，以及十多種沒落的方言。」

巨龍像是市集商人，一開口便說個不停。

「你……」在這彆扭的情況下，露西不知道該說什麼，只好擠出一句：「你不要傷害那女孩子！」

「誰要傷害她了？」巨龍把頭挨近了露西和雅迪，再回頭看看小女孩。黑髮的小女孩突然動了動，揉了揉眼睛，翻過身去。

「她……只是睡著了？」雅迪問。

「當然啊。」巨龍答。

「你不是要吃掉她嗎？」露西奇道，幾乎忘了身上的傷。

「老天！我是吃素的。」巨龍說。

雅迪和露西怔住，完全想不到這時候如何回應。

「為什麼她在這兒？你把她抓來……當你的新娘嗎？」露西已經不知道自己在說什麼了。

「雖然我不反對異族通婚，但我對忘年戀沒興趣，」巨龍幽默地回答，「我可以當她的曾曾曾曾曾曾曾曾曾曾曾曾曾曾祖父了。是她來找我，送我橘子答謝我上次救她的。」

雅迪和露西面面相覷，雅迪問：「你就是霍薩叔叔？」

「哦？你們認識小艾美嗎？這便好說話了。」巨龍脖子歪了一下，高興地說：「對，我就是霍薩，綽號『閃芒霍薩』，是條令人聞風喪膽的魔龍。有天我看到這傻丫頭在森林裡迷路，還被群狼欺負，我便順手救了她。沒想到這丫頭居然不怕我，還一直跟著我回家，唉，我只好好『龍』當到底，帶她離開森林囉。」

巨龍像是伸懶腰地張開寬闊的翅膀，繼續說：「小艾美說要答謝我，問我要什麼謝禮，我就說這個森林沒有橘子，我十多年沒吃過橘子了，想不到她真的帶了兩顆來……雖然我一口便吃掉啦。對我們龍族來說，吃橘子就像你們人類吃葡萄一樣，只吃兩顆怎麼過癮呢？不過這小丫頭應該也不夠力氣給我提一大籃子來吧……」

雅迪和露西沒想到小艾美竟然和一條魔龍交上朋友，不過對小女孩來說，大概拯救了自己的巨大魔龍和強壯的獵人沒什麼分別。

「不過話說回來，你們是誰？」巨龍瞪著雅迪和露西：「你們不是那些愚笨獵人，也不像是冒險家——沒有獵人和冒險家會這麼笨，只帶一柄生鏽短劍來挑戰魔龍。可是你們又真的撲出來，不知自量地衝著我大呼小叫，我實在沒見過像你們這麼蠢的人類……和半精靈。」

「我們是帕加馬鎮的警察，受艾美的父母所託來森林找她，剛才我們以為你要傷害她，所以……慢著，什麼半精靈？」雅迪發覺剛才巨龍說了句奇怪的話。

「這個用劍的女孩有精靈血統嘛。」巨龍望向露西。

雅迪看著露西，露西困窘地說：「我……我的外祖母是精靈，我有四分之一的精靈血統。」

「咦！」雅迪差點想說「妳完全沒有遺傳到精靈族的優雅啊」，但還是把話吞回去。

「我的嗅覺很靈敏啦，」巨龍朝雅迪緩緩吸一口氣，「說起來，我覺得你的氣味也似曾相識，不過我似乎把你和另一個傢伙搞混了。那邊有些藥草，你先替精靈女孩治傷吧，你們要感謝我，如果我剛才沒手下留情，她現在已經變黑炭啦。你這人類小子剛才還想挑戰我……以你的魔法力，眞是有多少條命也不夠死啊，你又沒有武器。」

雅迪在岩壁前的一堆劍和盔甲旁邊找到藥草，連忙替露西治療，把藥草敷在被火灼傷的皮膚上，再施展光魔法加速復原能力。

「爲什麼有這麼多武器？」雅迪一邊施法一邊問道。

「這二十多年來偶爾會有不自量力的傢伙來向我挑戰，有些死了、有些逃了，但總會留下些東西。」巨龍不以爲然地說。

「你……殺死他們了？」露西吃驚地問。

「我不是每次都留一手嘛，有時他們在我睡覺時來偷襲，我最討厭別人打擾我睡覺了，脾氣不好下手難免重一點。」

「不過……」雅迪問：「這兒沒有屍體和骸骨……」

「你會把老鼠屍體留在自己家裡，讓它們發臭嗎？」巨龍以嘲弄的語氣說：「我把屍體都葬到森林裡了。愚蠢的人類老是以為魔龍的洞穴裡堆滿財寶和屍體，我只想平平靜靜在這片紅葉林安享晚年啊！雖然我也有朋友喜歡蒐集黃金，不過那傢伙是異類吧。」

「你……在這兒生活很久了嗎？」雅迪若有所思地問。

巨龍伸一伸脖子，看著前方，像是在回憶往事。

「三十年前魔王被打敗後，我和我的搭檔被你們那個聖騎士放過了，於是我們各自找地方居住——其實岡瓦納不太好住，那種鬼地方只有魔族能忍受。我輾轉來到這座紅葉林，已是二十五……不，二十六年前的事。這裡氣候不錯，紅葉林裡也有不少好吃的植物，偶爾到瀑布洗個澡，也算寫意啦。這兒有時有矮人經過，我跟他們關係不錯，聽他們說說外面的事情也蠻有趣。說起來，小艾美是第一個不怕我、跟我閒聊的人類，你則是第二個，那位大姊是第三個……不對，她是半精靈喔？對了，你們叫什麼名字？」

「我叫雅迪，她叫露西。」

「真是無趣的名字！」巨龍大笑，「人類的想像力真貧乏！像我叫『閃芒霍薩』，多麼響亮啊！這可是魔王陛下改的——雖然我不大認同他差遣我們去打仗，不過他起的名字真是威武！『閃芒霍薩』和『赤焰亨吉斯特』，光是名字已教人戰意全失了！」

雅迪聽到昨天才聽過的名字，問道：「『赤焰亨吉斯特』……不就是魔王麾下兩大魔龍之一嗎？」

「對啊，那兩大魔龍便是我和赤焰了。」巨龍說。

雅迪和露西愣住，想起剛才不禁覺得驚險萬分——他們竟然想單挑傳說中的最強魔龍！

「你……知道亨吉斯特死了嗎？」雅迪想起弗雷克局長房間裡的那隻龍爪。

「十多年前我從矮人口中聽說了。」巨龍嘆道：「唉，雖然我跟赤焰不對盤，咱們又不是同一種族，但他是個好傢伙啊。聽說是被人類冒險家殺死的吧。剛才我說有朋友喜歡蒐集黃金，便是他囉。大概這吸引了冒險家吧……」

雅迪不敢告訴巨龍自己認識對方的「殺友仇人」，萬一巨龍發飆，飛往帕加馬鎮大肆破壞，便是史無前例的大災難。

「霍薩叔叔……」小艾美坐起來，揉著眼睛說。

「啊，抱歉，我們吵醒妳了？」巨龍溫柔地說。

小艾美搖搖頭，樣子還有點迷糊。

「艾美？」雅迪說：「妳媽媽和爺爺很擔心妳啊，我們是來接妳回去的。」

聽到有人提及母親和爺爺，小艾美整個人清醒過來。

「我……我不是不聽媽媽的話啊，只是她不准艾美探望霍薩叔叔，所以艾美才偷偷拿橘子給叔叔啊……」艾美噘著嘴，生怕被責罵。

「艾美，森林很危險，妳一個人跑來，要是遇上狼群怎辦？」巨龍說。

「艾美想見霍薩叔叔啊！叔叔一定會來打走那些壞壞的狼，叔叔很威風。」

巨龍無奈地看著雅迪，像是自嘲堂堂兩大魔龍之一，卻對一個小女孩沒轍。

「艾美，」傷勢好得八九分的露西在雅迪攙扶下步近小女孩，蹲下讓彼此對視，「我叫露西，這位哥哥叫雅迪，是鎮上的警察。下次妳想來找叔叔的話，跟哥哥姊姊說，我們帶妳來見他好嗎？」

「好啊！姊姊說話要算數！」小艾美開心地笑著。

「一言爲定。」露西微微一笑，雖然身體還有好幾處疼痛。

「我送你們回去吧。」巨龍撐起身子，雅迪和露西才發現霍薩的體型比想像中更巨大。

「不，如果你被人看到，恐怕會引起大麻煩。」雅迪說。

「那你帶把劍傍身吧，精靈大姊受了傷，現在用不到劍了。」巨龍指了指岩壁前的那堆武器。

「你叫魔法使用劍，不如讓我用好了。」露西插嘴說。

巨龍皺一皺眉，再說：「唔，就當我大贈送好了。」

巨龍從身上拔下三片手掌大小的金色鱗片，以爪子前端拈著交給雅迪。「只要輸入丁點的魔法力，這些火系魔龍的鱗片五秒後便會爆發出高等的火焰魔法。萬一遇上狼群襲擊，你用這東西來自保吧。」

「龍鱗是魔法道具？」露西詫異地說。

「嘿，我們魔龍族身上都是珍貴寶物啊！枉妳是精靈族，連這些基本常識都不知道。」

雅迪答謝了巨龍，扶起露西，牽著小艾美的手往山洞外走去。臨行前雅迪想起一事，回頭問道：「霍薩大叔，你知不知道艾美的村莊有很多牲畜被殺了？會不會是狼群做的？」

「是嗎？」巨龍伏在地上，漫不經心地說：「應該不是，牠們從不走出森林。」

「這森林有沒有其他野獸或魔獸？」

「沒有能夠殺害牲畜的。如果有，我不會不知道。」巨龍的語氣十分肯定。

告別巨龍後，雅迪讓露西搭著左邊肩膀，右手牽著小艾美離開了山洞。露西雖然沒有大礙，但剛才的戰鬥讓她消耗了大量體力，加上外傷初癒，甫步出洞窟已蹣跚起來，需要挨在洞口小歇一下。

「哎，這樣吧。」雅迪放開小艾美，走到露西前方，背對她蹲下。

「你、你幹什麼？」露西知道雅迪的意思，但愛逞強的她不願意示弱。

「我來揹妳，」雅迪沒回頭，只用右手示意，「妳這樣子，就怕天亮我們還沒能離開森林呢。上來吧。」

縱使露西想反駁，她很清楚雅迪說的是事實，自己沒有力氣走這段山路，意志再強也無濟於事。考慮到小艾美和她那些憂心忡忡的家人，露西只好不情不願地讓雅迪揹起自己。當她靠在雅迪背上，不由得耳根通紅，心裡有點忐忑——就算平日她有多不拘小節，這刻也在意起這個年齡相若、剛才甘願與自己同生共死的男生。

「想不到這傢伙蠻強壯的……」露西心裡暗想。

雅迪正要再次伸手牽著小艾美，才發覺自己右臂已繞到背後支撐著露西的大腿，另一隻手正施展火魔法照明，沒有空出來的手掌。

「唔，艾美，妳和哥哥一起合作施魔法好不好？」雅迪對小艾美說。

露西和艾美搞不懂情況，但小艾美點點頭。雅迪收起左手的火焰，四周回復漆黑，只靠著暗淡的月光照明。

「艾美，用右手牽著我的左手，然後舉起左手……對，就是這樣子。可能有點熱熱的，但不用害怕。」

「咦！」

露西和艾美在錯愕下，看到艾美的左手上飄浮著一個小小的火球。

「哥哥！我懂得魔法了？」艾美瞧著左手的火球，興奮地說。

「不，我是借妳的身體施展魔法罷了。」雅迪笑著搖搖頭，「魔法使總是以雙手施法，是因爲手心連接著身體裡的魔法脈絡，手臂就像魔法力通道，手掌就是出口。但其實雙手除了用來發出魔法力之外，也可以當作魔法力的入口，即使是沒有魔法力的一般人，一樣可以利用身體的脈絡來傳送魔法力。我現在把火魔法的力量從我的左手傳進妳的右手，經過妳的身體，再讓它從妳的左手發出來……」

雅迪看到艾美歪著頭，一臉不解的樣子，只好改口說：「對，小艾美懂得魔法了。」

「好耶!艾美懂魔法了!」艾美邊舞動著火球邊雀躍地說。

三人沿著雅迪之前留下的路標,花了一點時間離開森林。途中沒遇到狼群,雅迪鬆一口氣,雖然身上有霍薩給予的龍鱗,但拖著一個小孩和一個傷者,戰鬥會變得很麻煩。他們在森林入口看到點點燈光,原來格蘭特先生和鄰居們帶著武器和油燈火把,正準備到森林裡找他們。

「媽媽!」小艾美甩掉雅迪的手,衝進母親的懷抱。

「艾美!」格蘭特夫婦看到女兒平安無事,都忍不住落淚。

「雅迪警長!」老格蘭特看到雅迪揹著露西,問道:「這位副警長沒事吧?你們遇到猛獸了嗎?」

「啊,只是出了點小意外。」雅迪說。

「爸爸媽媽!哥哥姊姊答應我,下次帶我找霍薩叔叔!」艾美高興地說著。

「你們都見過那位霍薩先生嗎?」老格蘭特驚訝地說。

「見過了,」雅迪悄悄地跟艾美打了個眼色,「他是位十分善良強壯的獵人,不過他退休了,現在在森林裡隱居,不喜歡被人打擾。」

在森林入口和格蘭特一家分別後，雅迪和露西啓程回鎮。他們在紅葉林擾攘了好幾個鐘頭，雅迪掏出懷錶，發現此刻已是晚上九點多快十點。由於露西沒法子騎馬，只好坐在雅迪背後，雅迪牽著另一匹馬的轡繩，讓牠跟自己胯下的坐騎並排而行。

「喂，雅迪。」穿過城門後，靠在雅迪背上的露西悄聲說道。

「怎麼了？」雅迪沒回頭，抓著轡繩控制馬匹，在寧靜的街道上緩步走著。

「謝謝你。」

「別跟我客氣吧，這是分內事。」雅迪不知道露西為了哪件事道謝，不過他覺得無論哪一件都只是職責所在。

可是露西卻不是那樣想。挑戰巨龍是十分愚蠢的行為，搞不好不但救不了小女孩，讓自己被殺，更連累同伴。她對自己的魯莽與自負深感自責，以為自己的力量足夠抵禦巨龍救人，根本是不切實際的幻想。然而一開始準確認清雙方實力差距、明知毫無勝算的雅迪在自己失敗後沒有逃走，更無畏地擋在自己前面——露西一想到這兒，心裡就有點不好受，像是有點感動，卻又十分後悔。

「喂，雅迪，你今晚還要在二局留宿？」露西說。

「是啊，我想下星期不太忙的話，便可以去找房子。」

「今晚不如來我家吧……」露西剛把話說出，又連忙補充道：「別誤會！我跟我父親一起住，你只能睡客廳，我是覺得你睡休息室會影響工作，畢竟我們每天都要面對不同的危險……」

「是嗎？謝謝妳啊。那我今晚可以好好睡一覺了。」雅迪還是落落大方，完全沒留意到身後的女孩說這話時的神色。

露西聽到雅迪爽快的回答，感到有點高興，又有點落寞，因爲雅迪顯然沒有察覺她的心情。倦意忽然湧至，她倚在雅迪的背上，聽著馬蹄聲，「踢踢躂躂」的，漸漸墜入夢鄉。

「露西，我們到啦。」當雅迪叫醒露西時，露西已睡了差不多半小時。她張開眼，發現身處熟識的二局大樓門前。

雅迪扶著露西回到三樓的辦公室。他盤算著如何報告事件，魔龍棲身於紅葉林的消息可能會引起意想不到的大恐慌。縱使他認爲霍薩並不是一條惡龍，而且人類和魔族已和平相處快三十年，但要改變人們的成見實在不易。

「我們回來了，我們在農莊遇上一點麻煩……發生什麼事？」雅迪剛推門準備報告，卻看到科長、大師和道奇眉頭深鎖的樣子，氣氛十分沉重。

「唉……這次完啦。」科長嘆道。

「沒人預料會有這種事情吧。」道奇說。

「出了意外嗎？」露西也清醒過來，追問道。

「剛才我們回到斯巴廣場時，有人送上一盒禮物給愛達小姐，怎料那個盒子突然著火……」大師說。

「愛達小姐呢？」雅迪著急地追問。

大師向上指了指，表示著四樓的休息室。

雅迪衝上四樓，發覺休息室的門沒關上，愛達坐在椅子上，神色疲憊。她已脫下二局的制服，身上穿著一件白色的短袖上衣，以及淺藍色的裙子。

「德布西警長！」愛達看到雅迪，樣子添了一點生氣，可是跟早上那個神采飛揚的歌姬判若兩人。

「愛達小姐沒受傷嗎？」雅迪舒一口氣。

「幸好愛達小姐沒受傷，不過我對你們的工作能力十分失望吶。」愛達身旁的經紀人查爾斯先生板起臉孔，厲聲說道。

雅迪想走近愛達身邊慰問她，可是查爾斯站起來，將他推出了休息室，說：「請你讓愛達小姐休息吧，看到那麼駭人的屍體，任誰都受不了。」

「屍體？」

「你去問你的科長吶！」查爾斯不客氣地把休息室的門關上。

雅迪回到萬事科的辦公室，聽到露西說：「那盒子著火時，裡面還放了這東西？天啊，這犯人眞是變態！」

「到底什麼事？那盒子……」

雅迪沒問下去，因爲他看到大師桌上一個打開了的盒子殘骸。

在殘骸之中的，是一隻被燒成焦炭的死貓。

往事三

二十八分之二十四

24/28

地點是帕加馬鎮外西面的驛館。

驛館很簡陋，只是一棟附設馬廄的一層高小木屋。它是信差及旅人休息的場所，也提供附近的城鎮消息和地圖指南，給予商旅及冒險家方便。

入冬後，旅人減少，使用驛館的人亦所餘無幾。

但「所餘無幾」並不是「零」。

尤金收到消息後，強忍著慌亂，帶領大隊前往驛館。

可是當他看到六具被白布蓋著的屍體，不由得失去冷靜。

先到場的人沒有讓死者留在原位，把屍體都移到驛館外的空地。他們沒有考慮到破壞證據的問題，因爲他們都清楚知道凶手是誰。

他們覺得，讓死者們躺在狹小的驛館之內，亂七八糟、手腳交疊地擠在一起，實在太可憐了。

六具屍體平排在驛館門前。尤金走到其中一具前面，蹲下，掀開白布。

白布下是一副焦黑、醜陋的臉孔。

不過在尤金眼中，那曾是世上最美麗的面容。

他握住屍體的手，感覺上只要用力一捏，那隻燒焦的手掌就會粉碎掉。

在他身後不遠處，身穿制服的弗雷克呆站著。

在弗雷克面前，是三具被白布蓋著的屍體。

「依莉莎……是我害了妳……」尤金終於忍耐不住，淚水奪眶而出，滴在那副焦黑的臉龐上。「依莉莎……」

跟尤金不一樣，弗雷克沒有流下半滴眼淚，他只是默然地佇立著。

他的父親、母親和妹妹，並排在他的面前。

他沒有呼天搶地，只是狠狠地咬著牙關，瞧著被白布蓋著的、他的家人的屍首。

天空飄下一片雪花。細雪一片片降下，慢慢落在屍體之上，落在尤金和弗雷克身上。

尤金和弗雷克都沒有感到雪的冰冷。在這一刻，他們的內心比雪更冷。

面對親人的死亡，縱使他們所想的不同、感受也不一樣，但他們內心，都變得像冰雪一般冷冽。

「紅伯爵事件」的受害者增至二十三人。

其中包括負責緝捕紅伯爵的小組組長尤金・布力克史密斯警長的妻子依莉莎・布力克史

密斯。

巡警肖恩．弗雷克的家人亦在這一場屠殺中遇害。當時沒有人知道這三位死者對紅伯爵事件起了關鍵作用，只知道有三位來自奧多維斯亞的旅人被捲入這場「天災」。

白雪緩緩飄落，像是爲這些靈魂送葬。

爲這些不幸的靈魂送葬。

紅伯爵驛館屠殺事件發生後，王立帕加馬鎮警察署瀰漫著一股強烈的不安。表面上，警署的運作和平日無異，巡警們如常巡邏、探員繼續調查、馬廄的後勤人員依舊打理馬匹和馬車，可是在一張張裝出若無其事的表情之下，署內的警察們都爲同一件事情憂心忡忡。

綽號「大師」的尤金．布力克史密斯警長不行了。

尤金雖然職級不高，但年資極深，警署裡除了某些高層外都跟他有很好的交情。紅伯爵肆虐帕加馬鎮，四個月內不斷殺人，但警署上下一直沒有洩氣，因爲他們都信任尤金的能力。

這是棘手的案子，可能要花上好些時日才能逮住犯人，但大師一定能辦到——這是幾個月來所有警察的心聲。

然而，尤金最愛的妻子依莉莎死了。

被紅伯爵殺死了。

在警署工作多年的人們，第一次看到尤金沮喪痛哭的模樣。冷靜、穩健、堅強的尤金・布力克史密斯警長，也無法克服這一個難關。跟尤金相熟、認識依莉莎的老警察，更了解她的離世對尤金造成多大的打擊——他們知道，大師之所以能夠冷靜辦案，是因爲他有一個可以讓心靈休息的避風港。如今這個避風港卻突然地、毫無預兆地消失了。

當警察們知道尤金向上司提出辭任紅伯爵調查小組的指揮官職務時，才醒覺到一件事——他們不一定能抓住紅伯爵。紅伯爵可能繼續殺人，在帕加馬鎮殺害數十、數百甚至數千人，然後突然銷聲匿跡，逍遙法外。鎮上所有人的機會均等，無論是富是貧、是男是女、是老是幼、是警察還是乞丐、是人類還是精靈，一概可能被「天災」波及，死於非命。

追捕紅伯爵的任務，由阿杜夫・谷巴副督察接手。警署裡無人看好他能勝任這工作，而他對如何緝捕凶徒毫無頭緒，只有增加巡警的人手，期望部下在紅伯爵犯案時碰巧遇上，又僥倖戰勝這個連三十八級戰士都能輕易殺死的狂魔。

因爲家人慘死，尤金和弗雷克被局長下令休假，除了讓他們辦理喪事外，局長不想他們把私人感情帶進工作。在緝捕紅伯爵這種危險的任務裡，一旦被私人感情影響判斷，很容易連累同僚——行動失敗事小，害同僚殉職事大。

尤金在驛館命案發生後，一直獨個兒待在家裡。

他從來沒察覺，原來這間小小的房子是這麼大。

不過少了一個人，就顯得異常空洞。

尤金陷在椅子裡，瞧著火爐裡的紅紅烈火，回憶著依莉莎的一切。

從他在侍衛團工作時初結識依莉莎、對方答應他的求婚、誕下兒子，到之後一直平凡但豐足的生活。

還有那張令人慘不忍睹、化成焦炭的面容。

尤金沒有感到憤怒。他也覺得奇怪，他竟然沒有因爲喪妻而痛恨凶手紅伯爵。他只是感到無比的懊悔，他恨的，是自己。

爲什麼自己這麼無能，一直沒法抓住紅伯爵？

爲什麼自己這麼鬆懈，沒察覺厄運可能降臨到妻子身上？

爲什麼自己這麼草率，吩咐妻子去驛館迎接部下的親人？

如果我親自到驛館，說不定能救一兩個人，就算沒法逮捕紅伯爵，也或許能看到他的樣子，在死前留下訊息——尤金這麼想。

而更重要的，是依莉莎不會死。

——叩、叩。

清脆的敲門聲打斷尤金的思緒。他緩慢地站起來，走到大門前，拉開木門。

門外站著沒穿制服的弗雷克。

「尤金警長……你好。」弗雷克一臉猶豫，像是不知道自己來訪是否適當。他和尤金一樣，滿臉鬍碴，樣子疲憊，但弗雷克雙眼更充滿血絲，似乎連續幾天都睡不好。

「是弗雷克嗎……」尤金沒回應弗雷克的招呼，只是打開門，讓對方走進房子裡。

「尤金警長，我站在這兒說話就可以了。」弗雷克沒移動半步。外面正下著雪，弗雷克每說一句話，口中就呼出一團白煙。

「天氣冷，你還是進來吧。」

「不，不行，」弗雷克眉頭緊皺，「我沒資格進你家……是我害你太太……」

「別胡說，一切只是意外……不，是『天災』吧。」尤金嘆道。

「才不是『天災』！」弗雷克突然激動起來。「那是人爲的禍害！是一個罪犯的所作所爲！」

尤金凝視著弗雷克雙眼。

「你是來叫我回警署嗎？叫我繼續當紅伯爵調查小組的組長嗎？弗雷克，我累了。」尤金邊說邊搖頭。「我已經沒有能力繼續調查了。」

「不，我不是來叫你回去的……」弗雷克說：「我是來向你請教，紅伯爵案件的調查進度、線索和情報等等……」

尤金有一點愕然。

「你……你不是被局長勒令休假嗎？」尤金問。

「嗯，但我要繼續調查。就算私下調查也沒關係。」弗雷克以堅定的語氣說。

「你一個人能幹什麼？」尤金洩氣地反問。「我們動用了三十多個調查警員，覆蓋全鎮每個角落，日以繼夜追查每一條微不足道的情報，仍然沒法找到丁點線索……」

「就算不能幹什麼，也得要幹啊！」弗雷克高聲嚷道。「我一定要找出那個凶手！讓他暴露在陽光之下……」

「就算找到他，你和我的家人都不會復活啊！」

尤金沒想過，自己的反應會如此的大。

弗雷克沒有回答，兩人之間只有沉默。

「尤金警長，」片刻，弗雷克以平靜的語氣說，「你沒想過報仇嗎？」

「連紅伯爵的影子都看不到，又如何報仇？」

「我們已經知道紅伯爵的外貌了。」

弗雷克的這句話，令尤金大惑不解。

「外貌？」

「今天早上，再有一名死者，」弗雷克換上凝重的神色，「但同時間出現繼狄・克林姆小弟弟後第二位倖存者。」

「他、他看到紅伯爵的樣子？」尤金訝異地問。

「嗯。」弗雷克點點頭。「我剛才向約翰遜打聽，他說目擊者指紅伯爵是人類，男性，大約四十至五十歲，薄嘴唇，鷹勾鼻，短髮，身材瘦削，最大特徵是左手有六隻手指。他是個魔法使，使用一種黑色的火魔法去燒死受害者。警署的魔法顧問認爲那是一種混合了暗系魔法的火魔法。」

尤金心跳加劇，他沒想過妻子去世幾天後，調查就取得突破。

紅伯爵不再是一個黑影、一個名字，而是一個人、一個罪犯。尤金心底裡冒起一點火星，重新點燃起那殆盡的復仇心。

這一股復仇心瞬間把他對自己的恨意、懊悔吞掉。就像在禾草堆的一角點火，火舌一下子就蔓延至每個角落。他發覺自己該痛恨的對象，是那個殺掉依莉莎的凶手。

尤金突然有一股衝動，想要走出屋子，直奔警署，親自向證人問話，翻遍帕加馬鎮把那個六隻手指的惡魔挖出來，用拳頭把對方痛毆至死。

但他的理智阻止了他的行動。

我是警察，不可以公報私仇——他心裡響起這一句話。

尤金年輕時是個僧侶，從小在修道院生活，以發揚人性善良爲人生目標。跟魔族的戰爭令他失去信仰，決意還俗，不過遇上依莉莎後，讓他再一次感到世上仍有美善的存在。他很清楚什麼是正確的做法，只是，依莉莎的死亡讓他難以抵抗內心的陰暗面。

尤金感到極度矛盾。

「那……那個目擊者如何逃過大難的？」尤金壓下心裡的掙扎，問道。

「不知道。」弗雷克說：「據說他和他的朋友清晨相約出發往紅葉林打獵，在森林入口遇上紅伯爵——當然他們當時只以爲對方是個樵夫或旅人。紅伯爵二話不說，就先殺害他的朋友。」

「然後就離開了？」

「不，目擊者高呼求救，情急之下連故鄉方言都叫了出來——我忘了說，他是從迪伏列王國來的旅人——紅伯爵就突然停手，走了。」

「咦？紅伯爵因爲對方是迪伏列人，所以放過他？」尤金瞪大雙眼問道。「但兩個月前，第十一和十二名受害者正是從迪伏列來的商人夫婦……當時那目擊者說了什麼？」

「好像是『神啊！我還不想死啊！』之類……尤金警長，不如你跟我一起回警署吧。」弗雷克說：「我也不太清楚細節，如果你再次擔任指揮官，我可以在你手下調查……」

尤金沉默不語。剛才那股情感上的矛盾再次纏繞他的心頭。

他很想回警署，親自追捕紅伯爵。

但他不想找到紅伯爵，因爲他沒有自信可以忍住不殺死對方，進行逮捕。

依莉莎昔日的笑靨在他的腦海中閃過。

他抬頭打量眼前一臉倦容的巡警。同樣是陷於沮喪，但尤金覺得，弗雷克身上似乎有一種自己沒有的情緒。

他不知道這情緒是出於正義還是仇恨，但他願意賭賭看。

就交託給年輕人吧——尤金心想。

尤金二話不說，轉身往屋裡走。他走到書桌前，把散亂的紙張、文件疊好，再從架子上取下一個皮革製的文件套，把紙張都放進去。他再想了想，拈起羽毛筆，在一張白紙上寫了幾個字，簽上名字，蓋上紅色的火漆印。他把這張紙對折，再用繩子把文件套綁好，將摺好的字條放在皮革文件套上。

他回到大門前，把文件套和字條交給弗雷克。

「文件套裡的是這四個月以來的調查細節，」尤金有條不紊地說明，「每一起案件發生的時間、地點、環境資料都有詳細記錄，還有所有死者的背景和證人的供詞。我更編好了案件地圖，標示著凶案發生的次序……我一直沒有辦法理出頭緒，紅伯爵犯案完全沒有模式可言，不過，或許你可以找出破綻吧。」

「尤金警長，你的意思是……」

「你剛才說過，你找我是爲了向我請教調查進度、線索和情報吧。全都在這兒了。」尤金拍了一下文件上面的字條。「這兒有一封信，你如果想在警署裡查看證物、詢問新情報，就把這封信給負責的警員看。只要是警長級或以下的，看到我的簽名，都應該會跟你合作。副督察和督察就可能行不通了。」

「你不打算回去嗎？」

「我……我要休息一下。」尤金嘆一口氣。「而且尼克正從王城趕回，爲他的母親奔喪。如果他回來後，仍要孤伶伶地面對喪母之痛，我就愧爲人父了。紅伯爵的案子，我已經無能爲力，只好把希望寄託在你身上……剛才你說，目擊者指紅伯爵是使用火魔法的魔法使，我希望擅長冰魔法的你有足夠力量跟他抗衡吧。」

弗雷克抓住文件和信件，跟尤金對視。良久，他挺直身子，舉起右手，放在額前，向尤金敬禮。尤金微微一笑，舉手回禮。

這是自從妻子去世後，尤金首次露出笑容。

他希望這決定沒有錯。

第四章・歌姬與獄長

「這應該不是小白吧？」在氣氛凝重肅殺的辦公室裡，科長突然吐出這一句。

「不是啦，體型不對。」道奇簡單地回應。

「科長你這時候怎麼還在想這個？」雅迪說。

「對，的確不是時候……」科長煩惱地點點頭，「這次意外讓二局顏面掃地，看來更多職員會申請調職了，也不知道事情傳到總督那邊後，二局會不會遭受責難……唉……」

雅迪懶得再插話，心想對科長來說，任何人的人身安全也不及警局的經費和前途重要。

眾人圍著桌子上的焦黑貓屍，以及屍體下面那個燒得破破爛爛的木盒子，仔細地審視著。這團殘骸就是令國民歌姬愛達差點受傷、令二局的活動腰斬、令派斯局長和谷巴科長陷入苦惱的關鍵證物。沒有人記得犯人的樣子，因為當時不少民眾向愛達送花及禮物，而大師更指出，犯人很可能差遣小孩把這份設置了機關的禮品送給歌姬，反正在斯巴廣場有不少商販的孩子會爲了幾塊錢替陌生人當跑腿。

大師從殘骸中撿起一顆熏黑了的小丸子，跟雅迪說：「看，這便是元凶。」

「這是什麼？」雅迪問。

「魔族的道具，魔爆石。」大師說：「和雅迪你懷錶裡的魔石英相似，魔爆石儲存了特定魔法，視乎使用者注入魔法力多寡和強弱，決定它何時爆發，從幾分鐘至數小時都可以，有技巧的魔法使甚至可以延長至數天或數月。市面上的魔石英有魔法公會認證，拿它們來製作道具的工匠也受法律規範，可是在黑市流通的魔爆石不受管制，據說它是由某種岡瓦納的魔獸骨頭製成，但只有魔族才知道製法。這東西遠不如魔石英穩定，被外來的魔法力刺激也會引爆，而且除了傷人外沒有其他用途，所以被當成違禁品。這東西多出現在邊境城鎮，王城的人都沒見過吧。」

「即是說，有人注入了火魔法，於是在一定時間後起火了？」雅迪想起口袋裡的龍鱗，看來魔獸的身體有很多部分可以用來製成魔法道具。

「正是。不過愛達小姐完全沒受傷，眞是奇蹟，那時她還抱著這個盒子。」大師說。

「大師，」雅迪突然想到一點，「這會不會跟紅伯爵——」

「不，」大師看穿了雅迪的想法，「紅伯爵不會幹這種事，而且這個火魔法比紅伯爵的弱得多了，我們也看到火焰不是黑色的。說起來，這盒子的構造是把大部分火焰困在盒子裡，我認爲犯人不是想取愛達小姐的性命……不過出了這樣的亂子，愛達小姐沒精神崩潰已是很幸運了……」

雅迪擔心愛達，於是以查問細節爲由，獨個兒離開辦公室到四樓探望她。雅迪怕查爾斯先生再一次把他趕出房間，但他沒有其他辦法，只好硬著頭皮輕輕敲休息室的門。

「請進。」是愛達的聲音。

雅迪輕輕推開房門，發現房間裡只剩下愛達一人。

「原來是德布西警長嗎？」愛達神情落寞但仍擠出微笑，「剛才很抱歉，查爾斯先生對你太沒禮貌了……」

「查爾斯先生呢？」雅迪問。

「他去找局長理論，我想局長應該會被他罵得很慘。」愛達苦笑一下。

雅迪本來想好好安慰愛達，可是站在她面前卻頓口無言。雖然雅迪沒有對愛達許下什麼承諾，但擔任護衛的他被科長指派了別的工作，離開現場，偏偏愛達此時遇上意外，雅迪仍感到一絲愧疚。

「會不會痛？」良久，雅迪只能吐出這一句。

愛達搖搖頭。

「還害怕嗎？」

愛達沒回答，只是避開雅迪的視線。雅迪明白她猶有餘悸——也難怪，眼前的盒子突然爆炸，就算是老練的戰士也反應不了。

雅迪知道即使自己在場也很可能阻止不了意外，但他可以想像得到當刻愛達的心情。他記得愛達與自己初見面，談到在市集救助小孩時雙眼充滿神采，他了解到自己在對方心目中是一個值得信任的對象；可是在她最需要心靈上的支持的時候，周遭只有驚怖的表情、此起彼落的尖叫和慌忙走避的人群。

假如自己陪伴在身旁，或許她便能克服恐懼。

休息室內兩人之間的空氣就像凝結了一樣，彼此只能保持沉默。雅迪思考自己是不是該致歉，可是假如愛達回應一句「這不是你的責任」，氣氛只會更僵，而到時愛達只會更感孤立無援。

雅迪突然想起一件事，於是故意繞圈子問道：「妳今天走遍了帕加馬鎮，但妳有沒有看清楚它？」

「什麼？」

「跟我來！」雅迪牽著愛達的手，拉她走出休息室。

雅迪帶著愛達，往波莫老伯的閣樓走去。

「老伯！波莫老伯！」雅迪走進那個放滿書架的閣樓，卻發覺老伯不在。

「這裡有很多書啊……德布西警長你帶我來看書嗎？」愛達看著一列列的古書，感覺有點新奇，稍微忘掉本來的憂鬱心情。

「叫我雅迪就可以了，愛達小姐。」雅迪邊說邊走到第五列和第六列的書架之間，拉動牆上的繩子。「咿呀」一聲，天花板上突然掉下木梯，嚇了愛達一跳。

「來吧！」雅迪站上梯子，向愛達伸出右手，示意她跟自己一同上去。愛達不明所以，但仍依雅迪所言，她剛從天窗探出身子，便感到清風撲面拂來。愛達撥過被風吹亂的長髮，張眼一看，眼前所見幾乎令她說不出話來。鎮上的點點燈光，如同水面，映照著天上的銀河，兩者互相輝映。

「這兒……這兒的景色好美啊！」愛達的反應，就和雅迪第一次看到帕加馬鎮的夜景時一模一樣。

「坐在這兒吧。」雅迪扶著愛達，讓她坐在自己身邊。在傾斜的屋頂上有點難以平衡，愛達緊緊抓住雅迪的手臂，小心翼翼地坐下。

「妳看到了今天經過的那些地方嗎？」雅迪問道。

「嗯！」愛達說。她指向右手邊，「那兒是願望井，再過去一點是白武士鐘樓，旁邊是跨越得勞斯河的鷹門橋……我今天在那遇到一個很可愛的小男孩，他摘了一朵小黃菊送我……」

愛達開始講述今天的經歷，在哪兒遇上熱情的市民、在哪兒跟人說過話、在哪兒看過風景，話匣子一打開，她便忘記不快的回憶。

「接著我們到了斯巴廣場……啊……」愛達突然靜了下來。

「就是在那裡發生意外的嗎？」雅迪關心地問。

「當時很多人送花和禮物給我，有人送上一個木盒……我……我還記得盒子裡傳來微弱的貓叫聲……」愛達沒說下去。

雅迪沒有接話，只默默地陪伴在她身旁。

「為什麼！」愛達突然大嚷：「為什麼這麼殘忍？為什麼要幹出這麼可怕的事情？為什麼……想傷害我？」

憤怒和恐懼的情緒同時充斥在愛達的內心，但她無法宣洩出來。她記得火焰撲面而來的恐怖場景，更記得火光冒起的同時，手中盒子傳來那一聲淒厲的號叫，近在咫尺的小生命被惡意吞噬；而她被迫成為幫凶，眼看著慘劇發生而無法阻止。

「愛達小姐，妳害怕嗎？」雅迪輕聲問。

愛達點點頭。

「那麼我分一點勇氣給妳吧。」

愛達呆呆的看著雅迪。

「給我妳的手。」雅迪握著愛達的雙手，漸漸地有一道淡淡的光芒，從雅迪的雙手流向愛達的身體。

「這是……」愛達感到一股溫暖的能量，從雙手擴散開來。

「其實這只是很基本的治療魔法。」雅迪說：「不過我小時候，母親很喜歡這樣做，說是給我勇氣。她還告訴我，當我長大後，也要把勇氣分給他人。治療魔法只能治癒肉體上的傷害，不過只要使用的人擁有溫暖的心，就可以治癒心靈的創傷。」

慢慢地，光芒消失，雅迪放開雙手。

「現在還怕嗎？」

愛達低下頭來想了想，再說：「好像沒有那麼怕了。不過我還是擔心那個犯人會再犯案……而且那隻在我懷抱中死去的小貓……」

「那麼，我們打勾勾吧。」雅迪伸出尾指，「我應承妳我會保護妳，抓住那邪惡的犯人，還要替無辜的小貓報仇。」

愛達雙頰一紅，但也伸出尾指說：「要遵守承諾啊。」

兩人勾著尾指，拇指相印，愛達忍不住噗哧一聲笑出來：「雅迪你當我小孩子嗎？」

「我本來是要加入少年科嘛，怎料這分局裡沒有這個部門，我只好加入嚴重罪案雜務科了。」雅迪聳聳肩，裝出一副滑稽的表情。

愛達高興地笑著，和不久前滿臉愁容的她，簡直判若兩人。

「聽說你剛從王城調職？」愛達問道。

「對。愛達小姐妳怎麼知道的?」

「我……我向谷巴科長稍稍問過你的事情。」愛達臉上帶著幾分靦腆,不過在朦朧的月色之下,雅迪沒有察覺。

「爲了躲避老爸,只好選一個遠一點的地方工作。」雅迪苦笑著說。他把他的家族身分、繼承弄臣職位的命運、對玩世不恭的老爸的不滿,一一告訴愛達。

「咦!羅蘭男爵是令尊啊?」愛達詫異地說。

「妳認識我老爸?」雅迪也一樣訝異。

「在王室的聚會中見過一次面。」愛達笑著說:「當時他表演了一段詼諧默劇,逗得在場所有人大笑。在聚餐時,他還跟我同桌呢。」

「我那笨蛋老爸沒有幹什麼失禮的事情吧?」

「呃……沒有吧……」愛達露出不好意思的表情,「只是他用鼻孔喝麥酒,令我們吃了一驚,笑得人仰馬翻。」

雅迪扶額掩面,心想有這樣一個父親眞是恥辱。

「其實……」愛達察覺到雅迪的想法,決定說出心底話,「我覺得弄臣的工作沒有什麼不好的。羅蘭男爵待人很親切，雖然老是做些惡作劇，但從不會傷害他人，而且爲我們帶來歡笑。聽說他爲了救一位被貴族誣陷的平民，特意設計戲弄那個貴族，令對方在國王面前露餡，讓平民獲釋，我覺得羅蘭男爵眞是了不起。」

「有這樣的事？」雅迪倒沒聽說過。

「嗯。雖然雅迪你的志向跟令尊不同，但我覺得你們很相似，一樣有著友善的笑容，讓人很容易親近。我想，如果你接任弄臣的職務，一樣能做出貢獻的。」

「可是……我不懂得用鼻孔喝麥酒啊。」雅迪失笑道。

「那個不學也不是壞事。」愛達笑成一團。

「怎麼好像變成是妳安慰我了。」雅迪笑道。

一陣秋風吹過，像是把兩人的鬱結都帶走。

雅迪換回嚴肅的表情，問道：「妳明天和後天有什麼公開活動？」

愛達明白雅迪的用意，把注意力放回恐嚇事件上。

「明天黃昏有收穫祭表演，我會在風信子會堂演唱，後天則是要參加總督府的晚宴。」

愛達說。

「我想明天犯人應該會去會場，就算他不在露天劇場，我認爲他也會在風信子會堂附近徘徊，尤其這是公開活動，他一定不會放過接近妳的機會。我明天跟科長說一說，讓我們主動出擊。」

「可以嗎？」

「大不了我獨個兒調查。我們要爲小貓報仇啊。」雅迪特意把焦點放在爲小貓復仇上，讓愛達感到自己不是被盯上的獵物，而是懲治惡徒的獵人。

「嗯，我們要爲小貓報仇！」

愛達舉起右手，就像一個十七歲的女孩子——的確，自從她成爲國民歌姬後，每天顧及身分，沒有機會表現本來的性格。

「我們回去吧。」雅迪站起來。

「不，可以多待一下嗎？」愛達拉住雅迪。「我想多看一會兒。」

「啊，好的。」雅迪有點不知所措。雅迪看到愛達恢復過來，心想她應該很疲累想休息，卻不知道她正在享受著放下國民歌姬這重擔的片刻。

雅迪默默地坐在愛達身旁，想找些話題說說，可是一時間想不到。

「諸神之星……」忽然，愛達以古老的勞古亞語唱道。

諸神之星，玉宇凡爍，
大地之民，隨神之步。
勇者之鋩，塵寰所曜，
穹蒼之神，眷人之後。
淳良、剛克、隱惻，爲民謀福，
罡強、勇毅、不撓，爲神所喜。
命何其渺，仍顯其峻，
命何其弱，仍示其強。
諸神之星，玉宇凡爍，
勇者之鋩，塵寰所曜。

愛達以柔和的聲音唱出這首聖頌，這是她在聖頌祭所演唱的歌曲。雅迪第一次聽愛達的歌聲，便明白到爲什麼她如此被器重——溫柔的聲調裡帶著堅強，就像剛才提到小貓時，愛達那份正義之怒。善良、正直、憐憫，剛強、勇敢、不屈，歌詞所說的美德，正是愛達讓人感受到的。

愛達唱完一段，雅迪拍掌讚賞。雖然因爲父親的關係，雅迪對音樂和舞蹈沒有好感，但聽過愛達的歌聲後，他有點改觀。

「謝謝。」愛達說。

「果然是堅強的歌姬。」

「是你分給我的勇氣啦……還有爸爸那一份。」

「妳父親的？」

愛達從衣領掏出掛在頸項上的項鍊，鍊墜是一顆紅色的寶石。她說：「看，這是爸爸給我的護身符。媽媽教我唱這首歌時，我老是唱不好，爸爸便說：『妳要鼓起勇氣來唱啊！』之後他給了我這個護身符。只要我戴上這項鍊，我就有信心演出。」

雅迪盯著寶石，輕聲道：「難怪……」

「什麼？」愛達聽不清楚雅迪的話。

「沒什麼，原來妳父親送了一個護身符給妳。妳要相信父親喔！請妳記著，無論發生什麼事情都不要害怕，只要妳不害怕，那個壞人便沒法傷害妳。妳一定要好好記得這一點。」

「喔唷，原來你們躲在這兒說悄悄話？」突然間，一張滿臉灰白鬍子的臉孔，從雅迪身後的天窗冒出。

「呀！波莫老伯！你別嚇人好不好！」雅迪和愛達被他嚇了一跳，差點從屋頂掉下去。

「你們躲在這兒，一定不知道因爲歌姬失蹤，大樓裡亂成一片吧？」老伯咧嘴而笑。

雅迪和愛達連忙從屋頂下來，回到四樓，看到大師和查爾斯先生。

「哎呀！愛達小姐！」走廊上，查爾斯先生一看到愛達，就像洩氣的皮球，幾乎跪倒在地上。「妳去哪兒了？我快擔心死吶！我以爲那個犯人——」

查爾斯突然頓住，他怕愛達因爲想起那個貓屍盒子而沮喪。

「不要緊，查爾斯先生，已經不要緊了。」愛達笑說：「明天的演出如期進行，我絕不會輸給那個可惡的傢伙。」

「愛達小姐！」查爾斯高興得幾乎想抱住愛達。

「愛達小姐，加油啊。」雅迪在愛達身後說道。

「我會加油！還有，請叫我愛達吧，雅迪。」愛達回頭，對雅迪打了一個眼色。

看到愛達恢復精神，大師問雅迪說：「你施了什麼魔法嗎？」

「大概是吧。」雅迪笑了笑。

愛達離開後，時間已差不多接近午夜。雅迪想起露西說過可以到她家留宿，卻看不到露西，於是問正打算回家的大師。

「露西啊，她很早就回家了……」大師想了想，「對，她說如果你問起，她有口訊給你——她說你『既然有餘暇和歌姬小姐一起失蹤，今晚就繼續睡休息室吧』。到底是怎麼一回事？」

◈

翌日早上，雅迪幾乎起不了床。這幾天實在忙亂得太誇張——抓了一個搶匪、調查一起越獄案、到過兩樁謀殺案的現場、制止了一場示威衝突、救了一個小女孩、擊退了一群獨眼狼、跟魔龍幹了半場架。在總署至少要花三個星期的工作，他這三天都做過了。露西的體力已經恢復得七七八八，還帶了一把新劍，不過她只冷淡回應雅迪的慰問，讓雅迪有點不解。

「科長，我們今天去風信子會堂吧。」當科長踏進辦公室，無精打采地癱坐在座椅裡後，雅迪對他說。

「紅伯爵和農莊兩起案件還沒有眉目，怎可以花時間去看表演？你和露西還沒有就昨天農莊的調查做報告呢！」科長說道。「還有，最重要的『小白失蹤案』也尚未解決。」

「不是看表演啊！昨天犯人耍了如此卑鄙的手段，我想他今天會再犯案。」

「過去的由它過去吧，昨天惹了這麼大的麻煩，今天就別再跟歌姬小姐扯上關係了。」科長轉身面向窗外，頭也不回地說。

「科長，如果我們抓住對愛達小姐不利的犯人，會提升我們二局的形象喔。」雅迪開始掌握到跟科長交涉的竅門。

「這……可是，場地裡有直屬總督的侍衛隊，輪不到我們插手吧。」科長有點動心。

「不能明目張膽地在場地裡抓人，我們可以在場館外布置嘛。」

「怎麼做？」

「表演開始後，我們在會堂的出口設路障，查看從會堂離開的人。我們只派一、兩人到場內留意有沒有可疑的傢伙，待他離開時便由路上的同僚處理。」雅迪從案頭取過風信子會堂附近的地圖，指著幾個重點區域。

科長問道：「雅迪，你有把握嗎？為了找紅伯爵和小白，二局的人手已經很吃緊，再分掉部分警員，萬一一無所獲，只會讓我們的情況雪上加霜。」

雖然雅迪沒有太大的信心，也不肯定犯人在場，但他說：「今天讓我們挽回二局的顏面吧！」

◈

帕加馬鎮的收穫祭是個一年一度的盛會，鎮上各處都有慶祝活動，外地的商人們也看準時機，湧到市集做生意，所以這期間外來者特別多。各矮人家族會穿上家族的盔甲繞鎮巡遊，精靈街會舉行精靈舞會，不論民族和職業，每個人都會在這兩天慶祝豐收，祈求來年順境。晚上的收穫祭表演更是重點項目，每年都有精采的舞蹈及歌劇，而今年總督更邀請到國民歌姬到場演唱，令居民更加盡興。

雅迪安排科長費盡唇舌才調派來的八位巡警，在露天劇場的兩個出口外守著，又向直屬總督的侍衛隊說只是在街上協助疏導人群，侍衛隊隊長心想有額外的援手，便樂意接受安排。時近黃昏，貴族和嘉賓們陸續進場，雅迪指示露西他們前往不同的崗位，留意有沒有可疑人物。

「德布西警長，很忙碌啊。」當雅迪在街上分派工作給巡警時，有人從身後叫住他。雅迪回頭一看，發覺「冰法師」弗雷克局長駕著一輛華麗的白色半開放式有蓋馬車，在車上跟他打招呼。

「弗雷克局長，您好。」雅迪向他敬禮。

「今天你們是來協助看守的嗎？」局長說。

「我們只是來協助疏散人群罷了。」雅迪沒有說出真正的原因。「局長是嘉賓之一嗎？這麼早到場啊？」

「嗯，你們的派斯局長也是座上客。其實我比較喜歡跟市民一起觀賞表演，坐在總督和總督夫人旁邊會很拘謹。」局長笑說。

「局長怎麼會自己駕車？」雅迪看到車上只有他一人，「一局應該有足夠資源聘請馬車夫啊？」

「這是我的私人座駕，雙軸軟木車輪、接合式上蓋、特大儲物箱、雪路利王國的曲線車身設計，簡直是藝術品啊。難得有機會讓她在收穫祭亮相，我才不會假手於人哩。」局長說得眉飛色舞，雅迪想不到原來對方是個馬車癡。

弗雷克局長進場後不久，又有雅迪認識的面孔——獵人公會的亨特會長和他的助手米切爾到場。雅迪先是見到那個瘦削得有點病態的米切爾，他坐在一輛密封式黑色馬車前端外側的車夫座，一手執韁繩一手揮舞長長的馬車鞭，從雅迪面前經過。車子由兩匹毛色黑得發亮的駿馬拉動，跟黑底金邊的寬闊車身相當搭配，顯出車主的富有和氣派。透過車窗，雅迪看到亨特會長神氣地掃視街上的人們，他穿著一件灰色的禮服，頭戴灰色的禮帽，手握一根鑲有綠寶石的手杖，雖然禮服和帽子遮掩了他的老態及禿頭，卻擋不住他的庸俗。亨特會長露出一臉自得的表情，像是睥睨不及他富有的群眾，比兩天前在風信子會堂時更顯精神煥發。

「他一定很高興吧。」站在雅迪身邊的大師吐出一句。

「他？你說亨特會長？」雅迪問道。

「當然。」大師說：「龐馬先生死了，反獵聯盟失去領袖，反對獵人公會的聲音就很容易被蓋過了。」

雖然紅伯爵再次殺人的消息沒有傳開，但龐馬遇害卻是公開的新聞。雅迪猜想如果亨特會長知道龐馬先生的死狀，搞不好不會害怕，反而更高興——對那種僞君子來說，死敵遇上「會行走的天災」慘死，即使嘴巴上說「可惜」，心底裡一定是在罵「活該」吧。

「啊，派斯局長也來了。」大師說。

雅迪看到派斯局長的馬車隨著亨特會長的座駕，接著駛進劇場的中庭。緊隨亨特那輛奢華的黑色馬車後，派斯局長的無篷式馬車顯得相當寒酸，駕車的是個衣不稱身的年老車夫，而派斯局長身上的藍色禮服幾乎包不住他的大肚子，滑稽模樣惹來旁觀的民眾訕笑。派斯局長沒有停下來慰問一下當值中的下屬，不過雅迪猜派斯局長不是刻意無視他們，而是他根本沒注意到他們存在。

「看樣子，局長正在盤算如何巴結總督，替二局多挖一點經費哩。」大師聳聳肩說道。

接下來賓客愈來愈多，馬車絡繹不絕，魚貫入場。雅迪一直留意有無可疑的人，可是他沒有發現。

「大法官到了。」大師指了指一輛老舊典雅的馬車。

「大法官？」

「沃伊特大法官，」大師說：「麥坎・史坦尼・沃伊特大法官。」

雅迪來帕加馬鎮前調查過一些資料，不過有些名字不大記得住。麥坎・史坦尼・沃伊特是帕加馬鎮司法部門的首腦，帶領其他六位法官，爲帕加馬鎮處理大大小小的審訊。雖然雅迪沒想起大法官的名字，卻記得對方的風評，他在王城時就聽過不少人說帕加馬鎮能成爲最繁盛的邊境城鎮之一，公正嚴明的大法官應記一功。

雅迪伸長脖子，想瞧瞧這個大法官的模樣，不過沃伊特的馬車窗子很小，雅迪只隱約看到一個蓄白鬍子的老人的側面。

「看來大人物都選現在才進場啊，」大師指著遠處一輛半開放式的淡黃色馬車，「那是魔法……」

「帕加馬鎮魔法公會的長老紐亞娜・赫拉達女士。」雅迪接下去說道。「我好歹也是個魔法使，如果連分會領袖也不認得就太失敗了。」

紐亞娜・赫拉達是魔法公會的名人，除了她是少數的女性長老外，她的資歷在魔法公會也是最深的一個。赫拉達是精靈族，雖然她的外表看似人類的五十多歲，但她的實際年齡已有一百五十七，她在魔法公會擔任長老已超過八十年。她的魔法力不特別厲害，但她是一位有名的老師，就連她的上司——現任魔法公會會長亞姆拉斯·尼因哈瑪——也是她的學生。三十年前的大戰中，就有不少人說，赫拉達從沒上過戰場，但她卻是戰爭中的關鍵人物，如果沒有她教導出一眾出色的魔法使，勞古亞聯軍很可能在半個月之內被魔族殲滅。

雅迪想起露西曾說過，魔法公會的長老告訴她，她不是當魔法使的材料。如果換作別的長老，雅迪覺得尚有商榷餘地，可是這句話出自赫拉達之口，那就百分之一百沒有錯——畢竟她是現今世上最強魔法使尼因哈瑪的師傅啊。

「報告！」當雅迪仍把目光放在赫拉達的馬車上時，道奇從他身後走過來。「側門已關閉，一般人現在只能利用這邊的正門入場。目前有三名巡警守住側門，他們會繼續留意有沒有異樣。」

「啊，辛苦你了，小道。」雅迪說：「你剛才有沒有什麼發現？」

「沒有啦，入場的都是很普通的市民，有不少更是熟面孔，我沒看到可疑的傢伙。而且從側門進場的人比較少，那邊沒有車道，一般人都喜歡在這邊看熱鬧嘛。」道奇指著一輛輛華麗的馬車，以及站在路旁湊熱鬧的平民。

「嗨！小道！」

冷不防地，一聲么喝從馬路傳來。雅迪、道奇和大師三人往聲音的來源望過去，只見一個矮小的男人站在開篷式馬車上，朝他們揮手。

「噢，是老爸。」道奇向馬車揚揚手。車上除了那個咧嘴而笑、滿臉鬍子的矮人外，還有一個身高差不多，樣貌慈祥的女性矮人。他們都穿著正統的矮人禮服，披上斗篷，頭戴鋼盔。矮人族的頭盔就是禮帽，在正式的場合，矮人都會戴上以示家族的威望。

「禾特拉卡先生，很久沒見。」馬車駛近後，大師對道奇的父親說。道奇的父親沒有半點架子，從馬車上探出身子，熱情地跟大師握手。

「尤金大師！咱們真的很久沒見囉！你有空來我家坐坐，讓我招待一下，答謝你一直照顧小犬嘛！」禾特拉卡先生開懷地笑道。

「爸，這位就是德布西警長。」道奇向父母介紹雅迪。

「啊啊啊！」禾特拉卡先生幾乎想從馬車上跳下來，伸手向雅迪說：「你就是從王城來的年輕警長嘛？小犬這幾天有提起，將來就請你多多指教、多多關照喔！」

「禾、禾特拉卡先生，客氣了。」雅迪跟道奇的父親握手。面對這種熱情的人，雅迪不大懂得應付。

「孩子的爹，你這樣會嚇怕人家啊。」坐在旁邊的禾特拉卡夫人說：「呵呵呵，德布西警長，我家主人就是這副德性，請勿見怪。」

「不，不……」雅迪想找些話打圓場，但面對這對夫婦，一時語塞。

「老爸，你們還是快進場吧！你們的馬車擋到路了。」道奇指著馬車後的車龍。

「啊！對！真不好意思！這會妨礙你們工作吧！我們現在就進去了！」禾特拉卡先生拍了拍車夫的肩膀，示意駕車，再對雅迪和大師說：「兩位警長，有空記得來我家作客啊！不用跟我客氣……」

即使馬車駛入中庭，雅迪仍看到道奇的父親轉身向他們揮手。雅迪知道不少矮人很熱情豪爽，倒沒見過熱情到這地步的。

「哈，我爸媽有點怪。」道奇笑著說。看到道奇的父母，雅迪就明白道奇跟他初見面時那股氣魄從何而來，不禁莞爾。

「禾特拉卡是矮人族中的望族，禾特拉卡先生很受敬重哩。」大師對雅迪說。

就在道奇的父母進場後，一輛由四匹駿馬拖著的豪華開篷馬車駛至。馬車比剛才亨特會長的更巨大，以金色和白色作爲主調，無論車身、車輪、軛木都有細緻的花紋雕刻，可說是一件會移動的藝術品。馬車緩慢地前進，車上的一對年長男女向市民揮手。

「是總督梅納男爵和他的夫人。」大師說。總督看來已有六十多歲，但臉色紅潤，長著白色的八字鬍，憑他臃腫的身材，實在看不出年輕時是位力士。總督夫人看來比他年輕，戴著頭紗讓人看不清楚面孔。雅迪曾見過總督夫婦的畫像，不過跟實際的樣子比較一下，他就明白那位畫家十分擅長「隱惡揚善」。

總督已經到場，而且此時日落西山，天色漸暗，劇場的雜役逐一點亮了會堂四周照明街道的油燈，雅迪猜想表演即將開始。會場外的人群也消散，進場看表演的已進場，只是來看熱鬧的已離開。然而，侍衛們都跑來跑去，不時進出會場，瀰漫著一股緊張的氣氛，好像遇上一些事情。

「請問發生什麼事？」雅迪展示警章，向一位侍衛問道。

「表演快開始，但有一位嘉賓不見了。」對方回答。

「是哪一位？」

「黑木監獄的監獄長斯底斯・潘恩先生。」

當雅迪想追問一些細節時，另外一位侍衛跑來，看到雅迪的警章，便說：「請、請問你是二局的警員嗎？」

「嗯，我是萬事……嚴重罪案科的德布西警長。出了什麼問題嗎？」

「我們似乎發現潘恩先生了，」那位侍衛臉色發青，滿頭大汗，「就在會堂大樓裡——他被燒成焦炭，死了。」

雅迪聽罷，吩咐巡警們緊守崗位，連忙跟大師到大樓一看究竟。

「紅伯爵混入了劇院裡？」雅迪問。

「如果是的話，恐怕會變成大災難。」大師想起妻子喪生的驛館命案，紅伯爵一口氣殺掉六人。

現場是露天劇場後的會堂大樓，就在上次獵人公會聚會的大廳。侍衛隊隊長只負責保安，沒想過會遇上發現屍體這種案件，只得讓雅迪和大師接手。監獄長那矮小的身軀蜷縮成一團，屍體旁邊有紅伯爵的記號。雖然燒成焦炭，潘恩獄長的外貌身高也和屍體吻合，雅迪幾乎可以肯定死者就是獄長。

「誰發現屍體的？」大師問。

「是我。」一位侍衛不安地舉手。「剛才有人通知我們，說嘉賓席中只欠獄長，我以爲他因事遲到，但有人說獄長已到場，我們怕他遇上意外，所以到處找尋，結果我發現這門沒關上，一點燈就看到屍體躺在那兒。」

「大樓這邊沒有侍衛看守嗎？」雅迪問。

「沒有，因爲今天是收穫祭表演，大樓沒有開放給任何人使用，我們也只守住露天劇場那邊。」侍衛長回答。

大師輕輕觸碰地板，抬頭說：「地板還熱的，犯人可能仍在附近。侍衛長你可不可以派人視察一下？」

「好的，請問犯人有什麼特徵？」侍衛隊隊長緊張地問道。

「你記得八年前那個瘋狂魔法使紅伯爵嗎？」大師說。

侍衛隊隊長瞪大雙眼，看著大師，再看看屍體。

「是那個紅伯爵？」侍衛隊隊長目瞪口呆。

「犯人是個男性魔法使，會使用強力的火魔法，外表看來大約五十歲，薄嘴唇鷹勾鼻，特徵是左手有六根指頭。如果你不希望引起恐慌，跟手下們這樣說吧。封鎖所有通往外面的通道，扣留所有可疑分子。」大師說。

「遵、遵命。」侍衛隊隊長忘記了身分，對大師唯命是從。

「大師，我想到劇場看一看，我怕那邊會出亂子。」雅迪想起愛達。一個恐嚇犯已叫他頭痛，現在還要加上紅伯爵，可說是亂上添亂。

「你去吧，這兒有我沒有問題。不過小心一點。」大師謹慎地說。

雅迪經過空無一人、只有馬車停駐的中庭，從大樓走到露天劇場的側門，剛進去便發覺天色已黑，劇場內明亮的地方只有舞台。雅迪走進的側門位於觀眾席左前方，和舞台相隔幾尺。雅迪望向二樓的包廂，憑藉餘光看到總督和夫人、弗雷克局長、派斯局長、沃伊特法官、亨特會長等等，以及一些不認識、服裝華美的男女。雅迪試圖留意觀眾中有沒有可疑的人，但因為光線不足，沒法看得清楚。當他還在努力細看人群時，觀眾突然拍掌歡呼，他回頭一看，原來愛達剛步出舞台。

愛達穿著一襲露肩的黃色長裙，胸前掛著父親給她的紅寶石，兩手穿上及臂的白色長手套。她站在舞台正中，朝觀眾深深地鞠躬後，她身後的兩位樂師奏出悠揚的伴奏音樂。愛達開始唱出她昨晚在二局屋頂所唱的那首聖頌，和昨晚不同的是，她的聲音更嘹亮，在劇場裡迴盪。台下的觀眾都沉醉於美妙的歌聲中，但雅迪仍努力地察看著觀眾的表情。

「無論是紅伯爵還是恐嚇犯，他現在的樣子一定和其他人有所不同。」雅迪心道。

可是雅迪沒有找到目標，一曲唱完後，觀眾報以如雷掌聲，不少人更站起來對國民歌姬送上最高的敬意。舞台四周的燈光變暗，在一片漆黑中，掌聲仍然持續，當燈光再次亮起時，愛達已從台上離去。

雅迪仍然注視著觀眾席，沒看到什麼異樣，觀眾的掌聲也漸漸歇止。可是，當他望向舞台上時，卻發現了不尋常的情況——替愛達伴奏的兩位樂師左顧右盼，像是丟掉樂譜一樣，拿著樂器不知所措。

「糟糕！」雅迪呆看數秒，才想到發生了什麼事情。他從側門衝出，往後台跑去，在路上卻碰到臉色發紫的查爾斯先生。

「警、警長！愛、愛達消失了！」查爾斯驚呼。

「別慌張！」雅迪恨不得剛才的猜想有誤，可是預感已成事實，就只能冷靜面對。「她本來該留在台上嗎？」

「她應該在舞台轉暗時開始清唱第二首樂曲，樂師加入伴奏後燈光才再點亮，但她遲遲沒作聲，我們覺得奇怪，打開裝置點亮燈火便發現她不見了！」

「現在分秒必爭，我們要分頭行事，」雅迪鎮靜地下指令，「查爾斯先生你去會堂大樓通知那兒的侍衛，因爲那邊發生了意外，有不少侍衛都在那邊，我去通知我的同僚，他們都守在劇場的出口。」

查爾斯點點頭，但在離開前說：「我們在後台完全沒有異樣，愛達小姐卻突然消失了，這是魔法嗎？犯人打算殺死她嗎……」

「不，她還在這兒！」雅迪邊說邊急步向前，「才沒有令人消失或隱身的魔法！犯人打算擄走她，我們一定要阻止！被他逃走便難以救回愛達了！」

雅迪趕到劇場的出口，把事情告訴在場的科長、露西和道奇。道奇聽到愛達被擄走，臉色大變，咬牙切齒地說要把犯人抓住。劇場裡的觀眾開始發覺不對勁，有些人走出來向巡警詢問情況，也有人以爲有襲擊，想先行離開——畢竟昨天不少人目睹愛達在斯巴廣場受襲，他們擔心會連累自己。

「德布西警長，出什麼問題了？」弗雷克局長也跑出來問道。

「出了意外，愛達小姐可能被擄走了。」

「讓我派人到一局調派支援吧。」局長說。

「不，太遲了。犯人這一刻會想方法帶著愛達脫身，我們要阻止他。」

「你敢說犯人不會在這裡殺死歌姬後再離開嗎？」

「不會，他的目的不是要殺死愛達。」雅迪說，「他是要讓愛達——」

一輛密封式的馬車從劇場中庭駛出，局長和雅迪正好擋在它的前方。

「抱、抱歉……」坐在馬車前方，手執韁繩的是獵人公會的幹部米切爾。他結結巴巴地說：「請、請讓開。」

「請等一等，」雅迪以堅定的語氣拒絕，「所有人暫時不得離開。」

「怎麼了，德布西警長，」坐在馬車裡的亨特會長探頭出來，「有人在劇場裡放置危險的魔法道具，難道要我們等死嗎？剛才有人說某個座位藏了昨天讓歌姬小姐出意外的那種道具啊！」

雅迪心想，這次被犯人先下一著，散布謠言。在這樣的混亂下，犯人趁亂逃走可說是易如反掌。

「總督閣下的馬車就在我們後方，如果你妨礙我們，恐怕你得向總督交代呀。」亨特以不屑的語氣說道。

雅迪站著不動，他不可以讓人離開，但形勢不容許他硬撐下去，從中庭湧出來的人和馬車也愈來愈多。他逼於無奈讓開一步，讓亨特會長的馬車駛過時——

「請等等。」在不太明亮的街燈映照下，雅迪被一件小事抓住了目光，他連忙伸手攔住米切爾。

他留意到米切爾的座位旁，以及黑色長褲上有一點點異樣的白色汙跡。

「米切爾先生，請問你剛才把馬車停在中庭嗎？」

「是、是的。」米切爾還是口吃地說。

「中庭的馬車停車處有沒有侍衛看守？」雅迪轉身向身旁的侍衛問道。

「沒有，完全沒有。」

亨特會長再次從馬車探頭出來說：「你們還在磨蹭什麼！總督閣下——」

「我可以看一看馬車裡面嗎？我懷疑你們的馬車也被人放置了那些會爆炸的魔法道具。」雅迪打斷亨特會長的話。

「什麼！」會長情急大嚷，立即打開車門，連滾帶爬地從車上跳下。

雅迪指示兩名侍衛代替自己擋在車前穩住馬匹，往車廂裡探頭瞧了瞧，空無一人。雅迪關上車門，再仔細審視著馬車。

「米切爾先生，你可以打開你座位下的儲物箱嗎？」雅迪發現這輛馬車前方的馬車夫座位下是一個木箱。從外觀來看很難察覺，可是只要看過車廂裡，便會發現那兒的確有一個可以收納東西的空間。

米切爾沒有動作，只是硬直地坐在座位上。

「亞倫，你就儘管開給警長看看吧，我可不想無辜被炸傷。」亨特會長一面說，一面退到弗雷克局長身後。

米切爾站起來，伸手掀開座位——

「拉瑪。」

是火焰魔法的咒文。

「小心！」站在雅迪身後的弗雷克局長大喊。

雅迪聽到念咒文的聲音和弗雷克的警告，及時向後仰身，一道火焰從他身上掠過。弗雷克正想還擊，卻被一聲喝止。

「別動！冰法師，只要你擺出攻擊的架式，我便殺了她。」米切爾站在馬車上，左手抓著從打開的儲物箱中半站起來的人影——那是被綑綁著、口中塞了布團的愛達，她的眼中充滿恐懼。周圍的人看到這幕，不由得發出驚呼，注視著馬車上的米切爾。

「亞倫！你在幹什麼？」亨特會長大驚。

「你這老不死給我閉嘴！」米切爾一口氣地喝道：「我最討厭給你呼呼喝喝當下人差遣，像你這樣無能的老廢物，當上會長不過是因爲有幾個他媽的臭錢！你根本不明白我們獵人的原則，那份渴求狩獵、玩弄獵物的優越感……」

「米切爾！你快放開愛達！」雅迪站在和他距離最近的位置，雙方相差不過數步之遙。露西、科長和道奇聽到喧鬧聲也走過來支援，但他們只能站在遠處觀看。

「我不放又如何？拉瑪！」米切爾露出獰笑，左手拿走愛達口中的布團，右手燃起一團烈焰。「你們想知道歌姬被火燒時，聲音還是不是那麼堅強嗎？」

「雅迪！」愛達叫道。

「愛達，妳不用害怕，」雅迪以冷靜的語氣說，「這傢伙沒有辦法傷害妳。」

「你在說什麼！」米切爾手上的火焰燃得更亮，靠近愛達的臉龐。「我現在先毀掉她半邊臉，讓她像豬一樣號叫！」

「不，不用勞煩你。」雅迪悄悄地從口袋中掏出兩片龍鱗，「愛達，妳相信我嗎？」

愛達看到雅迪認眞的樣子，憶起昨晚在屋頂上他說的話，於是無視旁邊的火舌，堅決地點點頭。「我相信你！我不害怕！」

雅迪突然把一片龍鱗擲出，旁人還沒來得及反應，它便擊中目標——可是，他瞄準的不是米切爾。

鱗片擊中愛達。

剎那間，一個巨大的火球在愛達眼前轟開，令街道光亮猶如白晝。米切爾被嚇得後退，馬匹更是嚇得猛烈揚起前足，幾乎弄翻馬車。當所有人都驚訝於這場面時，火焰卻像避開愛達似地，往她身邊遁去，消散於空氣之中。米切爾爲了自保，在火球炸裂前離開了她身邊，逃到馬車旁的十數尺之外。

「雅迪！」所有人仍沒回過神，雅迪已衝前到愛達旁邊，他跳上馬車抱著愛達，當米切爾察覺這情況時，雅迪已把第二片龍鱗擲向他。

「轟」的一聲，米切爾被炸飛，不過他在千鈞一髮之間以接近同等威力的火焰魔法做防禦。雖然沒被火球直接命中，但也被拋開二、三十尺。

「快拘捕他！」雅迪大喊道，旁觀的人才如夢初醒，可是米切爾已經快一步往黑暗的巷子逃走，巡警和侍衛紛紛提著油燈，往他逃走的方向追過去。

「愛達小姐！」在一旁目睹一切的查爾斯先生這時衝出來，深怕愛達受了傷。

「德布西警長！你想害死愛達小姐嗎！」派斯局長也在場。

「各位，我沒受傷啊。」愛達鬆綁後，面露笑容地說。

「怎麼會這樣子？那是很強力的火魔法啊……」查爾斯先生看到火球擊中愛達時，差點當場昏倒。在圍觀者眼中，雅迪剛才使出了強力的火焰魔法，因為他們都沒看清楚雅迪拋擲龍鱗。

「火系的魔法對愛達是完全無效的。」雅迪扶愛達坐起來，這時大師、科長、露西、道奇以及弗雷克局長都趨前來到他們身邊。

「火系魔法對我無效？」愛達奇道。

「這不是紅寶石。」雅迪指著愛達胸前的鍊墜，「這是高級的魔法守護結晶。」

「守護結晶？」道奇問。

「大家知道魔法使可以使用魔法增幅石來增強魔法攻擊力，也知道有抵禦魔法攻擊傷害的守護石吧，」雅迪邊說邊回望眾人，「最強的增幅石是增幅結晶，據說可以讓一個魔法使的力量提升至最高水平，而最強的守護石就是守護結晶，可以令魔法攻擊完全無效化。當然，這些結晶擁有屬性，像愛達這一顆，便是火系的守護結晶。」

「那麼說，這是爸爸……」愛達輕聲說道。

「對，我們第一次見面時，妳說過妳父親是位懂魔法的冒險家吧，」雅迪微微一笑，「他寧可把這麼強的魔法道具給妳，證明了他珍視自己的女兒多於自己了。」

「那麼說，昨天愛達小姐沒因爲爆炸受傷，並不是單純因爲幸運啊？」露西問道。

「當然了，即使火焰再小，也不可能完全無傷的。」雅迪說。

「德布西警長，你剛才怎麼知道愛達小姐在車上？」弗雷克局長問道。

「前天獵人公會在風信子會堂舉行大會，我碰見米切爾，他說他迷路，但是神色有異。我覺得有點可疑，所以沿著他走過的樓梯看看會到達哪兒，發覺原來是舞台下。我想，他當時是在視察環境，打算在今天下手擄走愛達，結果剛才他趁著燈光熄滅的一瞬間，打開舞台的活門把愛達抓走，利用掌聲掩蓋愛達的呼救聲，再把她藏在馬車裡，若無其事地跟亨特會長離開。因爲亨特會長不知情，他的表現才不會引起懷疑。」

「但這只是猜想吧，米切爾可能眞的迷路了呢？」谷巴科長說。

「因爲馬車上有白色的粉末，」雅迪指著會長的馬車上駕駛席的白色汙跡，「而且米切爾的褲管也沾上了。前天我調查時不小心在舞台下碰倒一袋白色的粉末，撒滿一地。米切爾剛才犯案一定不能點燈，否則會讓舞台上的人看見，我想他沒留意地上有粉末。」

雅迪瞧瞧愛達，笑著說：「看，就連愛達的裙子也沾上了。就算米切爾有留意到，他也沒時間處理這些細節，所以留下了這些明顯的痕跡。」

愛達低頭一看，發覺裙襬上的確有一些白色的細粉。

「而且，我記得亨特會長說過，獵人公會移師風信子會堂舉行大會是米切爾的主意，我想他是爲了視察環境、準備犯案而提議的，這一切都吻合了。」雅迪再說：「剛才我看到白色的粉末時，已經確信愛達就在車上，只是不能確定犯人是米切爾，還是亨特會長在背後唆使，於是丟出『車上有魔爆石』的謊言來試探他們。亨特會長一聽到便跳出車廂，可見他壓根兒不知道車上藏著失蹤的歌姬。」

「你剛才還肯定犯人是打算擄走愛達小姐，你爲什麼這麼肯定？」弗雷克局長對雅迪的洞察力愈來愈感興趣。

「因爲他之前曾寄恐嚇信，昨天又幹了那種事情，所以我能推測他的動機。」雅迪說。

「他有什麼動機？變態也有動機的嗎？」派斯局長說道。

「當然有。」雅迪說：「如果說他是想勒索就錯了，因爲他從沒要求過金錢；他的信件裡只提及傷害和殺死對方，所以不是猥褻的動機；而最奇怪的是，昨天他明明有機會殺害愛達，但他只送了一個藏有魔爆石發生小爆炸的箱子——這不是很不合理嗎？大師更曾檢查過箱子，發覺它會把大部分的火焰壓制在裡面，換句話說，這東西並不是以取他人性命爲目的。結論便是，犯人所做的一切，只是想嚇怕愛達。」

「嚇怕愛達之後，接下來呢？」科長問。

「不，那已經是結論了。他只是單純想讓愛達害怕。」雅迪說。

「你剛才才說變態也有動機，但讓一個人恐慌也算是動機嗎？說穿了不又只是個變態？」派斯局長對雅迪的話感到很不是味兒。

「局長，愛達憑什麼在國際間的聖頌祭勝出了？」雅迪沒把局長的嘲諷放在心上，微笑地問道。

「因為她的聲音結合了精靈和人類的優點，在優美的歌聲中加入了堅強的——」

「對，這便是理由！」大師打斷局長的話，「因為米切爾看不爽愛達小姐的堅強？」

雅迪點點頭，繼續說：「剛才他自己說了什麼『獵人的原則』、『玩弄獵物的優越感』——這傢伙天生是個喜歡霸凌、喜歡支配他人的小人，大概他小時候還喜歡玩弄昆蟲和折磨小動物吧。他先前三封恐嚇信都是為了讓愛達感到恐懼，可是，他大概對不能親眼目睹『成果』感到很遺憾，所以計畫在收穫祭表演中把愛達擄走，再慢慢折磨她。」

「昨天那個盒子的陷阱……」科長說。

「是為了今天的布局。」雅迪說：「因為昨天發生爆炸意外，所以今天在愛達失蹤後，他便可以散布謠言，說會場被犯人布置了魔爆石的陷阱，令自己可以及時逃走。他利用亨特會長，知道對方膽小怕事，遇事時一定第一個逃跑，瞞著會長把愛達放在儲物箱中運離現場，是最簡單的做法。至於那隻無辜的貓兒，是米切爾用來掩飾這計畫的犧牲品，同時也用來嚇怕愛達，進一步滿足自己的支配欲望。」

「所以你叫我不要害怕……」愛達恍然大悟。

「只要妳保持堅強，他便對你沒轍。」雅迪說：「如果妳示弱，他就會愈得意，相反地，妳愈是堅毅，他就愈動搖。他才不是什麼『優越的獵人』，只是個懦弱的變態而已。」

當眾人在聆聽雅迪的分析時，一個巡警上氣不接下氣的從大街跑回來。

「我們圍捕犯人時，犯人跳進得勞斯河，不見了。」巡警說。

「什麼！」派斯局長大發雷霆：「你們十幾人都追不到一個受傷的魔法使！召喚二局所有休班警員，給我徹底搜查！就算把得勞斯河抽乾，也要抓住那混蛋！如果讓他逃了，我們二局的面子要往哪兒放？可惡！」

派斯嘮嘮叨叨的走遠後，弗雷克局長說：「德布西警長，我沒看錯人，你果然很優秀。還沒決定加入一局嗎？」

「弗雷克局長，先別說這個，」雅迪緊張地說，「在這邊發生事故前，會堂大樓那邊也出了事故，潘恩獄長被殺了——又是紅伯爵。」

弗雷克局長亮出不可置信的樣子，驚訝地說：「剛才還活生生的獄長——慢著，紅伯爵仍在這附近？」

大師點點頭。

「事不宜遲，我立即派人通知蘭多夫督察，叫她派人徹底搜查這一帶……不，我還是親自回去一局指揮，確保半小時內準備好人手，你們先搜查一下附近。別輕舉妄動，對方是個危險人物！」弗雷克往中庭停車處跑去。

「表演中止了，」科長說，「我們先協助市民疏散，也留意一下紅伯爵在不在人群裡吧。查爾斯先生，你先帶愛達小姐離開，這兒可能還有其他危險。」

「是，是的。」昨天查爾斯還對二局有著很深的成見，但經過剛才一役後，已對他們十分佩服，所以對科長的態度有了一百八十度的轉變。

「愛達，」當查爾斯差人駕來馬車，牽著愛達上車時，雅迪說：「雖然犯人逃脫了，但我會遵守承諾，把他抓住的。」

「嗯。」愛達坐上馬車，跟雅迪說：「雅迪，耳朵湊過來，我有話跟你說。」

雅迪走近愛達，把耳朵貼近，愛達卻突然在他面頰上「啾」地一吻。

「謝謝你救了我，雅迪！」馬車起行，愛達從車內攀出上半身，向雅迪揮手。

雅迪呆立著，一時反應不過來。

「原來面對魔龍、狼群和邪惡魔法使都可以冷靜應付的大英雄，也有發愣的時候哩。」

雅迪不防有人站在身後，嚇了一跳——露西以揶揄的口吻說道。

「啊、啊，我、我……」雅迪一時語塞。

「還啊什麼，工作要緊啊！紅伯爵發難的話，這兒又會再有受害者了！」

雅迪輕輕敲一下自己的額頭，笑說：「妳說得對，工作要緊。」

差不多一個鐘頭後，蘭多夫督察和哈利副警長帶著十多輛載滿警員的馬車到來。「惡犬」蘭多夫收起平日的氣焰，耐心地跟大師研究地圖，擬定搜索路線，查看紅伯爵的可能匿藏地點，預計對方有多大的機會離開這一帶——

然而他們不知道，紅伯爵和米切爾這時候在河堤的一間房子裡，一同死去。

往事四

二十八分之二十八

28/28

希斯頓・亨特是個膽小的男人。

雖然他在經營上、商業上心狠手辣，在二十年間從一無所有變成鎮上數一數二的富豪，但他的勇猛，只會在交易買賣上顯露出來。

自從紅伯爵橫行帕加馬鎮，殺害無辜，亨特就怕得要死。他僱用了多個保鑣，輪流在身邊保護他，寸步不離。這些保鑣都是冒險家或獵人，不過眞正有志氣的冒險家和獵人才不會甘心受雇於亨特這種滿身銅臭的暴發户，來應徵的都是些三流人物。

然而亨特並不介意。他認爲，一流的冒險家願意替他辦事固然最好，但三流的也沒有問題。他不是要捕捉紅伯爵，而是萬一遇上這個殺人狂魔，能確保有人替他擋下攻擊，好讓他逃命。

他只是花錢購買「肉盾」。

他沒把這些保鑣當成手下，對亨特來說他們是「消耗品」，讓亨特自己保命的消耗品。

其實，亨特害怕也不是沒理由。紅伯爵第一次下殺手，其中一個死者就是他家的兼職女僕。他完全記不起那個居住於貧民區、在廚房幫傭的婦人叫什麼名字，但那個女人的死讓他知道，死亡是突如其來、難以防備的事情。

而那個紅伯爵，就像是死神一樣，神出鬼沒，隨意地殺害鎮上的人。一個星期之前，就連警察調查小組組長的老婆也遇害——亨特想到這兒，就覺得自己身邊長期帶著三個「肉盾」是非常明智的決定。

而跟這些三流獵人接觸得多了，他漸漸發覺，這些人有相當大的利用價值。只要花少許錢就能差遣對方，叫他們爲自己賣命，更好的是這群人三教九流，願意幹的壞事，比亨特能想到的有過之而無不及。

換句話說，十分方便。

或者乾脆辦個組織，拉攏這些混混，替自己工作吧——亨特最近有這個發想。

時間已是晚上九點多，窗外只有朦朧的月光。亨特一個人在宅第書房裡，計畫著如何利用這個組織謀利。

「老闆，所有門窗都鎖好了。」一個揹著流星鎚、臉上有兩道傷疤的壯漢打開門，向亨特說。

亨特揚揚手示意明白，叫他出去。連敲門也不懂，這些傢伙眞是沒教養——亨特心裡暗忖。不過這疤面漢是個強悍的戰士，曾徒手幹掉五個對手。亨特知道，與其讓一個只懂拍馬屁討老闆歡心的傢伙待在身邊，不如聘用行事粗魯的壯漢，因爲後者更像一條忠心的狗。

這一晚，大宅裡只有亨特、他的管家和三個保鑣。亨特家僱用了六、七個僕人，但晚上留宿的就只有一個老管家。偌大的宅第在晚間尤其冷清，連針掉到地板上的聲音也幾乎可以傳遍大屋的每個角落。如果沒有那三個保鑣，亨特根本無法安心入睡。

尤其下午聽過那句話。

——「請你們小心一點，我認爲紅伯爵下一個下手的地點，就是這附近。」

下午，一個叫弗雷克的王立警察署警察在大宅玄關跟亨特的老管家說。亨特是之後聽管家提起才知道的，當時他正在大廳跟一位從雪路利王國來的客人談生意。那個警員沒穿制服，但向管家出示了警章，有的沒的說了一大堆話，指帕加馬鎮東區橡木商館一帶至今未有命案發生，紅伯爵很可能之後會在這兒犯案。管家覆述了警員的話，亨特的保鑣卻異口同聲地說沒必要擔心。

「管他什麼紅伯爵藍公爵，那傢伙夠膽來，我們就把他剁成肉醬。」那時候，疤面漢揮舞著流星鎚笑道。

亨特望向窗外，月色很美。這樣子可以好好睡一覺吧——亨特邊想邊站起來。他打開書房的木門，準備回到臥房。

「呀——」

在宅第的某處，傳來一聲短暫而微弱的呼叫。亨特回頭看了一眼，走廊盡頭沒有異樣，牆上的油燈把環境照得通明。

——是自己聽錯了嗎？

亨特沒多想，繼續往臥房的方向走過去。可是不到兩步，他又聽到了。

「啊——」

這次的聲音比之前更響亮，是從走廊盡頭轉角傳來。那邊是通往飯廳和廚房的通道，僕人出入的後門也是在那兒。

亨特忽然發覺一件事——疤面漢怎麼離開了崗位，不在走廊？

「史坦？」亨特喊著疤面漢的名字。

沒有回應。

「史坦！」亨特再次喊道，這次他的聲音很大，即使人在大宅的另一端也會聽得到。

可是仍然沒有回應。

「混蛋史坦，你滾到哪裡去了？」亨特叨念著，雙腿卻像釘子一樣，牢牢地釘在走廊的地板上。

他是個膽小的男人，才不敢一個人去查看聲音的來源。

「史坦！泰拿！」亨特呼喚著疤面漢和老管家，平時會即時回應的他們，這一刻卻久久不現身。

亨特感到不對勁。他的雙腿漸漸發軟，但仍奮力支撐著身體，一步一步往臥房走過去。把自己反鎖在房間裡、躲在衣櫥裡——亨特焦躁地想著。

「轟！」

大宅某處傳來一聲巨響。亨特不再慢吞吞地扶著牆壁行走，那一聲「轟」就像打在馬屁股上的皮鞭，令亨特三步併成兩步，躲進臥房裡。

他關上房門，顫抖地把門閂帶上，然後靠在衣櫥前。

「轟！」又是一聲巨響。聲音卻比之前更接近。

「砰！砰！砰！」忽然房門傳來用力的敲打，亨特嚇得魂不附體，雖然想躲進衣櫥裡，但他慌張得連衣櫥也打不開。

「老闆！老闆！」門外傳來疤面漢的聲音。

亨特如釋重負，連忙打開房門，卻見到疤面漢臉色鐵青，喘著大氣。

「史、史坦！發生什麼事？」

「老闆，別管了，快逃。」疤面漢右手抓住流星鎚，左手帶著一個圓盾，緊張地瞧著走廊的另一端。亨特認得那個圓盾是走廊牆上的裝飾品，可是盾面有之前沒見過、被火焰燒灼的痕跡。

「泰拿呢？其他人呢？」

「管家死了，馬連也死了，保爾森正在拖延對方……」

「死了？怎死的？」

「當然是紅伯爵啊！」疤面漢氣急敗壞，大吼道。

亨特大吃一驚。

「哇——」

「轟！」

慘叫聲和巨響一併傳來，而來源並不遙遠，就在走廊的一端。亨特和疤面漢一同回望，只見一個衣衫襤褸、短髮勾鼻的男人緩步向他們走過來。在那男人的腳邊，有一團被黑色火焰焚燒中的物體，亨特定睛一看，才發覺那是保鏢之一、擅長使用風魔法的保爾森。

保爾森掙扎不到幾下就停止不動，任由那些黑色的火焰把他燒成焦炭，而那個男人舉起左手，口中念念有詞。亨特看到，那隻左手上有六根指頭。

「紅、紅伯爵！」

一道黑色的火焰猛然從紅伯爵手中射出，眼看要擊中亨特和疤面漢，疤面漢奮勇地舉起左手，以盾牌擋下。即使疤面漢身材巨大，但接下這一記攻擊，仍幾乎令他失去平衡，差點整個人倒向躲在身後的亨特。

「老闆！快走！」疤面漢大嚷。

亨特連忙頭也不回地向走廊另一端逃去，而他身後再傳來另一下盾牌擋下火焰的聲音。不過，這一回傳來另一下清脆的響聲。

亨特向後瞄了一眼，只見疤面漢左手上的盾牌裂成兩半，掉在地上。那個破掉的盾牌，已被火焰燒得變形，躺在地上冒著熱氣。

「紅伯爵！」疤面漢揮舞著流星鎚，向著紅伯爵直衝過去。

「呵！」紅伯爵露出詭異的笑容。他的眼神中好像看不到疤面漢似的，不過他舉起雙手，口中念出一句咒文，兩道黑色火焰像毒蛇一樣直撲疤面漢懷中。

火焰擊中巨漢，但他仍盡力繼續向紅伯爵砸下流星鎚。紅伯爵咧嘴笑了一下，一個閃身，避開了正在焚燒中的疤面漢，而紅伯爵再放出一個黑色火球，朝對方背後拋擲過去。

「轟！」

那個火球突然爆開，變成一根黑色的火柱，把疤面漢圍住。疤面漢倒地，沒有再移動半步，而火柱仍纏在他的身上，冒出一點點的火星。

紅伯爵伸出手指，在地上丟下一道火舌。火舌在地上燃燒，但瞬間熄滅，留下一個笑臉記號。

亨特見狀已動彈不得。他沒有想到，紅伯爵不費吹灰之力就把三個保鑣摺倒，自己連逃跑的機會都沒有。

「嘻、嘻嘻。」紅伯爵笑咪咪地，走到亨特面前。他舉起左手，念出咒文，一個黑色的火球在空中形成。

亨特直視著紅伯爵雙眼。那是一雙異常的眼睛，瞳孔裡彷彿沒有靈魂，既像酗酒者眼神那般混濁，又像瞎子的眼珠一樣沒有焦點。光是這雙眼，已讓亨特感到惴慄。

「完蛋了……」亨特腦海中只閃過這一句。黑色火球離開紅伯爵的手掌，向著亨特飄去——

「轟！」

亨特以爲自己被火球擊中，跟疤面漢一樣被黑色火柱吞噬，卻發現自己毫髮無損。在他的前方，赫然豎立一面冰牆，牆中間被轟出一個大洞。

「吔？」紅伯爵口中傳來意義不明的話。

亨特透過冰牆上的大洞，看到紅伯爵身後遠處有一個人。那個人擺出奇異的架式，伸出右手，注視著亨特和紅伯爵。

紅伯爵正要回頭，那人手中突然射出銀白色的雪暴，打在紅伯爵身上。紅伯爵似是沒料到這一著，整個人撞到走廊的窗户上，連人帶窗框掉了出去。

那人衝到窗前，再往外射出幾發雪暴，同時間亦有幾道黑色火焰從窗外射進。兩人隔著破碎的窗子互轟，不一會，火焰不再射進室內。

「可惡，逃了。」那人回頭望向亨特，「亨特先生，您有沒有受傷？」

「啊、啊、啊……沒、沒有。」亨特驚魂甫定，問道：「你是誰？」

「我叫肖恩・弗雷克，是個巡警。」弗雷克展示了警章。

「你就是今天下午曾來過的那個警員？」亨特有一點訝異。

「沒錯，我這幾天一直在附近放哨，因爲我估計紅伯爵近期會在這區域下手……剛才我聽到巨響，就趕過來……可惜還是晚了一點。」弗雷克回頭瞧了瞧地上的兩具屍體。

「不晚！不晚！來得剛好！」亨特大喜過望，抓住弗雷克冰冷的雙手。「警察先生，麻煩你在這兒繼續保護我……」

「很抱歉，亨特先生，」弗雷克走到窗前，一腳踏上窗緣，「我不能讓紅伯爵逃了。我想剛才的騷動已經驚動警方，警員們很快會來，請您放心。我現在就去拘捕紅伯爵，讓大家以後不用再擔心。」

弗雷克話畢，就往窗子外跳出去。

亨特沒想過一個巡警竟有這般能耐，可以跟那個紅伯爵平分秋色。他仔細打量那面冰牆，心想這人的冰魔法實在了得——說不定，這個使冰的弗雷克就是用火的紅伯爵的天敵吧。

兩個鐘頭後，紅伯爵落網。據說弗雷克從東區追至北面已荒廢的舊教堂，跟紅伯爵再次決鬥。有兩名巡警路過，目睹兩人對決的過程。

「我們連插手的機會都沒有。那個戰鬥水準，太高了。」

其中一名擅長用劍的巡警道。

紅伯爵的火焰魔法幾乎把舊教堂燒光，但弗雷克靈活地使用冰魔法，把危及自己的火焰一一化解。雖然弗雷克亦受了點傷——一時大意被掉下來的屋梁碎片擊中背部——但他最後以冰魔法封住紅伯爵四肢，再把對方打昏。

巡警說，他們看到這場戰鬥時兩人已打得難分難解，乍看紅伯爵稍占上風，但時間一久，紅伯爵的火焰威力漸漸減弱，而弗雷克的冰暴仍然澎湃驚人。他們認爲，弗雷克能擊倒對方，全因爲他耐力比紅伯爵優勝。魔法屬性上相剋、耐力又遜於他人，紅伯爵終究遇上他的天敵。

於是，「會行走的天災」在這一晚終結。

終結這場災禍的男人，是一個擁有高強冰魔法卻不被重用、在警署默默工作多年、名叫肖恩・弗雷克的低級巡警。

而他更在驛館屠殺事件中失去父親、母親和妹妹。

肖恩・弗雷克變成帕加馬鎮上家喻户曉的名字。
是一位偉大的悲劇英雄的名字。

第五章・紅伯爵與黃鼠狼

晚上十一點，即是會堂發生騷動的三個多鐘頭後，不少一局和二局的成員以風信子會堂爲中心，向外擴展搜索殺人魔法使紅伯爵。因爲警方高調行動，監獄長死亡的轟動消息又被傳開，不用三個小時，流言已在帕加馬鎮的居民間醞釀發酵——八年前殺人如麻的魔法使，逃獄後再施毒手，「會行走的天災」二度降臨帕加馬鎮。

「蘭多夫督察！」在充當臨時指揮中心的風信子會堂一樓大廳裡，一名一局的巡警神色慌張地向蘭多夫督察報告。

蘭多夫督察聽完報告後一臉困惑，對大師說：「可能有新的死者。」

在場的雅迪、大師、露西和哈利無不雙眉緊蹙。案發地點是得勞斯河下游貧民區的一間小木屋，據說是一位侍衛搜索米切爾時發現小木屋起火，附近的居民幫助救熄後，在火場裡發現屍體。他們最初以爲死者是因爲失火被燒死，但後來又發覺燒焦的屍體旁沒被火焰波及，小木屋只是門口附近起火，覺得事有蹊蹺所以向警局報告。

雅迪和大師連忙出發趕往現場，蘭多夫吩咐哈利留在會堂代為指揮後，坐上雅迪他們的萬事科輕便馬車——他們都知道，這一刻實在沒必要再分一局、二局。中庭除了警署馬車外沒有其他車輛，幾個鐘頭前，停滿名車駿馬的光景恍如幻影。

十數分鐘後，馬車停在一間被火焚毀一半的小木屋外。

「你們來了。」弗雷克局長已早一步從一局來到現場。

「局長，是紅伯爵嗎？」蘭多夫督察甫下車，便向上司問道。

「是，不過……這案件已經完結了。」弗雷克局長微笑著說，可是笑容中帶點苦澀。

雅迪緊張地從局長身邊走過，在看守的巡警提著的油燈照亮下，發現屋裡有兩具四肢扭曲的焦屍。

「這是……米切爾？」雅迪從屍體僅存的容貌和體型認出了死者。當他轉向大師，想向他確認一下時，卻看到大師顫抖著凝視另一具屍體。

「雅迪……這便是紅伯爵了。」雅迪還沒發問，大師已給予了答案。

燒焦的屍體猶如黑炭，面貌無法辨清，但有一處相當明顯——死者的左手有六隻手指。

雅迪驚訝地看著這光景，想不到事情會發展至這地步。為什麼米切爾被燒死了？紅伯爵也在旁邊被殺了？這間小木屋是誰的？一連串的疑問湧上雅迪心頭。

弗雷克局長走到他們身邊，嘆道：「看來事情告一段落了。」

「什麼告一段落？我們仍不知道他們被誰所殺……」雅迪說。

局長搖搖頭，指著兩具屍體。「雅迪，你有看到什麼不尋常的地方嗎？」

雅迪留心細看，發覺米切爾的雙手沒被燒焦，勉強能看到一點皮膚。

「這不是紅伯爵幹的？」雅迪問。

「不，這確實是紅伯爵做的。」局長說：「紅伯爵的黑色烈焰可以讓人在一分鐘之內被燒成焦炭，但米切爾雙手沒被燒焦，表示他被紅伯爵的火種擊中後也使出了火魔法，雙手被自己的火焰包圍，變相提供了一定的保護，沒有被紅伯爵的黑火焰燒焦。」

「你的意思是……」雅迪聽出局長話中之意，可是無法相信。

「紅伯爵是被米切爾殺死的。他們同歸於盡。」局長淡然地說。

雅迪望向屍體，旁邊的地上的確沒有記號。平時紅伯爵殺害死者後，會在地上刻上「簽名」，但這次卻沒有——因為他沒機會這樣做。

「我猜，」局長說：「米切爾被紅伯爵擊中時，慌忙地用火魔法反擊，胡亂發射，所以令木屋的大門著火。不過，他幸運地擊中紅伯爵，結果紅伯爵也被燒死了。」

「可是，那是紅伯爵啊！」雅迪還是覺得當中有著大大的不妥，「這麼高強的魔法使，又怎會被一點火焰魔法殺死呢？」

「不是一點。」局長從口袋掏出一顆小珠子，交給雅迪：「我聽說你昨天見過這東西。」

「是魔爆石……」雅迪想起愛達收到的那個爆炸的盒子。

「這是在紅伯爵身上找到的。如果這顆魔爆石藏著紅伯爵的黑色火焰，米切爾又誤打誤撞以魔法力擊中了，你認為會發生什麼事？」

紅伯爵會被自己的暗黑火焰吞噬。雅迪明白即使多難以置信，這也是合理解釋。

「這兒看來是米切爾的祕密基地。」局長環顧被燒毀一半的房子，「架子上有很多魔族的魔法道具，也有很多旁門左道的魔法書。或許他打算擄走歌姬，帶到這兒慢慢處刑吧。」

「為什麼紅伯爵會跟他在這裡遇上？」雅迪不禁追根究柢。

「天曉得？」弗雷克局長嘆一口氣，「說不定米切爾和紅伯爵是同夥，因為某事反目；

又或者米切爾逃回來時，不幸地遇上紅伯爵，結果負傷抵抗，導致同歸於盡……雖然他們遺下一堆謎團，但無論如何，從結果來說，這案子完結了。」

大師一直默然無語，蘭多夫也只是靜靜地聽著弗雷克的分析，雅迪更是無奈地瞧著面前的屍體。雖然案子了結，但眾人完全沒有成功感，就像被上天嘲諷，指出他們的努力全都白費，因為在主宰者的眼中，凡人的生命不過如此，縱使強如紅伯爵，也會被這種可怕的巧合所擊倒。

風信子會堂的指揮中心解散，大部分警員和侍衛退下火線。紅伯爵逃走、殺人、被殺的消息不脛而走，不少八年前嘗過痛失親人滋味的帕加馬鎮市民，這一夜心情反覆。雅迪回到警局的休息室，癱倒在長椅上，從窗戶看著渾圓的月亮。忙亂過後，強烈的失落感纏繞雅迪心頭，然而他沒察覺的是，這份失落感裡，隱藏著半點不安——事情還沒完結的不安。

◎

早上除了雅迪和大師外，沒有人準時到警局上班，各人沒精打采，就像洩了氣的皮球。

雖然手上仍有一些工作，但每個人都提不起勁。

「我們還要調查農莊的牲畜被殺案，打起精神吧。」一向慵懶的科長，反過來向組裡各人打氣。

「科長，你怎麼能接受這結果呢？」連一向樂觀積極的道奇也不由得有點動氣，「恐嚇愛達小姐的犯人我們沒有抓到，紅伯爵又不是我們抓住，就連他用什麼辦法逃走、有沒有共犯、如何殺害死者我們都不知道。而最可惡的是了結這案子的人既不是我們也不是一局——這不是否定了我們所有警察的價值嗎？」

「不能接受還是得接受啊。」科長淡漠地說。平時最消極的科長，這時候所受的打擊反而最小。

露西突然站起來。

「我去克拉拉，有沒有人想和我一起去？」露西說。

「我。」雅迪率先站起來。

「我。」道奇拿起外套。

「喂，現在還是上午……」一向偷懶慣的科長企圖阻止他們。

「我也去。」大師跟著他們，「科長，萬一有事來克拉拉找我們，今天就讓大家請半天假吧。」

科長眼巴巴地看著四人離開，只好坐在位子上，翹起雙腿，轉身眺望窗外風景。

街上仍充滿著收穫祭的節日氣氛，斯巴廣場擁擠不堪，紅伯爵的新聞沒有減低市民慶祝的興致，可是雅迪他們沒有心情。

「今天這麼早啊！」酒館的女主人克拉拉熱情地招呼他們。

「先來四杯吧。」露西沒回答克拉拉。克拉拉看到他們老大不高興的樣子，知道工作上遇上問題，也不多打擾他們。

「唉。」坐到角落裡的一個四人座後，道奇嘆道：「本來以爲可以大展拳腳，沒想到這樣便完結了。」

「其實這樣完結也不算太差吧，至少殺人事件告一段落。」大師說。克拉拉送來四杯淡黃色的麥酒。

「昨晚雅迪救回歌姬時，我還以爲我們二局可以讓人刮目相看。」露西把配劍解下，放在身邊。

「不就是啊？我恨不得把那個獵人公會的變態混蛋鎖上，拉到法庭讓大眾唾罵他！」道奇怒道。

「我有問題。」從早上一直少話的雅迪簡短地吐出一句。

「什麼？」露西問。

「紅伯爵是如何逃獄的？」雅迪望著各人。

「現在還深究這個幹什麼？」露西反問。

「不，打從一開始我就想不通了。」雅迪說：「紅伯爵是利用獄吏換班時間的空隙，用鑰匙打開重重閘門逃出去的吧？」

「是啊。」

「他爲什麼不乾脆用黑色火焰把監獄裡的人都殺死後，再在圍牆轟個大洞走出來？」

「因爲他被施了禁咒法嘛。」

「但他下午逃獄後，凌晨便殺人了啊？」

「那他就是在逃獄後找到方法解除禁咒法嘛。」道奇插嘴說。

「小道，如果你逃獄了，你會幹什麼？」雅迪問。

「當然是遠走高飛，因為一定有追兵啊。」

「紅伯爵卻沒有，他不眠不休、冒著被人發現的危險回到帕加馬鎮，在遊人最多的斯巴廣場旁殺死一個流浪漢——而在離開監獄和殺人之間，他更解除了由十位魔法公會長老合力、至今無人能解的禁咒法。」

「會不會禁咒法對他漸漸失去效用？」大師問道。

「如果這樣的話，他為什麼不多待一天，魔法力回復後才大鬧一場？」雅迪反問。

「那麼你有什麼見解？」露西說。

「我就是沒有見解所以才煩惱啊。」雅迪往後仰，靠在椅子上說：「我曾想過禁咒法根本沒成功封鎖他的魔法力，這八年來他一直隱藏著真相，直到此刻才發難……不過這還是說不通。」

「會不會殺人的不是紅伯爵？是個模仿犯？」道奇說。

「不，做案手法和記號的細節和以前我所見過的一模一樣。」大師搖搖頭，「我敢打包票，凶手是同一人。以前紅伯爵刻上記號時，雖然大都刻得很工整，但偶有點歪斜馬虎，而這次的三個記號都沒有那些小問題。你知道，控制火焰來刻印講求精確度，我幾乎覺得紅伯爵這傢伙的火魔法比之前更進步了。」

大師說罷，一口氣乾了杯中的麥酒，又向克拉拉示意再來一杯。

「還是別想太多吧，」露西嘆了口氣，「紅伯爵是瘋子，他逃獄後不逃走，反而回到鎮上殺死一個流浪漢，也沒有什麼好奇怪啊……」

喝過三巡，沮喪的感覺沒有減輕多少。雅迪從酒館出來時，太陽已高高地掛在頭頂。道奇似乎仍深深不忿，說要一人到處走走散心，大師則打算回到二局，處理幾天累積下來的文書工作。雅迪和露西決定在廣場逛逛，看看收穫祭的市集——畢竟這種一年一度的盛會，錯過了實在可惜。

「調職才不過四天，你便遇上一連串十年難逢的大案子哩。」露西一邊看著攤販的陶器，一邊跟雅迪說。

「比起殺人魔法使，我更想不到會遇上魔龍。」雅迪拿起一個陶壺。

「那個霍薩大叔也挺友善的，雖然我吃了他一記重招。」

「如果妳沒衝出去，可能不用挨皮肉之苦哩。」雅迪拿起一個刻了龍紋的金屬掛飾給露西看。

「說起來，第一天我還誤會你是個新人。」露西笑著說，心情稍稍好轉。

「如果我沒看到妳的警章，也想不到妳是副警長啊。」雅迪說：「不過，我替妳抬起那個布袋時，我真的嚇了一跳，像妳這樣嬌小的身形，竟然能抬起這麼重的東西。」

「我對我的氣力很有信心嘛。」

「可是妳的怪力在巨龍面前也沒用哩。」雅迪調侃說。

「你說誰怪——」露西舉起手作勢要打他，但突然停了下來，盯著雅迪的後方。

「怎麼了？」雅迪想回頭看。

「別動！」露西認真地說：「不要打草驚蛇！可惡的傢伙，今天碰到我算你倒楣了！雅迪，我們悄悄走到那個賣武器的攤子……」

露西跟雅迪手挽手，更把身子緊靠著雅迪的胳臂，裝作情侶的樣子。兩人走到武器攤子前，看到老闆正和一個拿著長長布包的瘦削男人在談話。

「老闆，我這柄斧頭眞是很珍貴的上品啊，產自奧多維斯亞的，你看，這硬度！這光澤！不是二流貨色可比嘛。」男人眉飛色舞地說著。他掀開了布包的一端，那是一把和男人身材等高的長柄巨斧。

「你開價這麼高，太不合理啦。我看這戰斧……最多只值七百。」老闆說。

「老闆，你這樣壓價太沒意思啦，我還有很多客戶對它有興趣啊，不過我覺得老闆你一臉精明，是識貨之人，我才主動跟你談，否則我已把它賣給東區市集的胖子啦……」

「黃鼠狼，你不用煩惱價錢啦，因爲你沒機會再賣賊贓了。」露西站在這個瘦削的男人身旁，突然說。

「咦！」叫黃鼠狼的男人驚覺露西站在身旁，嚇得想逃走，卻發現雅迪站在他身後，擋住他另一邊的去路。

「啊！啊，副警長，很久沒見嘛。」黃鼠狼發覺逃不了，只好諂媚地笑道：「副警長找我有事嗎？」

「你上次把一大袋偷來的武器盔甲砸到我的腳上，然後逃了，你是健忘還是什麼呢？」

「我……我不知道妳在說什麼。」黃鼠狼的笑容十分僵硬。

「還在狡辯！你在黑市買賣武器我也睜一眼閉一眼，你竟然自己去偷來賣？我上次看得很清楚，從約翰遜家的武器店逃出來的便是你！我不會認錯你的樣子！」露西一把抓著黃鼠狼的後衣領。

「怎可能啊！我上次明明戴上了面罩——」話沒說完，黃鼠狼驚訝地掩著嘴巴。

「你眞笨！」露西露出惡魔般的笑容，「跟我回警局！本小姐今天心情不好，待會有你受的了！」

雅迪跟在露西旁邊，看到這一幕也忍不住發笑。

四天前露西和雅迪辛苦抬上三樓的大布袋，如今還待在萬事科的房間一角。黃鼠狼乖乖地坐在椅子上，一臉懊惱，露西則把布袋裡的武器和盔甲，一件一件的丟到他面前。

「你這混蛋！從不想想警察的工作多麼辛苦！」露西一邊用手摑黃鼠狼的後腦杓，一邊狠狠罵道：「連環搶劫五間武器店和道具店，卻把贓物一股腦兒丟進同一個袋子裡，你知不知道這樣我要花多大的工夫才能一一分類？而且物主也不能贖回物品，你說你是不是勞民傷財、害己害人？」

黃鼠狼低著頭，任由露西發洩。雅迪提起剛才黃鼠狼兜售的大斧，問道：「這也是偷回來的嗎？」

「不是啦，這是撿回來的。」黃鼠狼回答。

露西一掌打在他腦門上。「還在說謊！」

「我沒說謊啊！」黃鼠狼聲音突然變小，「物主都死了，和撿來的沒分別吧……」

坐在一旁的大師聽到後，插嘴說：「這傢伙還殺人了？」

「不！請聽清楚啊！我沒殺人，只是物主死了，我看這戰斧對他沒用，才從他的房間拿走……」

「我呸！這還不是偷！」露西又敲了他一記。

「慢著，這是奧多維斯亞山區矮人製作的戰斧？」雅迪驚訝地問道。

「這位警長眞識貨！剛才那老闆都不知道這是罕見的寶貝……」

「這是你從青蛙旅館撿走的？」雅迪質問對方，大師也察覺當中的意義。

「警長先生你怎知道？」黃鼠狼閃爍其詞，但還是給了肯定的答覆。

「你怎知道這戰斧的主人死了？」雅迪按著黃鼠狼的肩膀，嚇得他軟倒在椅子上。

「我眞的沒殺人啦，我到場的時候，他們都已經變了焦炭，我也很吃驚啊！我匆忙抓了斧頭便逃了……」黃鼠狼畏縮地說。

「把整件事情告訴我們，不准有半句謊話。」大師也緊張地走了過來。

黃鼠狼看到兩位溫文的警官面色大變，加上「第二分局之鐵鎚」正怒目相向，只好乖乖地把所有經過一五一十說清楚。

「應該是大前天吧，」黃鼠狼邊說邊緊張地瞄向眾人，「我在市場看到一個魔族的旅行商人正在兜售外國的武器。他好像有門路從奧多維斯亞買到便宜的器具，我認得有幾位城東的武器店店主也在跟他談。和其中兩位談生意時，他更拿出一把很罕見的大斧頭，我一看便知道那是珍品了。為了得到這寶物，我一直在他身邊窺伺著，當他從市集離開，我便悄悄跟著他，所以知道他住在青蛙旅館。我從窗戶的燈光看出他住哪一間房間，打算等他睡著後，便從平台……呃，從平台走進他的房間跟他談生意。」

露西又一掌擊往他的後腦，罵道：「偷竊便偷竊吧！還瞎扯！」

「副警長，妳說什麼就是什麼吧。」黃鼠狼哭喪著臉，繼續說：「我一直在旅館外盯著那房間的窗子，沒動過半分。突然，房間發出一下閃光，我以為自己看錯了，怎料不一會後又是一下閃光，之後燈光熄滅。我正奇怪著發生什麼事，就看到一個人從房間的窗口走出來，經過平台和梯子離開。我覺得很奇怪，於是壯著膽子，爬上平台看看。那個商人竟然變了焦炭！旁邊還有另一個死人！我嚇得魂不附體，拔腿就跑。」

「但你仍拿了斧頭。」雅迪說。

「當然了，不拿白不拿嘛！我從不幹虧本生意的。」黃鼠狼揚起一邊眉毛。

「你說你在那個魔族商人回旅館後，寸步不離地盯著那扇窗戶？」大師問。

「是啊。」

「沒看到人從那個窗戶進入房間嗎？」

「沒有啊，我沒說謊呀，我只看到有一個人從裡面跑出來。」

「你看不看得到那個人的樣子？」雅迪問。

「沒有，那個人披著蒙頭的斗篷，光線又不足，看不到樣子。」

大師凝重地坐下來，跟雅迪說：「這便奇怪了，紅伯爵是怎樣走進房間裡殺人的？」

「既然不是從窗戶進去，便是從門口進去吧。」露西插嘴說道。「這個世上又沒有隱身魔法或穿牆的魔法，就算他懂得飛天，也要從窗口飛進去吧。」

「可是這有問題。」雅迪說：「一來目擊者聲稱，除了那個跛足的龐馬先生外，沒有其他人從門口進入房間，二來如果說紅伯爵是從門口進入房間的，即是說房間裡的人認識紅伯爵，還特意開門讓他進去，怎麼說都怪怪的。」

「或者……」露西訝異地說：「紅伯爵早就躲在房間裡？」

「紅伯爵殺人都是隨意的啊，」大師說：「他過往殺人總是很隨意，從不刻意部署。」

「什麼？」雅迪奇道：「大師你說什麼？」

「紅伯爵殺人從來都是隨意的，不會為了殺一個目標而事先預備。」

「那麼說，他殺死獄長不是為了報仇，只是碰巧遇上，所以才殺害他？」

「應該……是吧？」大師也覺得有點不對勁。

「如果說，紅伯爵殺死流浪漢是因為隨機遇上，沒問題，因為現場是一條巷子；紅伯爵殺死龐馬和薩伊也可能是隨機的，也許他偶然經過旅館，想隨意跑進一個房間殺人，於是把跟龐馬見面的商人薩伊一併殺害；甚至說，米切爾逃到河堤的小木屋時，紅伯爵剛好看到，於是在木屋裡跟米切爾同歸於盡，這也合乎紅伯爵的行為模式……可是，這麼說的話，獄長為什麼會死在空無一人的會堂大樓？他是自己去那兒的？照道理，紅伯爵不會用計引獄長去大樓，也不會在殺人後搬動屍體到另一處地方，更不會先把獄長綁走，帶到大樓那邊後再殺死他，因為紅伯爵寧可在眾目睽睽下殺人，或在公共場合丟棄屍體，也不會做這些麻煩事。」雅迪比較著幾樁案子，大師也留意到當中的矛盾。

「嗯，可以打擾一下嗎？」黃鼠狼賊頭賊腦地問：「你們說的，是這幾天謠傳的殺人魔法使逃獄殺人被殺案嗎？」

「給我安分一點！」露西一腳往他的小腿踹下去，「別問多餘的問題！」

「唉呀……我也是帕加馬鎮的居民，一樣有知情權嘛。如果我知道那個紅伯爵逃獄了，至少我可以暫時離開帕加馬鎮。我想不少市民也這樣想，不過到時所有收穫祭活動也得腰斬了。」黃鼠狼抱著腳，無奈地說。

雅迪的心裡突然冒出不協調的想法。原本漂亮的畫面，因爲一個小汙點破壞了整幅構圖，雅迪一直想方設法把這汙點抹走，卻沒有成功。可是，這一刻雅迪想的是——難道那個汙點才是畫面的原來樣子？那個漂亮的畫面反而是虛假的？

「黃鼠狼……」雅迪回過神來，「你說過這把奧多維斯亞戰斧很罕見，爲什麼？」

「啊，」黃鼠狼聽到問題不禁喜孜孜，「警長大人，我不是自誇，武器方面我可是專家！這把巨斧的特別之處便是它的尺寸。我想你也知道，矮人的身材大都只及人類一半，再高也只及人類平均高度的三分之二吧，他們製作的戰斧都是以短柄、靈活見稱，而奧多維斯亞山區的矮人是鍛造戰斧的高手，他們的手工一流，三十年前斯巴協助聖騎士海明頓時，便是配備他們的戰斧。而你手上這把斧頭最特別是它的長度，你看，像我們這些不算健碩的人類拿著它都覺得累贅，這是特意爲高大的人類或魔族戰士打造的長柄戰斧。我初時還以爲這是贗品，但除了奧多維斯亞山區的矮人工匠，沒人能造出這種質感和光澤！想不到他們會造這種戰斧，我可是大開眼界……」

「原來這麼罕見嗎？」雅迪自言自語說。

「與其說罕見，不如說是僅此一把！」黃鼠狼得意地說：「提起奧多維斯亞山區矮人戰斧，任何行內人只會想到斯巴那把靈活度高的短柄雙刃戰斧，不可能想到這種巨斧的，所以我說那個老闆不識貨，只願意出價七百……」

雅迪瞧著斧頭，看得出神。

「各位！」突然，道奇興奮地從走廊跑進來，手中抱著外套。

「怎麼了？」大師問。

「科長呢？科長呢？」道奇一臉愉快，像個小孩子般問道。

「科長又開小差了，我們回來時已不見人啦。」露西說。

「本來我想先讓他高興一下，既然如此，就先讓你們看吧！」道奇掀開懷抱中的外套——

「喵。」

外套裡面，是一隻可愛的小黑貓。

「啊！小道！你找到小白了！」大師驚訝地說。

「剛才我又碰到了克拉拉，她說忘了告訴我們，有人在南方花園看到像是小白的貓，我便跑了一趟。這次我們總算立功啦。」道奇威風地說著。

「慢、慢著啊！」雅迪完全搞不清楚情況：「這隻黑貓是小白？」

「對，雅迪剛調來，所以從來沒見過總督夫人抱著牠出席各大小宴會。」大師說。

「怎麼明明是黑貓，名字卻叫小白啊？」雅迪一直以爲小白是隻白色的貓兒。

「你看看牠的鼻子上面，不是有片白色的斑紋嗎？所以牠叫小白嘍。」道奇說。

雅迪慶幸這幾天忙得要命，如果這三天都花在一隻自己以爲是白貓的黑貓身上，知道眞相後，一定會覺得自己愚蠢。

「喵。」

雅迪突然察覺到眞相。

在一瞬間，即使是短短一瞬間，他瞥見了眞相。

雅迪衝出房間，無視同僚們的呼叫，從樓梯跑上閣樓。

「波莫老伯！波莫老伯！」

「怎麼了，雅迪警長？」波莫老伯正在閣樓裡無所事事。

「我、我要圖鑑！」雅迪上氣不接下氣地說。

「什麼圖鑑？」

「那本什麼手抄本的龍什麼的……」

「是維吉爾・亞克流斯編撰的《龍族全圖鑑》嗎？」

「對！」

波莫老伯走到一個書架前，把書拿給雅迪。雅迪著急地翻著書頁，很快便看到他想找的那一頁。

「果然啊……」雅迪心中的那個小汙點，正把整個構圖摧毀、重寫。

「波莫老伯，我想借這本書，這是案件的關鍵性證據。」雅迪說。

「沒問題，小心別弄丟便行了。」波莫老伯說：「當然，還要記得把書放回原位啦。我有好好把書分類喔。」

老伯指了指書架上的空位，雅迪卻被旁邊的書抓住目光——那本他四天前在休息室找到的《魔法石及結晶圖鑑》。

「老伯，你怎麼把這本書放在這兒？你不是說書本要好好分類嗎？」

「因爲這本也是同類的古書啊。你看這裡。」波莫老伯把那本《魔法石及結晶圖鑑》拿下來，打開了其中一頁給雅迪看。

所有的資料齊集了——充斥在雅迪心中的不協調音符，正合奏出名爲「眞實」的樂章。

往事五
審訊

紅伯爵被逮捕，帕加馬鎮一片歡騰，但總督梅納男爵卻爲此發愁。

如何審判？

紅伯爵屠殺事件共有二十八人罹難，牽連甚廣，是帕加馬鎮有史以來最嚴重的罪案。基於這案件的嚴重性，梅納總督不得不考慮動用最高層級的審訊模式去處理。

帕加馬鎮有七位法官，以六十七歲的麥坎．史坦尼．沃伊特大法官爲首，裁判鎮上大大小小的紛爭和刑案。這七位法官都具有清晰的頭腦、客觀的想法、高貴的品德，會就所有案件執行公平公正的裁決。如果案件只是偷竊或商業糾紛等小事，只會由一位法官負責主審，但若然遇上重大的案子，就會由多名法官組成審判團，進行共議審訊。到目前爲止，動用帕加馬鎮全部七位法官共議的案件就只試過三次，而三次的罪行也沒有紅伯爵事件那麼嚴重。

跟沃伊特法官和內閣商量後，總督決定運用從未執行過的法例去進行審訊，審判團除了七位法官外，還要加入三位「代理法官」。三位代理法官由帕加馬鎮居民投票決定，在審判團中享有跟七位法官同等的權力。

梅納男爵採取這個做法，是爲了讓居民感到自己有份決定紅伯爵的命運。他不想鎮民因爲不滿審判結果而分裂，他亦在投票前明言，紅伯爵對帕加馬鎮的傷害已夠深，雖然紅伯爵已落網，但如果因爲審判結果令帕加馬鎮留下永久的疤痕，那就是得不償失。

「所以請各位選出你們認爲最賢明的人，把你們的聲音帶進審訊裡，讓我們一起渡過這個難關。」

投票在紅伯爵被捕後第三天進行。總督也不想如此倉卒，只是紅伯爵是危險人物，他每天都擔心對方會從羈留牢房逃脫出來。雖然牢房有抑制囚犯魔法力的手銬，但這些手銬從沒用在像紅伯爵這種高強的魔法使身上。肖恩・弗雷克自願在這段期間擔任看守，以防紅伯爵發難，總督就更急於進行審訊，讓弗雷克這位英雄早日完成任務。

投票結果有點出乎總督意料。得票最高的是魔法公會長老紐亞娜・赫拉達女士，有超過七成居民支持，而第二名是矮人名門當家禾特拉卡先生，得票接近兩成。赫拉達在帕加馬鎮有很高的民望，畢竟她是著名的尼因哈瑪的老師；而禾特拉卡是矮人族中人脈最廣的家族，以帕加馬鎮的矮人族人口看來，他大概得到全體矮人族的支持。這兩位都可說是意料之內的人物，但第三名，亦即是審判團的最後一個席位，竟然是梅納總督自己，得票接近一成。梅納男爵的民望不算太高，他完全沒料到自己會進前三位，根據鎮上的一些說法，梅納男爵這次讓居民投票選出代理法官的做法頗得民心，所以認爲他能公正地審判紅伯爵。

梅納總督本來希望依靠審判團，讓他們作出判決，沒想到自己也要加入傷腦筋的行列。審訊在投票三天後進行，地點設在風信子會堂，容許平民旁聽。一如所料，當天大批平民湧到現場，可是人數比預期更多，審判地點只好從會堂的房間改到露天劇院，然而這樣仍無法讓所有旁聽者進場，不少人在會堂外等候消息。

臨時處理下，舞台右方放置了審判團的十個位置，而左方是犯人欄。總督請弗雷克在犯人欄前設置冰牆，以防紅伯爵有任何異動，這些冰牆可以爲弗雷克和各位戒備中的衛士爭取一點反擊時間和空間。

當紅伯爵被警員押解進場時，旁聽的帕加馬鎮居民無不噤聲。在一般的公開審訊中，犯人被押進法院時，總有不少旁聽者喝罵，但這次沒有。旁聽者都沒見過紅伯爵的眞面目，沒想到這隻惡魔只是一個瘦削的短髮中年男人，外貌跟市井之徒沒有兩樣，可是，這一刻他的臉上掛著詭異的微笑，嘴角不時抽搐，脖子偶爾歪一下，而最奇怪的是他的眼神空洞，似是盯著在場所有人看不到的空中某個物體。

紅伯爵手上扣著巨型的魔法手銬，抑制著他的魔法力。其實這種魔法道具並不是「抑制」魔法力，而是「抑制加上消耗」，令配戴者的魔法力長期處於低水平。不過，這種手銬是消耗品，每隔兩天就要更換一副，否則犯人的魔法力會慢慢回復。

審判團分成前後兩排而坐。後排的是七位法官，而前排從左至右坐著赫拉達女士、梅納總督和禾特拉卡先生。坐在後排正中的沃伊特大法官站起來，宣讀紅伯爵的罪行。從貧民區克林姆家的慘案開始，至亨特家的保鑣被殺，沃伊特法官逐一說明案發日期、地點、受害者姓名、案發經過，而紅伯爵只是一直在微笑。

「以上就是帕加馬鎮對閣下所犯罪行的提告。」沃伊特法官說罷，再次坐下。「我們現在請證人作證。」

亨特、弗雷克和兩位目擊教堂大戰的巡警先後作證，講述經過，以及指出台上犯人欄後的男人就是惡名昭彰的紅伯爵本人。狄·克林姆因為年紀太小，法官免去他作證的義務。

「由於過去數天，紅伯爵在牢房裡對所有提問都拒絕回答，所以我們只好在審訊中訊問。犯人今天所說的一切都會記錄在案，並成為審判團判案的憑據。」證人作供後，沃伊特法官朗聲說道。

審判團的其餘九位成員都點頭示意同意。

「犯人，請你說出自己的真實姓名。」沃伊特法官向紅伯爵說道。

「嘻。」紅伯爵沒有回答，只是詭譎地笑了一聲。

「請你說出名字。」沃伊特法官以嚴厲的語氣說。

「吔、吔，呵呵。」

旁聽者面面相覷，沒想到紅伯爵眞的是個神經漢。

「如果你拒絕回答，我們就當你放棄自辯的權利。」沃伊特說。

「嘻嘻，看那傢伙燒成焦炭，呵呵。」

紅伯爵答非所問，自顧自的在笑。

「你從哪兒來？」梅納總督問道。

「天空、海洋、森林、沙漠、荒野。」

「你爲什麼要殺人？」

紅伯爵沒有回答，只是脖子歪到一邊，露齒而笑。

「你爲什麼要在殺人後留下記號？」

「呵呵呵，捷特最喜歡笑臉了，捷特最喜歡笑臉了，捷特最喜歡笑臉了……」

紅伯爵像壞掉似的，不斷重覆著相同的句子。

「誰是捷特？」沃伊特問。

「什麼捷特？」紅伯爵突然收起笑容，厲聲反問道。

法官們都在交頭接耳，似乎認為這場審訊無法進行下去。

「除了剛才大法官提起這二十八人外，你還有沒有殺害其他人？」禾特拉卡問。

眾人聽到禾特拉卡先生的發問，才發覺一個可能——紅伯爵可能殺害了更多的人，只是屍體未被發現。

紅伯爵定睛瞪住禾特拉卡，慢慢露出笑容。

「我忘了喔，因為太多太多了……呵呵呵……堆積如山的屍體啊，化成焦炭的屍體啊，死不足惜啊……呵、呵、哈、哈哈哈哈……」

這是到目前為止，紅伯爵最清晰的回答，可是說出答案後，他卻爆出令人心寒的狂笑。那笑聲在露天劇院裡迴盪著，猶如惡魔的詛咒，鑽進所有人的腦袋裡。旁聽者都不知道是因為劇院的構造令紅伯爵的笑聲放大，還是他的聲音帶著魔力，唯一肯定的是，聽過這笑聲的人都不會忘記當中的邪惡與恐怖。

「紅伯爵，你認不認罪？」沃伊特法官提出關鍵的問題。

紅伯爵沒有回答，繼續獰笑。

審判團認爲無法繼續訊問，決定退庭商議。

七位法官、梅納總督、赫拉達長老和禾特拉卡先生走進風信子會堂的一間會議室。雖然已經離開劇院，但紅伯爵的笑聲彷彿仍在耳邊。

「怎麼辦？」梅納總督說。「死刑嗎？」

「至少我認爲『放逐』不可行吧。」禾特拉卡先生說。放逐是跟死刑同等的懲罰，犯人臉上會被烙上罪犯的印記，然後丟到荒野，讓他自生自滅。沒有人會幫助臉上烙有印記的放逐者，犯人就算流落到其他城鎮，亦會被趕走。帕加馬鎮在戰後反對執行死刑，民意認爲凡人沒有殺死犯人的權利，所以多採用放逐之刑，讓上天決定犯人是生是死。

可是紅伯爵實在太可怕了。放逐的話，難保他會回到帕加馬鎮，再次帶來「天災」。

「我不贊成死刑。」沃伊特法官說：「殺死他是一了百了，但我認爲處死一個瘋漢，對他來說並不是什麼懲罰，那只是一個草率、懶惰、不負責任的決定。這違背了我們多年來建立的量刑制度精神，刑罰不是爲了洩憤，而是要表彰公義。而且，前任總督也不想帕加馬退回那個只追求情緒滿足、意氣用事的時代吧。」

前任總督是梅納男爵的父親，是位很有名望的學者，修訂了不少帕加馬鎮的法律，令帕加馬鎮成爲一個平民安居樂業的城鎮。

「放逐不可行，死刑又有所顧慮，我們總不能把他丟到黑木監獄便算吧？每兩天要替他更換手銬，萬一有天出意外，我們就麻煩大了。」梅納總督說。

「可以不用更換手銬。」赫拉達女士說：「用禁咒法消除紅伯爵的魔法力就可以了。」

「咦？」梅納總督詫異地說：「可是，魔法公會不是不主張用這種祕法嗎？」

「沒錯是不主張，但禁咒法正是爲了解決這種情況而存在。」赫拉達女士回頭望了眾人一眼，「對魔法使來說，消除所有魔法力跟死刑沒分別，但至少我們不用違背教會和民間放棄死刑的意願。之後要放逐還是關進黑木監獄我也沒有異議，不過我想，黑木是個較好的選擇。紅伯爵是個瘋子，既然我們不知道他的底蘊，貿然判他流放到荒野，似乎違背了我們審判團的職責。」

赫拉達的一番話讓其餘九人點頭同意。經過一番討論，審判團得到一致的決定後，回到劇院作出宣判。判詞由赫拉達女士宣讀，包括不採用死刑和放逐之刑的理由，以及執行禁咒法和監禁的細節。紅伯爵被判以禁咒法消除所有魔法力，以及終身在黑木監獄受刑，不得假釋。有部分死者的親人聞訊感到不滿，認爲應該以火刑殺死紅伯爵，以其人之道還治其人之身，但赫拉達判詞的最後一段令他們有所反思。

「我們考慮過處死紅伯爵，可是，這樣做並不能使死者復活，亦不能讓連自身處境也無法理解的犯人得到應得的懲罰。他沒資格以他一條性命，換取二十八個無辜、守法的帕加馬鎮居民和旅客的人生，他連以死贖罪的資格也沒有。我們把他關進黑木監獄，並不是出於仁慈，而是要讓我們得到警惕，珍惜得來不易的幸福，並告誡所有心懷邪惡念頭的人，帕加馬鎮會叫惡徒在黑木監獄內絕望地渡過餘生，他們甚至失去自行決定死亡的權利，只能像廢人一樣苟延殘喘，隨著時間腐朽，接受比死亡更痛苦的命運。」

在宣判期間，紅伯爵仍是一臉獰笑。令人心寒的獰笑。

審訊後一星期，魔法公會的九位長老來到帕加馬鎮，施行禁咒法。儀式在魔法公會大樓舉行，並不公開，但七位法官、梅納總督和禾特拉卡先生都有出席。紅伯爵被縛在椅子上，由十位長老圍住，地上繪著古老而複雜的魔法陣。赫拉達女士以古勞古亞語念出冗長的咒文，其他長老亦以相同的話語應和。一道淡淡的白光從魔法陣升起，像煙霧似地把紅伯爵團團圍住，再從四方八面鑽進他的身體裡。紅伯爵沒有任何反應，只是瘋癲地擺著頭，有時吐出舌頭，有時咧嘴而笑。長老們沒有被他影響，儀式繼續進行。

「伊・當弗斯・朗・赫比亞・力克岡勞。」

赫拉達念出最後一句咒文，白光徐徐消失。衛士小心翼翼地解開紅伯爵，除去手銬，十位長老在一旁戒備。紅伯爵一脫困，立即舉起雙手，作勢要發出火焰魔法，可是他兩手僵住，臉容扭曲。

「拉瑪……拉瑪！奧古羅・拉瑪密！」

紅伯爵重覆念著咒文，可是他雙手沒放出半點火焰。他困惑地瞧著雙手，又發傻地咧嘴而笑。

「潘恩，之後就麻煩你了。」旁觀儀式的總督對身旁的黑木監獄長斯底斯・潘恩說。

「總督閣下請放心，這傢伙現在不過是個普通的瘋子，我不會讓他逃離我的眼底。」

潘恩笑了一笑，不懷好意地盯著那個被衛士押著、失去魔法力的男人。

這樣子紅伯爵事件告一段落了吧——梅納總督心想。這四個月令他如坐針氈，有好幾次想向王室報告，要求王城提供協助，可是他又不想削弱帕加馬鎮的自治權，向王室示弱。

「我這輩子不想再跟這個紅伯爵扯上關係了。」梅納總督嘆道。

第六章・弄臣與英雄

這一夜在帕加馬鎮總督府大廳內，珠翠羅綺，衣香鬢影。爲期兩天的收穫祭，就是以總督府的晚宴作爲終結。城裡的名人巨賈都應邀出席，可是，今年的收穫祭卻因爲多宗意外而蒙上陰影。國民歌姬險被擄走、瘋狂魔法使連續殺人、收穫祭表演被迫腰斬等等，讓總督梅納男爵高興不起來。加上愛貓失蹤，妻子整天愁眉苦臉，這次收穫祭可說是愁雲慘霧。總督唯一慶幸的是，恐嚇歌姬的犯人和殺人魔法使自相殘殺，這晚可以安安穩穩地跟各名門望族暢飲一番。

「總督閣下、總督夫人，晚安。」弗雷克局長穿著白色的禮服，向梅納男爵和夫人深深鞠躬。蘭多夫督察穿上了紅色的低胸晚裝，站在局長身邊向總督行禮。

「啊，是弗雷克局長。」總督面露微笑，「這幾天眞的辛苦你了。」

「不，屬下無能，未能阻止惡徒犯案，實在慚愧得很。」

「你別這麼謙虛，全鎮的人都知道，冰法師是我們的大英雄，如果沒有你領導的第一分局，這次事件可能會導致更壞的後果。」

派斯局長剛好在總督身後，正想向總督請安，聽到他的話，立時轉身避開，免得又被總督責怪二局的破案率低下、浪費公帑云云。

獵人公會的亨特會長看到弗雷克和總督正在談話，連忙趨前巴結，雖然總督不大欣賞這位大地主的性格，但礙於對方腰纏萬貫，也圓滑地跟他寒暄。

「看，是我們的國民歌姬！」總督突然看到愛達和查爾斯經過，連忙把他們叫住。

「總督閣下、總督夫人，你們好。」愛達穿著了一襲粉色的長裙，向總督和總督夫人行禮。晚宴的其中一個節目，便是由總督頒發「帕加馬鎮榮譽公民」的頭銜給她。

「愛達小姐，看到妳無恙便教我安心了。如果昨天的事件令妳有丁點損傷，我就對不起整片勞古亞大陸的人民。」總督親切地說。

「愛達小姐！」亨特會長搶白說：「我謹代表獵人公會向妳致歉！那個米切爾只是個別的問題成員，我一直都覺得他有問題，打算開除他的會籍，想不到他竟然做出這種狼心狗肺的惡行。愛達小姐有什麼需要請不要跟我客氣，就算傾盡家財我也願意達成妳的願望！」

「總督閣下、亨特會長，你們言重了。雖然昨天驚險萬分，我仍無時無刻相信我能脫險，因為我得到一位出色的紳士的承諾。」愛達大方得體地說。

「是昨天那位優秀的年輕警官嗎？」總督昨天也在人群後看到部分情形，也從下人口中聽到雅迪勇救愛達的經過。「弗雷克，他是你的部下嗎？」

「總督閣下，請恕我打岔，我聽到閣下剛提起我的新部下嗎？」派斯局長見機不可失，立即從總督身後冒出來。

「咦！派斯！我正想你這傢伙躲到哪兒去了？」總督跟派斯局長說話時，連語氣也換成另一個人似的。「他是你的部下嗎？真是意想不到啊！你從何處挖到這樣的人才？」

「德布西警長是剛從王城總署調來的警官。」弗雷克插嘴說。

「總署！」總督笑道：「派斯，你真是走狗運！怎麼總署的人才會到二局？是不是弄錯分局的名字？還是你用了種種威逼利誘的手段拐他入局？」

派斯沒法回答，只好陪笑。事實上，他不知道雅迪為什麼加入二局，更不知道谷巴有沒有耍手段讓雅迪留下。

「德布西警長真是位出色的警官，如果沒有他鼓勵我，我無法面對這些考驗。」愛達微笑著說。

「哦，這麼說來我眞的想見見他呢！哈哈哈！」總督放聲大笑。

忽然玄關處傳來喧鬧聲，客人們都紛紛退開。

「什麼事？」總督愕然地問道。

雅迪、露西、大師和谷巴科長，四人大模廝樣地走進大廳中。

「王立帕加馬鎮警署第二分局魔法罪行及嚴重罪案科暨內務二課兼人事科，雅迪尼斯・德布西警長要執行警務！」雅迪舉起警章，高聲說道。

「雅迪！」愛達驚訝地叫道。

「是誰如此放肆！」總督勃然大怒。

「這便是那位『優秀』的德布西警長。」亨特會長說。

「警長！」總督站出來大聲說：「你知不知道打擾這場宴會的後果相當嚴重？」

「總督閣下，我是逼不得已才膽敢闖進閣下的府第。」雅迪毫不膽怯，昂首挺胸地說：

「因爲一連串的殺人事件和騷動的元凶，正在這總督府之內，如果我們不趕快行動，對閣下及其他賓客可能構成極大的危機！」

「德布西警長！」派斯局長走向前，緊張地說：「你在幹什麼！谷巴，你怎麼允許這麼魯莽的行動！」

「沒法子啦，局長，」谷巴科長聳聳肩攤攤手，「如果這時候我都不支持自己的部下，我可當不成他們的頭兒啦。總之這是萬事科全體成員的共同決定，請你姑且看開一點囉。」

「總督閣下，」雅迪沒理會兩位上級的無意義對答，「我想您知道這幾天，逃犯紅伯爵殺害了五人後意外被殺的案件吧？」

「當然知道，事件已經圓滿解決，這惡人是罪有應得，死不足惜啊！」總督不悅地說。

「如果我告訴您，眞正殺人的並不是紅伯爵，而是另有其人，這凶手還逍遙法外，您身爲帕加馬鎮的總督，可以容忍這樣的結果嗎？」雅迪的氣勢一點也不輸人，其他賓客都被這位年輕警長的話震懾。

「你……你有證據嗎？」總督聽到雅迪把責任推到自己身上，語氣不由得放輕了一點。

「讓我先揭露這幾天殺人事件的眞相。」雅迪站在大廳中，成爲所有人的焦點。「首先是紅伯爵從監獄逃走。總督閣下，您知道八年前紅伯爵被捕後，被施行了禁咒法，剝奪了所有魔法力吧。」

「當然！當時我是主審之一。」總督回答。

「那麼爲什麼紅伯爵越獄後可以用魔法殺人？」

「他定是找到方法解除禁咒法吧！」

「他逃走後半天便找到方法？這不是太快了嗎？」

「那他可能在獄中已解除了啊！」總督有點不耐煩。

「如果他在獄中已恢復了魔法力，他便不用偷偷地逃走。我認爲他不但沒有回復魔法力，而且他更不是逃走的——他是被帶走的。」

「誰有能力從森嚴的黑木監獄劫走一個人？別開玩笑了，警長。」總督不相信地說。

「總督閣下，我不是說『劫走』，我是說『帶走』。」雅迪說，「能做出這個安排的，當然是監獄長潘恩先生了。」

賓客們都交頭接耳，爲雅迪這個指控感到驚訝。

「警長，你怎可以隨意誣衊一位過世之人？你口口聲聲說潘恩放走囚犯，但他已經不在，無法反駁你的指責。」

「不，總督閣下，我不是說獄長『放走』紅伯爵，而是他讓人『帶走』這個凶狠的囚犯。我跟獄長見面時，他對紅伯爵逃獄不大擔心，因爲他知道禁咒法使紅伯爵不能再次作惡——這也是他願意和眞正的凶手合作的理由。」

「你的意思是，這個神祕人唆使了潘恩，讓他帶走紅伯爵？」

「是的，閣下。而這位神祕人接連使用了紅伯爵的手法殺死六人，包括紅伯爵在內。」

雅迪冷冷地說。

「有人模仿了紅伯爵的殺人手法？」一直站在總督旁的夫人驚訝地說。

「是的，夫人。而且這冒牌貨的手法幾乎和眞的一模一樣，一直瞞騙了大家的眼睛。」

雅迪說：「那個神祕人帶走紅伯爵，把他關在某個地方後，先隨意殺死一名沒有家人、沒有朋友的流浪漢。這樣做只有一個目的——讓以後的死者看來像是紅伯爵的隨意殺人一樣。」

「你是說，除了第一個死者外，其他死者都是有計畫的謀殺？」蘭多夫督察沒顧及身分，也插嘴說。

「可以這樣說，以後的死者都差不多是那個神祕人刻意安排的。」雅迪緩緩說道：「他第一個要殺的，便是龐馬老先生，而且更爲了毀壞這位『反獵聯盟』發起人的名譽，讓他死在跟魔族商人深夜的密會當中。不少人認爲龐馬死前打算跟魔族商人購買某些違禁品吧，可是這不是眞相。」

雅迪從大師手上接過巨斧。「我們今天抓到一個竊賊，他在龐馬和商人薩伊死亡當晚潛入了發生命案的房間，偷走了薩伊的戰斧。他作供說並沒有看到任何人從窗外的平台走進房間，只看到有人在事發後從平台離去。旅館的證人說只看到薩伊和另一個穿著斗篷的人先後走進房間——爲什麼只有兩人進入的房間，卻有一人離開和兩具屍體遺下？」

「凶手之前躲在房間便成了。」蘭多夫督察說。

「大家都知道，紅伯爵殺人是沒有計畫的，如果正如蘭多夫督察所說，就更進一步證明了凶手不是紅伯爵。」蘭多夫猛然發覺這矛盾。雅迪繼續說：「可是我推測，凶手並沒有早一步躲在房間裡，躲在房間裡的，是龐馬老先生的屍體。」

眾人再一次紛紛攘攘，驚呼聲此起彼落。

「紅伯爵的殺人手法很方便，如果死者早已死去也不打緊，只要帶到現場，把屍體的手腳屈曲再用火燒成焦炭，人人都會以爲是當場燒死的。」雅迪說：「神祕人把龐馬老先生殺死——我想他是在風信子會堂示威後，回家途中遇害的。神祕人抬著屍體從窗戶走進當時還在市集的薩伊的房間，把屍體藏起來……我想是藏在床下吧，之後離開。待薩伊回來後，他才披上斗篷，假裝跛足，光明正大地進入房間，殺死薩伊。薩伊死後，他再把龐馬的屍體從床底下拉出來，施以火魔法燒成焦炭。接下來從窗口逃走，這便是當晚的情形。」

雅迪說得像是親眼看到一樣，總督被他的自信嚇了一跳。

「你說那神祕人的目的是要殺害龐馬？」總督問道。

「對，閣下，這便是神祕人帶走紅伯爵的主要原因，目的就是要讓龐馬喪命。」

「這不是太大費周章了嗎？爲什麼殺一個人要用如此麻煩的手法？」

「因爲那神祕人只能用這方法殺人，才不會讓龐馬變成『烈士』。龐馬老先生是近年民間運動的主要發起人，人脈極廣，影響力之大不容忽視。假如他死於非命——例如僞裝成墜河意外淹死——肯定有人會提出陰謀論，甚至事與願違地加強了反獵聯盟的聲勢，讓更多人繼承龐馬遺志；但如果是死在著名的紅伯爵手上，大家只會覺得那是不幸的事件，不會追究責任，接受這是『無可避免』的命運。」

「那麼獄長是……啊……」總督欲言又止。

「閣下，我想您猜對了，他是被滅口的。」雅迪皺著眉說，「紅伯爵殺人的消息傳到潘恩獄長耳中，他察覺到問題，可是那神祕人早已做好殺他滅口的計畫。獄長昨天黃昏前和那個神祕人會面，卻被對方殺死，接著把屍體帶到風信子會堂大樓，在無人的房間裡燒毀。」

「慢著！」蘭多夫督察嚷道：「昨天不是有人說獄長到場了嗎？」

「那麼，請問各位，誰昨天跟潘恩見過面、談過話？」雅迪向賓客們問道。

眾人面面相覷，卻沒有人舉手。

「昨天表演開始前我在中庭門前守著，看到很多賓客到場，可是我沒見過獄長。照道理，他身為帕加馬鎮的一位高官，不會在一年一度的收穫祭中寒酸地徒步進場吧？」雅迪向在場人士揚揚手，「昨天各位也有在此盛會展示財富和地位，就連我們二局的派斯局長也坐馬車進場哩！而且更重要的是，有人發現獄長的馬車留在會堂嗎？」

蘭多夫愕然地說：「你……你說的沒錯，我昨天擔任指揮官時，確保了會堂沒有任何可疑人物，中庭內只有警方的馬車……」

雅迪點頭。「昨天說獄長在場的，只是人云亦云。只要有人提出『剛才某某說看到某人』，在這樣一個場合裡，所有人都會產生那人已到場的錯覺。」

「那麼紅伯爵和那個米切爾在河邊小屋自相殘殺、同歸於盡是怎麼一回事？」愛達身旁的查爾斯先生也開口道。

「昨天那個神祕人把獄長殺害後，只餘下一個問題——如何令事件結束呢？紅伯爵已經沒有利用價值，殺掉便可以了，龐馬意外身亡會引來注意，但假如換成紅伯爵失足意外淹死，大概只會讓調查人員覺得是罪有應得。最重要的是這替罪羊不可以活著被警方逮捕，因爲就算瘋癲的紅伯爵不會供出神祕人的身分，只要讓魔法公會檢查一下，就會發現他的魔法力沒有回復，根本不可能犯案。」雅迪把目光掃向場中眾人，「這時偏偏發生了米切爾企圖擄走愛達小姐的事件，這讓神祕人找到一個很好的下台階。他知道米切爾的祕密基地，知道他會逃到那兒，所以帶同紅伯爵在那間小屋等他。米切爾負傷回來後，這神祕人把他和紅伯爵燒死，再用米切爾的魔爆石設定了一、兩個小時後的爆炸，讓木屋著火。事件就此完結。」

「那麼，這神祕人到底是誰？」總督緊張地問。

「龐馬先生死去，最大得益者是誰？」雅迪說。

全場賓客盯著獵人公會的亨特會長。

「不！不是我！我沒有做這種事情！」亨特驚惶地搖著雙手。

「亨特會長絕對會得益，可是他不是那個神祕人。」雅迪說：「眞正的凶手是你，弗雷克局長。」

在場的人無不僵住，震驚得說不出話來。

「荒謬！」總督大罵：「弗雷克怎麼可能是凶手？他是帕加馬鎮的英雄，拘捕紅伯爵的冰法師啊！況且，他怎可能懂得使用火魔法？」

「閣下請不要動怒，」弗雷克從容地微笑，「我也想聽聽德布西警長的分析，說不定他弄錯了什麼，被真正的凶手誤導了。」

雅迪沒有動搖，冷靜地說：「先從監獄說起。弗雷克局長是拘捕紅伯爵的人，而他跟獄長素有交情，所以當他提出要帶走紅伯爵時，獄長便答應了。我不知道他用了什麼藉口，也不知道他跟獄長進行什麼交易，不過我猜，弗雷克局長只要用一個很簡單的理由，就能讓獄長合作。」

「什麼理由？」總督問。

「『紅伯爵只是棋子，幕後有操縱他的主謀。』」雅迪說。「紅伯爵被捕後，沒有人知道他的來歷，試問一個如此高強的魔法使，又怎會一直沒沒無聞呢？只要弗雷克局長向獄長宣稱發現新線索，提出要借用失去魔法力的紅伯爵作誘餌，引出幕後的主謀，即便是八年前的案件，潘恩獄長也一定願意合作。」

雅迪聽大師說過，潘恩獄長一臉賊相，辦事卻公私分明。

「於是，他跟弗雷克局長在我們面前自導自演了一場戲，假裝紅伯爵逃走，甚至正式地通報一局和二局。或許弗雷克欺騙潘恩獄長，說主謀在警局或政府中布下眼線，所以要堵塞所有漏洞，以免打草驚蛇。我們二局成員被獄長阻止在監獄調查，一局的人卻任意行動，並不是獄長偏幫一局，而是因爲他知道弗雷克會協調一局的調查，但萬一二局成員發現眞相，就可能破壞他們的行動。我記得弗雷克局長向潘恩獄長許下一週破案的承諾，那並不是指抓回紅伯爵，而是指要在一週內抓到幕後主謀——當然那只是欺騙潘恩的謊言。」

大廳裡鴉雀無聲，眾人面面相覷，以半信半疑的目光瞧著雅迪。

「死去的流浪漢是一局巡警發現的，」雅迪繼續說，「斯巴廣場的後巷一向人跡罕至，但局長有能力編排或調動下屬的巡邏路線，可以好好控制屍體被發現的時間。而且，他也可以用防止公眾恐慌爲理由，遏止紅伯爵逃走的消息洩露，因爲他的劇本裡，早已決定了紅伯爵殺人的消息曝光時，紅伯爵也會死去。龐馬老先生和商人薩伊也一樣，我甚至認爲他們其實互不相識。」

「互不相識？可是我們有巡警作供說兩人在市集見過面……」蘭多夫說。

「我們覺得龐馬跟薩伊相識，只是因爲他們死在同一個房間內。龐馬是個喜歡交朋結友的老先生，在市集上跟屬於小眾的魔族商人談談話毫不出奇。我認爲弗雷克局長爲了安排目擊證人，下了留意市集魔族商人的命令，再在四天前跟蹤龐馬，隨意選擇一個曾跟他談話的外來商人，之後找出這個商人的住處。這麼一來，他便可以實行他的計畫，誣陷龐馬與魔族不法商人來往。」

「但如果那個人是局長，薩伊怎會讓他進入房間裡？」蘭多夫不斷在找漏洞。

「有何困難？出示警章便可以了。剛才我也是如此走進總督府的啊。」雅迪展示胸前的警章。「一個外來的商人看到警官來訪，不敢貿然拒絕吧？」

「這只是胡亂猜測！你沒有證據！」總督大喝道。

「閣下，您看這把是什麼？」雅迪雙手抓起一直靠在身上的長柄戰斧，遞到總督眼前。

「這是戰斧嘍，又如何？」

「如果我告訴您這是奧多維斯亞山區矮人製作的戰斧，你覺得有沒有問題？」

「胡說，奧多維斯亞山區矮人的戰斧應該像是斯巴大人那一把——咦，這的確是奧多維斯亞矮人的手工……」總督接過戰斧，定睛察看斧刃時不禁改口。雅迪知道總督是武人，對武器有一定的認識。

「閣下，這是很特別的奧多維斯亞山區矮人戰斧。對戰斧有認識的人聽到這名稱，絕不會聯想到這種巨斧的，可是，弗雷克局長前天在現場曾說了句『紅伯爵爲什麼要偷走巨斧呢』——爲什麼他知道這是『巨斧』？唯一的可能是，他親眼見過放在房間的這把巨斧，所以才會這樣說。」

「唉呀，」弗雷克局長大笑，「德布西警長，抱歉讓你誤會了。我根本沒留意報告說那把戰斧由誰製作，只是直覺上認爲是柄巨斧吧。」

「弗雷克局長，想不到精明如你，也會錯過這些重要的細節。」雅迪冷冷地說。「更別提你竟然連你的祖國奧多維斯亞這名字都沒留意。」

「誰能無過嘛。」弗雷克仍是十分輕鬆。

「接下來是其他疑點，」雅迪沒理會弗雷克，「獄長的案件剛才已說過了，弗雷克局長利用他馬車的儲物箱把獄長藏起來，趁著中庭無人時，扛著屍體到會堂大樓再燒成焦炭。各位先不用反駁，我知道這一點誰都可以做，只要搭乘馬車前往的人，就算是派斯局長也有嫌疑，但眞正的關鍵是在米切爾身上。當時局長的馬車裡還藏了紅伯爵，他趕回一局前先到米切爾的小屋裡埋伏。蘭多夫督察，妳記得米切爾的雙手和其他死者有什麼不同吧？」

「米切爾雙手沒有被燒焦，局長判斷是因爲他臨死時使出反擊的火魔法……」

「被紅伯爵的黑色火焰擊中時，全身會被火焰包圍，痛苦得不能呼吸——這情形下，米切爾還能夠念咒文、發出火魔法嗎？」雅迪說。

眾人愕然地對望，因爲很多人昨天也看過米切爾和雅迪比拚魔法的一幕，米切爾連偷襲也要念咒文才能發出魔法，證明他不可能不念咒文發動火焰。

「那麼，那雙手……」蘭多夫疑惑地說。

「在場不少人見過冰法師的厲害吧。」雅迪說：「弗雷克局長的得意招式之一，就是以冰封住對方雙手，讓敵人不能發出鬥氣或魔法。就算米切爾受了傷，他畢竟是獵人公會一員，是個經驗豐富的魔法使，如果弗雷克局長不能一擊就殺死他，他便能逃走。我不知道是局長採取保險的做法，先封住對方雙手再殺害對方，還是偷襲失敗，爲了阻止對手還擊而出此下策。總之，弗雷克局長在燒死米切爾和紅伯爵後，回到一局通知蘭多夫督察妳到風信子會堂搜索紅伯爵，之後再前往現場假裝發現死者，可是當他看到米切爾雙手時才察覺自己大意了，沒留意米切爾雙手因爲自己的冰封而沒有燒成焦炭，唯有臨時編造『掙扎中發射了火魔法』這種藉口。他本來的劇本裡，可能是利用潘恩獄長的屍體引起騷動，令收穫祭表演腰斬，再趁混亂製造紅伯爵自殺、意外墜河或是魔法失控被自己的黑色火焰反噬的假象，一口氣了結事件。歌姬被擄打亂了他的計畫，於是他只好改變做法，以另一種方式完結事件。魔爆石當然是米切爾的——我們從沒見過紅伯爵使用魔法道具殺人，但我們肯定米切爾曾用魔爆石設陷阱，意圖傷害愛達小姐。」

「好有趣的推理。」弗雷克局長拍了兩下手掌，「不過，你說的只是臆測，沒有實在的證據。或許我昨天做出的結論沒有足夠的物證，但是，同樣是憑間接的證據來推測，我想我的說法漏洞比較少。」

「對！只是沒有根據的揣測！」蘭多夫督察搶白道：「別忘記最重要的一點，我們都確定這次的事件是出自紅伯爵之手，跟八年前那些案件如出一轍，別說是局長模仿犯案，這世上怎可能有人能模仿得如此完美？無論手法和記號，都說明這些案件的凶手跟八年前的是同一人！」

「所以八年前弗雷克已經偽冒紅伯爵犯案。」雅迪表情沒有變化，淡然地吐出這一句。

「怎可能！」蘭多夫督察反駁道：「局長的家人也被紅伯爵所殺——」

「沒錯，殺死弗雷克局長父母和妹妹的，正是他自己。」

在場所有人一片譁然，畢竟這指控非同小可，完全顛覆了所有人的認知。

「紅伯爵的確在八年前曾犯案，」雅迪冷冷地說，「他隨意殺害無辜，可是當中有部分死者不是被紅伯爵所殺。我不知道當中有多少是僞冒的殺人，但我肯定，弗雷克局長的家人，是被局長自己殺死的。」

「德布西警長，請你不要誣衊我，尤其涉及我的家人。」弗雷克表情一轉，嚴肅地說。

雅迪無視弗雷克的警告，直視對方雙眼。「你爲了阻止他們把你懂得使用暗系加火系魔法這種事情說出來，所以把他們殺死。沒有人會懷疑，痛失親人的悲劇英雄竟然是凶手之一吧？家人的死讓你得到最好的掩飾，也讓你洗脫被歧視的移民身分。爲了保障自己的仕途，你背棄了祖國、背棄了家人，不擇手段地犧牲一切……」

「你給我適可而止！」總督喝道：「弗雷克局長是位使用冰魔法的魔法使，我們從沒見過他使用火魔法！再者，如果他能同時使用像紅伯爵那麼可怕的火魔法以及他擅長的冰魔法，他已有足夠的能力擔當王室的魔法顧問了！冰系和火系的魔法是相剋的，世上沒有幾個人能同時把兩者練至登峰造極！」

「我有證據證明弗雷克局長會使用火魔法。」雅迪從懷裡掏出一隻龍爪。「局長，這是你的吧？」

「你！你什麼時候拿的……」局長露出錯愕的表情。

「很抱歉，剛才我和同僚們偷偷走進你的房間拿的。」雅迪笑說：「一局的保安也鬆散，我想你要好好改善一下。其實即使你否認這東西是你的也不打緊，因爲不少人都聽過你年輕時和冒險家父親屠龍的傳說，你也親口說過殺死的是魔王麾下兩大魔龍之一的『赤焰亨吉斯特』，這隻龍爪只是令你的罪行更爲確鑿的罪證。」

「什麼罪證？」總督罵道：「殺死一條火魔龍又如何證明他懂得火魔法？」

「閣下，以弗雷克局長的冰魔法，跟火龍對抗應該十分有利吧？」雅迪說。

「當然了！因爲火魔法對火系的魔龍都無效，而冰魔法是牠們的弱點！」

「那麼弗雷克局長便沒可能殺死亨吉斯特了，因爲牠是一條冰龍。」雅迪舉起紅色的龍爪，露出勝利的微笑。

「什麼？『赤焰亨吉斯特』是冰系的魔龍？」

雅迪從露西手上接過《龍族全圖鑑》，打開其中一頁。

「各位可以看看，這是維吉爾．亞克流斯編撰的《龍族全圖鑑》的手抄本，裡面的圖都是彩色手繪的。這兒清楚的記載著，冰龍中的領導支派是火紅色的赤冰龍，牠們擁有像火焰一樣的外表。牠們的爪和一般的魔龍不同，呈扁平的形狀，方便牠們在雪地上行走。『赤焰亨吉斯特』是魔王格因所改的名字，可能他想誤導敵人，或者是單純地覺得這樣有趣——就像總督閣下的黑貓叫作小白一樣。」

「你怎麼知道『赤焰亨吉斯特』這名字是魔王格因所改的？」總督拿著厚重的圖鑑，吃驚地問。

「因爲這是另一條魔龍『閃芒霍薩』說的。」

在場的人無不目瞪口呆，弗雷克局長訝異地說：「你見過『閃芒霍薩』？」

「『閃芒霍薩』現在正棲息在紅葉林裡，我前天剛好跟他見過面，這是他的鱗片。」雅迪從口袋裡拿出金色的龍鱗。「他是條火系魔龍，但會說話的他卻提過亨吉斯特和他是不同族的魔龍，我直到今天才留意到這一點。」

「兩大魔龍之一在帕加馬鎮境內！」總督差點昏過去。

「好了好了，大家少安毋躁。」弗雷克回復平時一貫的模樣，「我老實說了，其實我和父親一起殺掉『赤焰亨吉斯特』時，我派不上用場，因爲冰魔法對冰龍起不了作用，我只是沾父親和他的同伴的光。所以我一直不喜歡吹噓這件往事，因爲我沒有功勞。」

「對……對啊！」總督豁然開朗，「這證明不了什麼嘛！既然弗雷克不懂火魔法，所有指責不過是猜測罷了！」

雅迪沒回答，只是叫了一聲：「小道！」

道奇從門口走進來，懷中抱著總督的貓兒小白。

「小白！」總督夫人大喜，立即衝往迎接，把小白抱入懷中。「你讓媽媽擔心死了！」

「總督閣下，」雅迪從容地說，「您曾說過，誰找到小白，只要在能力範圍內，便會完成對方的一個要求吧？」

「呃，這……是的。」總督面對這情況，有點不知所措。

「閣下，我的要求很簡單，不會讓您爲難。我只是希望您命令弗雷克局長表演一下魔法。」

「哈哈，德布西警長，」弗雷克大笑，「就算是總督閣下的命令，我也不可能施展不懂得的火魔法啊！」

「不，」雅迪嘴角微微上揚，「我希望你在大家面前表演你拿手的冰魔法，像在這大廳中變出一根冰柱吧。」

「只是這樣？」總督問道。

「就是這樣。」雅迪說。

「那沒有什麼問題嘛。弗雷克，你儘管表演一下吧。」總督說。

雖然弗雷克覺得奇怪，但也擺起架式，左手放在胸前——

「慢著，請你不要擺出這種架式。不用念咒文的魔法使，無論雙手怎麼放，都能發出魔法的。」雅迪一邊說，一邊隨意地攤開雙手，從掌中飄下片片雪花。

「啊，這年輕人也有點本事啊！」總督夫人抱著愛貓，心情大悅。

「總督閣下，」弗雷克略微尷尬地苦笑，「我不擺出這架式，便使不出冰魔法。這大概是習慣吧。」

「那麼，換個條件吧。」雅迪說：「請你解開衣釦，脫去手套，讓我們看見你的胸膛和雙手空無一物，再擺出那個架式使出魔法吧。」

弗雷克紋風不動，呆立在前。

「弗雷克，這也不是什麼很失禮的要求，請你示範吧。」總督說。

可是，弗雷克還是沒有動作。

「閣下，您不用催促他了。」雅迪說：「他根本不懂得使用這麼高等的冰魔法。」

「什麼啊？我們不下一次看過他的技術，八年前他還以冰魔法打倒了紅伯爵……」

雅迪從露西手上接過另一本書。「弗雷克的冰魔法，全靠使用了冰魔法的增幅結晶。他胸前一定掛著和雞蛋一樣巨大的魔法結晶，利用放在胸前的手吸收結晶發出的強大魔力，通過身體裡的魔法脈絡再以另一隻手發出。」

「你憑什麼知道——」

總督的話沒說完，雅迪已打開手上的《魔法石及結晶圖鑑》。

「最高級的，傳說中的終極增幅結晶，叫作『龍結晶』。結晶的原石只能在最高級的魔龍心臟裡找到——像『赤焰亨吉斯特』所屬的赤冰龍。」雅迪說。

弗雷克變成了在場所有人視線的焦點，大家注視著他的胸口，懷疑他是不是個騙子。

「龍結晶可以讓普通人使出高超的魔法，不過，如果弗雷克是個既不懂火系魔法，又不懂冰系魔法的魔法使，他的父親會帶他冒險屠龍嗎？」雅迪朗聲說道。

在雅迪提出這個質問後，大廳裡一片靜默，可是，慢慢地傳出細碎的談話聲、驚嘆聲。賓客們紛紛向呆站著的弗雷克投下疑惑的目光，而女士們以手帕或扇子掩著嘴巴，似是在談論著冰法師此刻的落魄模樣。弗雷克整個人僵住，雙手垂下，眉頭緊皺，失去了局長應有的從容和氣勢。本來站在他身邊的人，慢慢向四方散開，彷彿不欲跟這個嫌犯扯上關係。

良久，弗雷克嘆一口氣，眉頭不再深鎖。他像隻戰敗的狗垂下頭來，慢慢地說：「德布西警長……你說得對。龐馬、潘恩等人是我殺的，八年前紅伯爵的案子裡，有一半的人是我殺的，我懂冰魔法也是假的。」

沒人猜到弗雷克會乾脆承認，總督更是大驚，問道：「弗雷克，你爲什麼要這樣做？」

「因爲我打聽到『閃芒霍薩』躲在紅葉林，但我又不能高調地去搜查，只好和獵人公會串通，製造事端，讓人以爲有魔獸出沒，好讓我們聯合起來到森林屠龍。」

「弗雷克！我不知道是魔龍啊！」亨特叫道：「我以爲是翼獅或是牛頭人……如果我知道是龍，我才不會替你在農莊——」

亨特連忙住口，可是雅迪替他把話接下去。「『才不會替你在農莊製造離奇的牲畜連環被殺事件』吧，亨特會長。殺害牲口的不是魔獸，而是人爲的，雖然沒有腳印，但有一個簡單的方法可以做到那樣的效果——只要讓懂得『鬥氣斬』的手下隔空斬殺牲畜就能成功。我在其中一家受害者的牛棚柵欄發現刀痕，那個就是鬥氣斬所留下的痕跡。」

「原來農莊的牲畜被殺案是你的所爲！」蘭多夫督察喝道。

「呃，不，呃……」亨特不小心說溜了嘴，只好坦白地說：「是我差人幹的，但我們只是每家殺死一、兩頭牛羊，也沒有傷害人啊！唯有這樣做，我們才可以有藉口狩獵魔獸啊！我可以發誓，我只是派手下殺一、兩頭家畜，龐馬那老傢伙被殺，我是完全不知情的！」

「可是你知道龐馬先生以這樣一個不光采的方式逝世，你一定很高興吧？」雅迪罵道。他轉向弗雷克，再說：「弗雷克，龐馬先生礙著你的去路，反對捕獵，爲了趕緊在『魔龍棲息於帕加馬森林』的風聲傳出之前壓下輿論、組隊出發，所以你殺了他，是不是？」

弗雷克一臉無奈地點點頭。

「我一直控制著事件，不讓紅伯爵逃獄的風聲走漏，就是不想干擾收穫祭。即使我多渴望去屠龍，我也不想破壞帕加馬鎮的收穫祭。」弗雷克說。

「你只是不想讓身爲第一分局局長的自己難以辦事吧。」雅迪冷冷地回應。

「德布西警長，我投降了，帶我回警局吧，我會從實招來。」弗雷克伸出雙手，「不過，你眞的見過『閃芒霍薩』嗎？你怎會遇上牠的？」

雅迪凝視著弗雷克雙眼，沒有回答。露西插嘴說：「農莊那邊的格蘭特家小女兒艾美誤闖森林，霍薩爲了救她趕走了狼群，艾美便和霍薩交了朋友——」

「露西！」雅迪著急地大喝，制止她說下去。

「多謝妳的情報！拉瑪密！」弗雷克突然舉手，一道黑色的火焰從掌中射出，直撲露西眼前。

雅迪及時擲出龍鱗，在半空中跟火焰相撞，爆發出驚人的閃光與火舌。二人之間霎時煙霧瀰漫，卻在賓客們還沒來得及反應前，煙霧中傳出愛達的叫聲。

「呀！不可以——」

雅迪沒有遲疑，往聲音的方向衝刺，一下撲倒愛達，千鈞一髮間，一團黑色火焰在頭頂劃過。

「雅迪！」愛達看到抱著自己的人是雅迪，憂心地說：「他搶走了我的護身符！」

煙幕外傳出此起彼落的腳步聲和喊叫，爲了看清形勢，仍伏在地上的雅迪連忙朝上方施展風魔法，風力雖弱但足夠吹散身旁的煙塵——只是那光景讓他知道弗雷克已反客爲主，占了上風。

短短數秒間，總督府大廳已布滿冰柱冰牆，不少賓客被冰封住雙腿，甚至有人半身被凍，動彈不得。有些冰柱高至天花板，而大廳出入口和窗戶更以特別厚的冰牆擋住，除了通往總督府後方的一扇窗子——弗雷克正站在那扇打破了的窗子前，擺出冰法師的架式，持續施法。

「德布西警長！」弗雷克看到以身體保護歌姬的雅迪，停下建造冰柱，拿著愛達的項鍊面目猙獰地說：「你全都說對了，只有一點弄錯——我從不希罕警察局長這種虛銜！我所做的一切，只爲追求最強的魔法力，可以媲美魔王格因或大魔法使尼因哈瑪的魔法力！如果能得到這力量，就算犧牲一個邊境城鎮所有人的性命，也是値得的！」

「你！」雅迪喝道。

「尤金！」弗雷克獰笑著，朝雅迪身後大聲說：「你老婆不是被紅伯爵殺死，而是我殺的！要怪就怪你自己多管閒事，叫她去接我那混蛋老爸！」

大師本來和谷巴科長忙著搶救在場各人，聽到弗雷克這句話，頓時腦袋一片空白，血液倒流。雖然他在闖進總督府前已得知雅迪的推理，但由弗雷克親自說出，坦承殺害依莉莎，大師不免感到五內翻騰，悲痛和憤恨交錯。

「弗雷克——」

「那個混帳老頭，自小就看不起我，老說我的魔法力不足！他沒想過，憑他自己一個糟老頭，根本沒可能幹掉赤焰亨吉斯特！媽的！我把心一橫，偷走冰龍結晶，遠走甘布尼亞，就是爲了幹一番轟天動地的事業！沒想到這個爛國家竟然連加入暗系的火魔法都視爲邪道，眞是他媽的有夠保守……還好這顆結晶威力強大，我光用冰魔法就能奪得名譽地位！嘿！」弗雷克邊說邊再次運起魔法製造冰暴，射向企圖趨前的總督府侍衛。冰暴威力剛猛，侍衛只能迴避，弗雷克彷彿將積壓十多年對父親的怨氣發洩在無辜者身上。

「德布西，我不妨告訴你，」弗雷克一腳踏上窗緣，「紅伯爵是我的師傅，他跟我父親是同門師兄弟，一同學習暗系和火系魔法。可是他因爲兒子捷特意外被殺，變得瘋瘋癲癲，連我也不認得了，於是我帶他進入帕加馬鎭，讓他殺人——我不過告訴他，殺死他兒子的人是甘布尼亞人，他就大開殺戒，在這個城鎭連續殺人了，眞笨。我殺害家人，除了防止他們揭開我的底蘊，更重要的是不能讓他們知道紅伯爵的事！我們的關係一旦曝光，我的布局就會功虧一簣。」

「紅伯爵是你唆使的？」雅迪抬頭喝道。

「一切都是我的布局！」弗雷克大笑：「悲劇英雄、單對單決戰，全是我編寫的劇本！人死得愈多，我逮捕凶手時所得的榮譽愈大！紅伯爵不會殺害小孩，也不會對甘布尼亞以外的外國人出手，爲了擾亂調查方向，我就殺了幾個小鬼和外國商旅！他一直躲在北區舊教堂，我每隔幾天就去找他，我只要裝作他兒子的語氣，以奧多維斯亞北部方言說話，他就會言聽計從！我更引他去襲擊亨特，好讓我救那笨蛋一命，令這個有錢的廢物欠我人情！我倒沒料到法官會饒紅伯爵一命，不過錯有錯著，正好留待這次讓我好好利用！」

弗雷克突然往大廳另一邊射出冰魔法，將幾個正要脫困的侍衛再封在巨大冰磚之中。

「尤金，你很幸運，如果你聰明一點，留意到除了紅伯爵外還有第二個凶手，我就不得不把你滅口了！」弗雷克向大師嚷道：「人人都說你是警署裡的辦案高手，可是遇上我，你還是被我玩弄在股掌之中！你當年給我資料，完全沒舉出複數犯人的可能！哈哈，你該慶幸自己無能，才沒有讓你的兒子父母雙亡吧！」

「弗雷克！」大師衝向前，可是弗雷克在他面前豎起一面冰牆，像嘲笑對方似地阻擋對方前進。

「德布西，三個月前我得到閃芒霍薩藏匿在附近的確切情報，我就籌劃祕密屠龍，騙獵人公會協助搜尋捕獵。讓那些下三濫的傢伙成爲我得到至高無上力量的踏腳石，是他們的榮幸！利用紅伯爵殺死龐馬，既排除反獵聯盟的障礙，也一併將八年前遺留下來的未了之事解決掉，你敢說這不高明嗎？哈！唯一意外是那該死的米切爾，假如給他逃掉，害獵人公會陷入日復一日的調查，只會妨礙我狩獵魔龍的大計！不過如今獵人公會對我已無用處了！」

弗雷克舉起愛達的守護結晶。

「只要擁有這顆守護結晶，我就不怕火龍的烈焰！我現在便去殺死霍薩，拿走牠心臟裡的原石——不懂冰魔法的我也能憑龍結晶成爲『冰法師』，你說如果我再得到火系的龍結晶會有多強呢？」說完弗雷克便從窗戶逃去，與此同時破窗被冰牆封住，唯一出口也消失掉。

雅迪在闖進總督府前，已預想到弗雷克的所作所爲，全是爲了奪取霍薩身體裡的結晶。即使弗雷克的冰魔法再強，單槍匹馬也不會是魔龍的對手，他必須徵召討伐隊一起作戰，可是如果他說明是屠龍，除了影響自己局長的身分外，更可能驚動王室，調動菁英前來，那他暗中搶奪龍結晶的機會將會大減。雅迪心想，只要當場揭發弗雷克的罪行，就算對方逃掉，動用一、二局所有警力，加上總督的協助，一定能順利逮捕對方。

可是雅迪忘記了愛達身上帶著「最強護具」——火系的守護結晶。只要有這顆守護結晶，就不用怕霍薩強大的火魔法。加上冰龍的增幅結晶——弗雷克一個人也有可能殺死霍薩。

而如果這麼邪惡的人同時擁有兩顆龍結晶的話……

「大家沒事嗎？」雅迪對著身後大喝。他身後各人被好幾面冰牆所隔，場面一片混亂。

「乒！」

左方某一面冰牆發出清脆的響聲，雅迪看到牆上稍薄的位置被打穿了一個手掌長的縫隙，在牆後製造出這破洞的人是露西。

「露西！大家怎麼樣了？」雅迪走到破洞前問道。

「我們沒事，大家只是輕傷！」露西在冰牆後嚷道。

「我現在去追弗雷克，你們殿後！」雅迪叫道。

「不，我也要去！你站遠一點，我再用鬥氣——」

「露西，」雅迪將臉孔湊近冰洞，「妳負責帶後援來，因爲除了妳我之外，沒有人知道霍薩的洞穴在哪兒。」

「啊……我明白了。」露西點點頭，雖然雅迪看不清楚。

「雅迪，我們也被困啊！」愛達指著被封死的窗戶。

雅迪環顧四周，確認處境——弗雷克離去前製造的冰牆，幾乎將他和愛達跟其他人分隔開，雖然有些冰牆較矮，也有些侍衛和懂魔法的賓客正在破壞冰柱嘗試脫困，但雅迪知道門窗都已被冰封，跟大師、科長或蘭多夫督察會合只會浪費時間，錯失追上弗雷克、力挽狂瀾的機會。

假如之前省下一片龍鱗就好了——雅迪盯著冰封的窗子，心裡暗罵自己忘掉教授他魔法的老師的教誨，沒有將王牌留到最後才使用。然而當他將視線從窗子移到旁邊，卻突然想到一個方法。

「愛達，請妳退後一點。」雅迪指示愛達離開窗前。

「這冰牆好像很結實，你有把握破壞它嗎？」愛達邊退邊問。

「完全沒有，」雅迪掏出懷錶，「不過我要破壞的不是冰牆。」

雅迪打開懷錶的外殼，取出那片指甲大小、提供動力的土系魔石英，將它放在右手手心，再壓在冰封窗子旁的石牆上。

「不確定是否可行，姑且一試——」雅迪稍稍皺眉，將土系魔法力注入魔石英裡。石英發出土系魔法，石牆結構受影響被改變，變得凹凸不平，當雅迪將手掌往前推，石牆就像以沙土堆成，以掌心爲圓心，形成一個通往外面的坑洞。

洞口擴闊至勉強足夠一個人擠身而過時，魔石英的反應也消失，雅迪心想這眞是不幸中之大幸。他其實不確定魔石英內藏的土系魔法力夠不夠挖洞，甚至不知道這方法能否穩定地逼出它裡面的魔法力、會不會令魔石英直接碎裂或炸傷自己，但總之這次他賭贏了。

「妳留在這兒，露西他們會照顧妳。」雅迪對愛達說罷便穿過牆洞，跑到花園旁，跳上一輛輕便馬車，準備策馬追趕弗雷克；然而他剛抓住韁繩，卻發覺愛達從後趕至，躍上車子坐到他身旁。

「愛達！妳怎麼——」

「我要搶回我的項鍊！別說了！快出發！」雅迪拿她沒法，只好讓她跟著去。

在路上，雅迪向愛達敘述霍薩隱居紅葉林的細節，把當天他和露西找尋艾美的經過告訴愛達。馬車一路飛馳，好幾次差點發生意外，總算來到城外西邊的格蘭特家。

「格蘭特先生！格蘭特太太！」雅迪用力拍打著大門。

「來啦，」開門的是老格蘭特，「哦，是雅迪警長嘛！怎麼了？」

「艾美呢？」雅迪緊張地問。

「剛才弗雷克局長說有十分重要的事情問她，把她帶走了。」

「你們怎麼可以讓他隨便帶走艾美？」雅迪氣急敗壞地說。

「他是冰法師嘛！我們帕加馬鎮的大英雄啊，我們當然信任他啦。而且艾美也好高興，好像聽她說局長託她找那位霍薩先生……」老格蘭特叼著菸斗，輕鬆地笑著說。

「待會露西會帶人來，老爹你別走開！」雅迪連忙轉身跑上馬車。

「誰是露西？」老格蘭特抓著雅迪問。

「因格朗副警長啊！」在如此緊急關頭被這老頭拖延，雅迪幾乎氣死。

「咦，妳不是歌姬愛達小姐嗎……」

雅迪沒讓老格蘭特說完話，駕著馬車像風一樣離去。

來到森林入口，雅迪停下馬車，向愛達說：「這兒開始要用走的了。愛達妳的裙子不適合走山路，妳還是留──」

愛達一手把裙子的下襬撕去，束起裡面的襯裙，露出雪白的大腿。

「這樣可以了吧。」愛達笑說。雅迪想不到她如此乾脆，心想果然是「堅強的歌姬」。

雅迪沿著上次從山洞歸來的路，牽著愛達的手急步前進。雅迪亮起一個小小的火球作照明，不久他又聽到那些似曾相識的腳步聲。

「雅迪！前面！」愛達吃驚地指著前方。

黑暗中出現了無數的光點，叢林中傳出野獸的嗥叫，愛達發覺時已被獨眼狼群包圍。

「雅迪……」愛達想起剛才雅迪說過在森林裡和狼群戰鬥的情形，可是現在他們手無寸鐵，怎樣才能安全離開？

「你們！」雅迪突然大喝：「我今天沒空跟你們玩！如果不想死的話，給我滾開！」

愛達感到一股強勁的氣勢，從雅迪身上發出，狼群彷彿察覺到異樣，野獸的本能驅使牠們緩緩後退，消失於樹影之間。雅迪沒說什麼，只是握著愛達的手，繼續趕往霍薩的山洞。

「是這兒了。」來到山洞前方，雅迪跟愛達說：「待會妳要好好躲起來，小心弗雷克會使用魔法，盡量躲在大石後。明白嗎？」

愛達記得剛才的黑色火焰和冰暴，認真地點點頭。

雅迪和愛達經過寬闊而彎曲的甬道，漸漸聽到「劈劈啪啪」的聲音。在山洞最深處，雅迪看到弗雷克一手抓著艾美，另一隻手不斷發出冰冷的雪暴，打在金龍霍薩身上。霍薩正不斷掙扎，但有半個身子已結成冰。

「霍薩叔叔！霍薩叔叔！」艾美不斷在哭喊著。

「閃芒霍薩也不過如此！」弗雷克把冰龍結晶放在右手手心裡，不斷射出雪暴。「眞沒趣！不過我一直想試試全力解放這顆龍結晶的威力！霍薩，被自己的『老拍檔』殺死是什麼感覺？哈哈！」

「艾……美……」巨龍在沉吟著。

雅迪安頓好愛達後，現身大喝：「弗雷克！停手！」

「哦，是三流魔法使嗎？」弗雷克稍稍回頭，手中的魔法卻沒停止。「你想來阻止我嗎？可是你有能力阻止我嗎？」

突然間，弗雷克手上的雪暴停止了，他往雅迪的方向伸出右手。

「糟！」雅迪意識到對方的動作時，他已經慢了一步——他的雙手雙腳被冰塊封鎖住。

「德布西警長，你說我多仁慈？」弗雷克仍舊抓住哭泣中的艾美，「剛才在總督府我留你一命，你不領情硬要跟來，現在我又再次留手，讓你看完這場精采的屠龍劇。你說我是不是人太好了？」

弗雷克回過身子，繼續向巨龍射出魔法，卻被「乒」的一聲分散了注意力——

「乒、乒、乒——啪！」

他回望雅迪，看到他手上和腳邊的冰塊全數碎裂。弗雷克沒想到雅迪能解開他的冰封，他知道就算是老練的戰士或魔法使，要解開也要花五至十分鐘。可是雅迪脫困不過是兩、三秒之間的事。

「咦！」弗雷克發覺自己小覷了雅迪的力量，於是不用精準度高、威力較弱的隔空凝結魔法，直接從手上射出雪暴，直擊雅迪。銀白色的雪暴像一根冰柱，往雅迪刺過去，即使二人相距甚遠，這一擊依然準確地射向雅迪身上。

「雅迪！」在大石後的愛達看到，嚇得大叫。

「哥哥！」艾美也大叫道。

然而，雅迪舉起右手，「碰」的一聲，用手心接下弗雷克的攻擊。那道強力的雪暴就像遇上烈火的冰塊，一瞬間蒸發掉，消失得無影無蹤。雅迪逐步向前，雖然弗雷克的魔法很猛烈，但他仍能一步一步向前邁進。兩人之間的距離，只有一開始時的一半。

「怎麼可能！」弗雷克沒想過冰魔法對對方無效，連忙換手，用拿著龍結晶的右手抓住艾美，再舉起左手向著雅迪大喝：「奧古羅．拉瑪密！」

一道黑色的火焰從弗雷克左手射出，像條毒蛇張牙舞爪地往雅迪撲去。「奧古羅」是暗系魔法的咒文，弗雷克平時使用稱爲「拉瑪密」的火魔法，已滲入了暗魔法的特質，令火焰變成黑色，而這次的「奧古羅．拉瑪密」更是讓暗系和火系兩種魔法以同等的力量發出，威力更可怕。

可是，雅迪沒有換手，仍舊以右手接下這一記黑色的魔法。黑色的火柱就像剛才的雪暴，在雅迪的右手手心消失。

「不可能的！」弗雷克臉色大變，惶恐地叫嚷道：「沒有魔法使有能力接下這兩招的！這麼說，你的魔法力在我之上？不可能！」

雅迪沒有回答，突然用左手拇指彈出一顆小小的碎片，不偏不倚打在弗雷克肩膀上。弗雷克感到一陣酸麻，右手鬆開，艾美立即抓緊機會逃走。

「不准逃！」弗雷克射出一道銀白色的冰魔法，但雅迪快一步抱住艾美，再用右手接下了弗雷克的攻擊。

「愛達！替我照顧她！」艾美往愛達跑去，愛達抱住艾美，連忙躲在大石後。

「這到底是什麼魔法？」弗雷克驚慌失措，看著自己雙手。

「霍薩！」雅迪大喝：「艾美安全了！你可以放心攻擊了！」

弗雷克沒想過雅迪的目標在此，不防負傷的巨龍突然轉過頭來，向自己吐出一個巨大的火球。

「轟」的一聲巨響，幾乎把山洞震塌。火球直接命中弗雷克，跟幾天前露西吃下的一擊相比，這次的火球威力大上數十倍。

可是火球消散後，即便地面的砂石被融化變成半透明狀，弗雷克卻沒有受到半點傷害，依然站在原地。

「歌姬的守護結晶果然厲害。」弗雷克拿起掛在胸前愛達的守護結晶，「我還有機會——」

「啪、啪、啪——」

弗雷克右肩、左腕、胸口、小腹和右邊大腿突然接連被物體擊中。就像被銳劍刺中，痛楚剎那間從身體各處襲來，令他幾乎跌倒在地。

「不，你沒機會了。」雅迪說。弗雷克這時候才發現，剛才的攻擊來自雅迪。雅迪從雙手彈射出數片碎片，弗雷克來不及防禦，被擊中的地方皮開肉綻。其中胸膛和小腹的傷特別嚴重，鮮血從傷口湧出，將白色的衣服染成一片紅，弗雷克匆忙用手按住，企圖減少失血。魔法使的防禦力一向不高，弗雷克已比一般魔法使更耐打，可是就算換成體格強壯的戰士，這兩個傷口也幾乎是致命傷。

「火龍的攻擊才是誘餌？這才是眞正的攻擊？」弗雷克細心一看，赫然發覺那些刺在身上的碎片是冰塊。

「你……你竟然也是個冰系的高手？不，我沒見過這樣的冰魔法……」弗雷克痛苦地呻吟，他的雙腿終於撐不住，教他跪倒在地上。弗雷克擅長暗系的魔法，所以他無法使用跟暗系相沖的光魔法治療自己。

「那些碎片來自剛才你用來封住我手腳的冰塊。」雅迪站在弗雷克前方。

「我的冰塊？」弗雷克猛然發現：「這是……鬥氣？」

弗雷克一直以爲雅迪是以屬性相剋的魔法力來消除自己的攻擊，可是這一刻卻明白了一切。「這是鬥氣！你是用鬥氣擊破我的封鎖，抵消我的魔法攻擊……不，光用鬥氣不會這麼有效……而且我的冰封可以遏制從手掌發出的魔法力或鬥氣，解開至少要花五分鐘……」

「可是冰封不能同時遏制魔法力『和』鬥氣——只要在鬥氣裡加入一點點屬性相剋的魔法力，無論是冰封、冰暴還是黑色火焰，都能一一化解。」雅迪緩緩說道。

「在鬥氣加入魔法？沒人有這個能耐！所有魔法使都知道，鬥氣和魔法力是相沖的，這不可能……除非……」弗雷克精神錯亂起來。

「你輸了。肖恩．弗雷克，我現在以王立帕加馬鎮警察署授予的權力正式將你拘捕。」

「不！」弗雷克突然發難，做出一面厚厚的冰牆包圍著自己，並把手上的龍結晶緊貼在這個半球體的內壁，閃耀著銀白色的光輝。「這樣你們便不能抓住我！龍結晶會不斷令冰牆回復，沒有人能破壞它！我只要慢慢改變冰牆的形狀，就可以逃到外面！」

雅迪敲了敲冰牆，回頭跟巨龍說：「霍薩大叔，可以借我一把劍嗎？」

負傷的巨龍點點頭。「上次我說沒見過你但認得你的氣味……你是那個人的兒子吧？」

雅迪微微一笑，點點頭。

「我就說我的鼻子很靈敏！」巨龍忍受著身上的痛，笑著說：「想不到三十年前我被父親放過了，三十年後被兒子救回一命！」

愛達和艾美看到弗雷克把自己困住，便走到霍薩旁邊。小艾美撫摸著巨龍結冰的翅膀，不斷說「痛痛飛走」。

雅迪撿起一把普通的鐵劍，走到弗雷克的冰牆前。

「嘿，你想幹什麼？」臉色蒼白的弗雷克喘著氣，悻悻然地說。

「雖然我可以讓你一直待在裡面，可是我應承了愛達小姐，要替她取回護身符。」雅迪揮舞著鐵劍。

「你以爲你那丁點的鬥氣可以把這面冰牆破開嗎？我估計，至少考評要達到四十級以上的劍士，才勉強可以用鬥氣在這冰牆刮上一、兩條裂痕！」弗雷克死不認輸。

「很抱歉，我已經考獲第八十二級，是全國排名第六位的劍士。」雅迪手起劍落，「咻」一聲，半球形的冰牆頓時粉碎，弗雷克還沒來得及反應，已被雅迪揮劍的衝擊波擊中，整個人被震飛，撞到山洞牆上，口吐鮮血。他手上的龍結晶，更出現了兩道深深的裂紋。

「還好沒撞壞。」雅迪從昏死的弗雷克身上奪回愛達的護身符，慢慢往霍薩走過去。

「雅迪！」愛達衝前一把抱住雅迪。

「哇啊！不要！」雅迪一下子失去平衡，和愛達一起癱倒在地上。

「怎麼了？受傷了嗎？」愛達吃驚地問。

「不，」雅迪苦笑著，把護身符還給愛達，「我每次使用鬥氣頂多只能撐五分鐘，五分鐘後就連走路都辦不到，要休息一兩天才能恢復，所以非到緊急關頭不可使用，這是我的最終王牌。爸爸說這是我的體質問題，魔法力貧弱、持久力卻驚人，鬥氣強勁卻只能在一瞬間爆發、無法長時間維持。劍士考評只看一兩招的威力，半分鐘便完事，我等級再高也不可能投入實戰……所以我只好當魔法使啦，雖然亞姆拉斯叔叔老是說我不是當魔法使的材料。」

「雅迪，你能同時使用鬥氣和魔法？」愛達奇道：「世上能同時使用魔法和鬥氣的就只有聖騎士海明頓大人啊！」

「不，還有他的笨兒子——我。」

「但你不是弄臣羅蘭男爵的兒子嗎？」

「所以，『白臉羅蘭』和『聖騎士海明頓』是同一人啊。」雅迪苦笑道。

在三十年前的大戰中，看到勞古亞聯軍節節敗退，龐米亞王國和卡邦萊弗王國先後被攻陷，剛繼承弄臣職位、十八歲的羅蘭·薩默斯·德布西決定挺身而出，隱藏身分，化名萊特·海明頓，率領小隊前往刺殺魔王格因，了結戰爭。白臉羅蘭的這個決定，並不是出於正義感——這是白臉羅蘭第一次的「惡作劇」，他瞞著甘布尼亞王室，以另一個身分化解勞古亞大陸的危機，就是爲了讓國王維爾沙十一世嚇一大跳。

這個惡作劇異常成功，當國王得悉歸來的英雄竟然是自己的弄臣，頓時啼笑皆非，不過這也讓國王相當頭痛——宮廷裡不能沒有弄臣，但聖騎士已成爲國際間的英雄，國王如果公開事實，恐怕會讓甘布尼亞變成國際笑話。結果在國王低聲下氣請求下，羅蘭男爵繼續他的雙重身分，平時化妝成白臉在宮廷娛賓，偶爾變身聖騎士到軍隊和王立警察學校講課，宮廷內只有少數人知道這個荒謬的眞相。

雅迪最不滿他老爸的就是這一點。明明擁有全世界最強的實力，可以造福人類，卻寧願留在宮廷裡當小丑，在雅迪眼中這是暴殄天物，浪費才能。所以即使自己擁有異常顚覆的體質，雅迪也要當一個眞正爲國民服務的警察。

「請替我保守祕密啊。我最討厭那些仰仗家勢的敗家子了。」雅迪微笑道。

「嗯。」愛達知悉雅迪的一個祕密，不由得心頭一暖。

「雅迪，你這小子眞受精靈小姐歡迎啊，連上次那位也追來了。」霍薩笑著說。

正當雅迪想問霍薩在說什麼時，露西已帶著大批救兵趕到。

「雅──」露西看到雅迪倒在地上，以為他出了什麼意外，可是當她靠近一看，發覺他身上沒半點傷，跟衣衫不整、露出大半截美腿的愛達臉貼臉摟抱在一起，不由得氣上心頭。

「雅迪你這笨蛋！我們在擔心你，你卻在這兒跟愛達小姐卿卿我我？」露西差點想一腳踹下去。

「不是啦，我真的沒氣力了。」雅迪慘笑著說：「弗雷克昏倒在那邊，沒事啦。找人看看霍薩吧，不過我想他的傷應該很快就會好了。」

「誰擊倒弗雷克的？」露西驚訝地問。

「當然是霍薩啦，難道是我嗎？我只是趁機救走艾美，好讓霍薩不用顧忌。」雅迪邊說邊向巨龍打個眼色。

「嘩啊！是龍！」跟隨在露西後方的人陸續進來，一看到巨大的霍薩便嚇得往回頭走。

「艾美！」格蘭特夫婦看到女兒待在巨龍身邊，差點昏倒。

「天啊！閃芒霍薩真的在帕加馬鎮境內！」總督也到場。

「今天怎麼這樣熱鬧啊？」霍薩跟雅迪說：「老實說，我不大喜歡有人來打擾。」

「魔龍會說話！」人群中又有人嚷出這一句。

「各位，」雅迪在愛達攙扶下站起來，「這位是『閃芒霍薩』，一如大家所知，是當年魔王麾下兩大魔龍之一。不過，既然我們已經停戰了三十年，也有和魔族來往，我們實在不用怕這位霍薩先生，他只是希望在這兒安安穩穩地居住下去。如果我們連他也容不下，就別說什麼帕加馬鎮是勞古亞大陸中種族最融和的城鎮了。」

「可是……牠是龍啊？」總督說道。

「對啊，我是龍，而你是豬。」霍薩譏笑道。

「這傢伙！」總督不滿地說，雖然不少人因為霍薩這一句而偷笑著。

「總督閣下，」愛達揚聲打斷總督，「可以聽我說幾句話嗎？」

總督點點頭，愛達便說：「剛才我和這位小妹妹被這位霍薩先生救了，而我是甘布尼亞王國榮譽國民，閣下也準備頒發帕加馬鎮榮譽公民的頭銜給我，我記得，除了個人成就外，拯救帕加馬鎮居民性命是獲頒榮譽公民的資格之一，只要加上三位公民的和議，總督閣下便可以決定是否行使這個特權。現在我動議，讓『閃芒霍薩』先生成為帕加馬鎮榮譽公民，並以愛達．歌登．拜倫的帕加馬鎮榮譽公民身分和議，請問還有沒有人和議？」

「我露西安．因格朗和議！」露西舉手說。

「我雅迪尼斯・德布西……慢著，我的戶籍還在王城……」雅迪剛舉起手，卻發覺這個小問題。

「你們全給我去死！拉瑪密！」突然雅迪身後傳來一聲怒吼，雅迪回頭看到弗雷克高舉左手，準備發出攻擊。

「趴下！」雖然有人喊叫著，但一道黑色的火焰已直指眾人所在，沒人走避得及。

「呼——」

當每個人都以為會被擊中時，一隻寬闊的翅膀擋住了魔法。霍薩張開龐大的雙翼，為所有人擋下攻擊。

「啊——」弗雷克沒弄清楚發生什麼事，便看到火球從巨龍的嘴巴迎面襲來。他嘗試用冰魔法來阻擋，但當火球擊中他手上的龍結晶時，結晶發出了像金屬摩擦的尖聲。

隨著霍薩收起翅膀，眾人目睹驚異的一幕。弗雷克全身被一塊巨冰封住，就像封在琥珀裡的昆蟲——他的時間永久地被停止了。

「結晶破裂，魔法力沒節制地吞噬著主人，人類就是喜歡鋌而走險，唉。」霍薩嘆道。

「再沒有方法可以把他放出來了。」

在場的人沒有說話，直至總督開口說：「愛達小姐，剛才妳提議讓霍薩成為榮譽公民……我也和議。他救了總督一命，如果我連這原因也漠視，我便沒資格當總督了。」

愛達和露西高興得跳起，總督對巨龍說：「霍薩，你成為帕加馬鎮榮譽公民的話，便得盡公民義務，遵守帕加馬鎮的法規，如果帕加馬鎮被外敵入侵，你就要為帕加馬鎮而戰。相對地，成為了帕加馬鎮公民，你便受到帕加馬鎮法律保護，如果有人再以捕獵魔龍為理由傷害你，便等同於傷害一位帕加馬鎮公民，帕加馬鎮的法律不容許這種事情發生，我們會捍衛你的權益。作為公民，你可以在帕加馬鎮享有財產，亦可以在帕加馬鎮自由活動，無人能夠干涉。」

「霍薩叔叔！那麼你可以跟我們一起住了！」小艾美說道，雖然格蘭特夫人聽到這句話後又一次差點昏倒過去。

霍薩看看艾美，又看看露西和愛達，最後看看雅迪。

「好吧，這樣的條件也不差，至少我不用再為那些偶爾來騷擾我的笨傢伙頭痛。」霍薩指了指變成了冰柱的弗雷克。

眾人相視而笑。

◈

今年帕加馬鎮的收穫祭騷動終於畫上句點。閃芒霍薩成爲帕加馬鎮榮譽公民引來各地迴響，霍薩也成爲名人，雖然他實在不喜歡熱鬧的場合。他每星期到西邊農莊跟格蘭特家聚會，格蘭特太太也開始接受這位新朋友，還特意找來很多橘子送他。他不再居住在原來的山洞，因爲他說那個由弗雷克變成的冰柱裝飾太醜，不合他的美學品味，所以搬到森林的瀑布旁，總督還特意派工匠替他建造一棟石房子，即使那房子比較像一個巨大的棚舍。霍薩現在還在帕加馬大學裡教授多種方言和歷史，畢竟他比最老的精靈族教授還要年長多一倍，簡直是一本會走路的活字典。

獵人公會因爲會長亨特引發的牲畜連環被殺案而被下令解散，而亨特也被定罪，被判監禁三個月，並要賠償所有受害者。原來亨特差遣了雅迪在一局遇見的那個醉酒鬧事的獵人，使用鬥氣斬隔空殺死多隻牲畜。教唆這計謀的自然是弗雷克，除了沒告知亨特會長他會殺害龐馬老先生外，獵人公會的行動都由弗雷克設計。從他藏在局長室的筆記得知，他對獵人公會的成員瞭若指掌，也知道米切爾有一個祕密基地——不過，他並不知道對方是恐嚇愛達的犯人。

龐馬老先生雖然死去，但他的願望終於達成，鎮政府重新審視城鎮的規畫，立法禁止影響野獸及魔獸棲息地的狩獵活動。「反獵聯盟」亦隨著目標達成而解散。

大師非常感激雅迪揭發紅伯爵案件的眞相，雖然事隔多年面對眞相令人痛苦，但他知道，唯有眞相才能慰藉妻子依莉莎在天之靈。

一局局長的職位暫時懸空，總督和內閣正在討論人選，唯一肯定的是，一定不會由派斯局長出任，因爲總督仍認爲他是一個無能的男人——當然這是事實。

二局沒有因爲道奇尋回小白而得益，因爲雅迪已經在宴會上做出要求，所以派斯局長大爲不滿，雖然另一方面，他因爲雅迪揭發了弗雷克的惡行而感到十分痛快。派斯局長仍是每天爲二局的人手和經費不足而煩惱。

愛達仍舊穿梭各地出席活動及表演，但她決定回父母的故鄉帕加馬鎮定居，此舉也令帕加馬的名氣更上一層樓，因爲這鎮裡不但有全大陸第一的巨龍，還有全大陸第一的歌姬。

傳聞解決「帕加馬鎮收穫祭騷動」的是位年輕警官，不過這只是帕加馬鎮的傳聞，比起「巨龍」和「歌姬」，「警官」實在微不足道。

雅迪也樂於繼續當個三流魔法使警長。

◎

「雅迪，總督有公函給你。」騷動平息兩星期後，谷巴科長交給雅迪一封信。

「什麼？」雅迪愕然地說。

「你說過想調任少年犯罪科嘛，總督知道你的願望後應允了，我們二局開設這個部門。」科長漫不經心地說。

「啊！」雅迪受寵若驚，「這太好了！」

「恭喜你，雅迪！」露西說。

「謝謝！」

「所以大家以後要好好合作啊。」科長說。

「咦？你說什麼？」雅迪問。

「我們萬事科加上『少年犯罪科』嘛。即是『魔法罪行及嚴重罪案科暨內務二課兼人事科與少年犯罪科』，我仍然是科長。」

「慢著！這樣的話工作量……」道奇大嚷。

「沒法子，經費和人手也不足嘛，各位辛苦一點囉。」科長攤攤手。

「雅迪！我們的工作已經夠忙了，你還要我們帶小孩！」露西越過桌子上像小山一樣的一堆文件，站起來揪住雅迪的衣領，要他看清楚她案頭上的慘狀。

「怎麼了，這麼熱鬧？」大師剛從走廊走進辦公室。

「啊，原來我忘了處理一宗使用假曼陀羅草的魔藥騙案！」雅迪裝出一副忽然想起的樣子，趁機甩開露西。「今天約了證人！我先走了！」

「別跑！」

雅迪躍出辦公室，一溜煙跑掉。

不過他臉上掛著燦爛的笑容。

全文完

後記

《大魔法搜查線》的初稿完成於〇八年至〇九年之間，不過首次出版卻在數年後的二〇一二年。我投身寫作初期花了點時間摸索路線（換個現實一點的說法就是「摸索哪種作品有出版機會」），於是嘗試拿《龍與地下城》的奇幻風格混合警察推理題材來寫輕小說，我對編輯的說明是「《魔戒》版的《紐約重案組（NYPD Blue）》」或「《勇者鬥惡龍》版的《跳躍大搜查線》」——也因此作品暫名「大魔法搜查線」，沒料到當時的出版社覺得書名夠明確易記，直接沿用。

如同我當時的一些其他作品，這故事雖然獨立但留下了發展續集的餘地，我想不少新人作家在創作初期都有考慮這點，畢竟人浮於事，不免期望作品獲得青睞後，可以「食髓知味」以續作增加出版機會；我無法預視的是，事隔數年作品出版後我的寫作日程被主流推理作品填滿，已無暇顧及動漫風格較重的奇幻輕小說類型。

話雖如此，我其實對帕加馬鎮第二分局的一眾角色仍然縈懷於心，想像有天能繼續訴說他們的故事。

所以多年後當獨步文化的編輯小K問我有沒有興趣將《大魔法搜查線》改編成漫畫時，我不由得感到它的命運巨輪再次轉動。我和小K已在《筷：怪談競演奇物語》合作過，了解她卓越的編輯能力和敏銳的審閱眼光，所以由她協調改編企畫我十分有信心，而結果更超乎我的期望，在靈魂人物漫畫家霖羯和經驗豐富的CCC責編攜手合作下，漫畫版《大魔法搜查線RESET》在多處表現得比原作小說更獨特有趣，讓我自愧不如。

小K提案改編之初，我們就有討論過漫畫版後續的可能性，我也傾向讓霖羯老師繼續描繪雅迪他們遭遇的新案件，而我只要提供半完整的劇本就成，可說是一石二鳥，《大魔法》的故事得以延續。另一方面，小K亦提出修訂重出原作小說，尤其漫畫版的「帕加馬收穫祭騷動」和原作有某幾個截然不同的更動，讓讀者一睹也別有樂趣。

於是，我便著手修訂這部十多年前的絕版作品，讓它再次和讀者見面。

這個修訂版劇情上大致上與舊版相同（除了一處，以下再述），針對文筆的修潤較多，說起來重讀舊作讓我頗汗顏，某些描述沒有仔細思考，對白也只以推進劇情爲優先，沒顧及角色個性。另一方面，編輯小K也曾指出作爲輕小說，本作的一些原創名詞未免過於樸實，這方面漫畫版已有修潤，諸如爲帕加馬加上別稱「異人之都」、弗雷克的綽號從「冰法師」改成「霜棘的弗雷克」等等，感覺上更華麗更具趣味；然而我沒有在這個新版小說更動這些地方，一來不欲偷取霖羯老師的精妙點子，二來想留下一些當年自己的樸拙，讓讀者瞧瞧以前作品的影子。話說回來我也覺得奇妙，當年我能寫出「閃芒霍薩」和「赤焰亨吉斯特」這種「中二感」滿滿的名字（笑），卻沒有將這種風格用在其他人物或地點上，也許我潛意識中這世界觀裡只有替他們起名的魔王有這種中二式幽默感吧。

新版劇情的最大修改只有一處，就是主角雅迪身上多帶了一只懷錶。關於這點，我覺得有需要在後記記一下。

我創作《大魔法搜查線》時，對作中奇幻世界的想像是頗為單調的，就是類似典型「龍與地下城」的背景，經歷了一場大戰，各種族和各國努力從被戰火摧殘的世界重建文明，新的社會制度（和思想）也因此萌芽，所以才會有「警察」這概念出現，某種意義上是現實社會的縮影。因為不少「劍與魔法」的奇幻故事以中世紀（五至十五世紀）的社會為藍本，所以本作背景就像緊接文藝復興的啓蒙時代，只是這個世界以魔法取代科學研究，換言之在我想像中是個「劍與魔法」存在的十六世紀。

為了籌備本作出版，小K邀請了畫師欸摳老師繪製封面，商討細節。不久我收到封面概念草圖和主角雅迪的設定圖，卻讓我覺得十分神奇——封面草圖比我預期更漂亮搶眼，但角色的衣著像十九世紀維多利亞時代的英國人。我的第一個反應不是「咦這弄錯了吧？」，而是察覺到「也有讀者會想像成這種外觀！」的驚奇感，畢竟奇幻世界和我們身處的現實無關，誰說魔法使不能穿得像福爾摩斯？或許那個世界的服裝演化就是會和我們所認識的十九世紀差不多呢？

受到設定圖刺激，我頓時想像力爆發，不過由於那衣飾很容易讓讀者誤會這是「魔法系蒸汽龐克」的奇幻故事，所以還是得請欸摳老師在保留設計外稍作修改，倒退約一世紀，好減弱現代感增加奇幻色彩。對，那時候我已將原本構想中的十六世紀風格衣著換成架空的十八世紀了，後來再經過一些討論和微調，就成爲了現在封面中雅迪的模樣，別具一格但又符合作中感覺，表現出人物魅力。

當中最讓我感到有意思的，是欸摳老師讓雅迪在背心口袋配戴一只懷錶。

封面圖只看到錶鍊，但最終版本的設定圖有交代清楚。原則上，「鐘錶」其實跟這故事的美學有衝突，因爲機械鐘錶是科學產物，是人類以物理學（力學）將時間這個抽象概念以人工方式呈現出來，假如十年前問我「大魔法」的世界裡人們如何知道時間，我會覺得是鎮政府聘用工人，利用日晷確認每個鐘頭的整點時間，再敲鐘來提醒鎮民，就像「打更」。魔法世界不是不可以有機器或齒輪存在，只是齒輪的存在有可能削弱讀者對魔法的印象，這是我身爲作者對作品的某種感覺、某種執著。

然而，在我看到設定圖的瞬間，這股執著瓦解了。圖中雅迪衣服上的那條鍊子、那只稍微露出口袋的懷錶，感覺上就是對，即使微不足道，但它的存在就是那麼自然，讓我覺得這無論在美感上還是合理性上都取得平衡；假如按照前述的原則，這懷錶該移除掉，可是我察覺拿走它的話反而會帶來更強烈的缺失，就像沖了一杯完美的拿鐵咖啡，卻沒有拉花一樣。

這是難以言喻的感覺，也許是被宇宙電波打中，但總之在那一刻，我心目中「大魔法」世界的魔法和科技握手言和了，並且立即聯想到鐘錶在那個設定下如何誕生、運作原理爲何、雅迪又爲何擁有這樣的一只懷錶，甚至想到如何使用它來更動一個我一直想修正的劇情瑕疵。

我覺得這則花絮值得記下，除了是想向欸摳老師致謝外，更想公開一下這個有點反常的修訂過程，畢竟一般情況下都是畫師依照作家指示繪圖，這回卻是作者受繪師啓發得到靈感再修潤作品。

舊版小說的後記有記下詳細的世界觀設定（當年小說分上下冊，下冊餘下空白頁太多，於是拿設定資料灌水），這次就省下了。我不確定小說會否有續篇，點子有很多，問題是我已挖了太多坑（系列作）待填，這部的優先次序或許不及其他作品；不過創作「大魔法」世界的故事讓我感到十分愉快，加上天馬行空的空間特別大，說不定某天各位會看到系列續篇無預警地上市。當然，漫畫版有後續的可能性更高（企畫已在籌備中），假如您喜歡這個奇幻世界，也請支持漫畫版。

期望將來有機會與您在帕加馬再聚。

陳浩基

二〇二四年九月二十八日

大魔法搜查線

作　者／陳浩基
責任編輯／詹凱婷
行　銷／徐慧芬
編輯總監／劉麗真
事業群總經理／謝至平
發 行 人／何飛鵬
出 版 社／獨步文化
115台北市南港區昆陽街16號4樓
電話：886-2-2500088　傳真：886-2-2500-1951
發　行：英屬蓋曼群島商家庭傳媒股份有限公司城邦分公司
115台北市南港區昆陽街16號8樓
客服專線：02-25007718；25007719
24小時傳真專線：02-25001990；25001991
服務時間：週一至週五上午09:30-12:00；下午13:30-17:00
劃撥帳號：19863813　戶名：書虫股份有限公司
讀者服務信箱：service@readingclub.com.tw
城邦網址：http://www.cite.com.tw
香港發行所：城邦（香港）出版集團有限公司
香港九龍土瓜灣土瓜灣道86號順聯工業大廈6樓A室
電話：852-25086231　傳真：852-25789337
電子信箱：hkcite@biznetvigator.com
馬新發行所／城邦（馬新）出版集團
Cite（M）Sdn. Bhd.（458372U）
41, Jalan Radin Anum, Bandar Baru Seri Petaling,
57000 Kuala Lumpur, Malaysia.
電話：+6(03)-90563833　傳真：+6(03)-90576622
電子信箱：services@cite.my
封面設計／高偉哲
插　畫／欸摳
排　版／游淑萍
印　刷／中原造像股份有限公司
●2024年12月初版
●2025年2月8日初版三刷
售價399元

ISBN 9786267415924（平裝）
ISBN 9786267415900（EPUB）

國家圖書館出版品預行編目資料

大魔法搜查線／陳浩基著．–初版．– 台北市：獨步文化，城邦文化事業股份有限公司出版：英屬蓋曼群島商家庭傳媒股份有限公司城邦分公司，民113.12
面；　公分

ISBN 9786267415924（平裝）
ISBN 9786267415900（EPUB）
857.81　　113015383